本书为 2016 年度国家社科基金艺术学重大项目
"戏曲剧本创作现状、问题及对策研究"（16ZD03）前期成果

上海戏剧学院编剧学教材丛书

戏剧小品剧作教程

孙祖平 著

上海人民出版社

总　序

如果从 1946 年创办编导研究班算起，上海戏剧学院（以下简称上戏）的编剧教学已有 70 年历史。从 70 年间积累的有关编剧教学的教材、专著、论文、参考资料、案例汇编中遴选出一批可供教学与研究的编剧教材，整理出版"上海戏剧学院编剧学教材丛书"，是我多年的愿望，限于各种原因，一直未能付诸行动。此次借上海高峰高原学科建设之东风，终于遂愿。丛书印制在即，责任编辑建议，考虑到有些教材出版已有些年头，原有的序言等内容可能会让读者产生距离感，希望能有个总序，说些新话。我以为，此见甚好。为之，约请了几位比较适合作此书序的同仁，不想均被婉拒。不得已，只好赶鸭子上架，由我滥竽充数。当然，我自知也说不出新话。

一

细心的读者一眼就看出，编剧教材怎么成了"编剧学"教材，多了一个"学"字，应作何解？那就先聊聊编剧学吧。

编剧，作为专业，有 2500 年的历史，应该是比较客观的论断。现存的古希腊戏剧，如索福克勒斯的《俄狄浦斯王》剧本也有 2400 多年了。编剧的相关研究，自亚里士多德的《诗学》算起，也有 2300 余年。中国戏剧晚出，现存最早的戏曲剧本是南宋的《张协状元》；至于编剧的研究，一直到明末清初李渔的《闲情偶寄》，才以结构、词采、音律、宾白、科诨、格局六方面论，对戏曲编剧的理论与技巧有全面的概括与精当的阐述。若论大学的编剧专业教学，最早的，有案可稽的是美国的乔治·贝克教授于 1887 年在哈佛大学担任戏剧文学和戏剧史等课教学，并主持总名为"课程第 47 号的实习工场"的系列戏剧课程。

创建编剧学则是近几年的事。

2007 年 5 月，我调任戏剧文学系主任，时任科研处长的姚扣根教授提议，我们是否建一个戏剧创作学。我听了眼睛一亮。虽然一个新学科的建立，需要具备各种重要条件，如要有社会需求与发展前景；要有深厚的学术积累；要有明确的研究对象；要有稳定的研究队伍；要有学术共同体与学术刊物；要有卓越的研究成果；要有学术派别；要有高等教育；要有学科带头人，等等。而这些条件，未来的编剧学新学科都已具备。加上上戏有悠久的编剧教学历史，有许多老教授的研究成果，有新一代教师和学者的求索精神，如果乘势而上，顺势而为，坚持数年，相信必有成果。经反复考虑，我觉得时机成熟，决定试试。征询系里同仁意见，也都很支持。正好有个由我执笔修改学校公文的机会，便试探性地将"筹建戏剧创作学三级学科"写进文件（参见上海戏剧学院档案室文件：《上海戏剧学院行政报告·2008 年 3 月 27 日》），获得认定后我们便围绕筹建新学科开始运思并做了一些基础性的工作。2009 年 12 月 3 日，在学校中层干部会议上，我以"学科建设：戏文系事业可持续发展的生命线"为题作交流发言（参见《戏文通讯》2009 年号），明确提出"争取在三五年内将戏剧创作学建成上海市教委三级重点学科"的工作目标。至 2011 年 4 月，学校在江苏木渎召开学科建设会议时，在校学术委员会主任叶长海教授及学术委员会同仁与校领导的支持下，该项目被列入学校三级学科建设计划，正式命名为"编剧学"(需要说明的是，编剧学应运而生，是中国戏剧教育、戏剧研究、戏剧实践的必然结果，姚扣根教授与我，仅仅是在一个恰当的历史时段顺手轻轻推开了那扇迟早要被人推开的编剧学之门)。

众所周知，编剧，原来是戏剧戏曲学中的一个子系统，一直依附或混杂于文学、戏剧和电影的部分。如今逐渐步入独立自主、自我完善的体系化，最终成型并自立门户，实在是经过了漫长的求索之路。编剧学的建立，既是编剧专业自身发展的内在需求，也是戏剧影视与文化创意产业发展的自觉选择，更是编剧这一人类创造性活动获得人们进一步重视的必然结果。

何以见得？

第一，从编剧涉及的实践领域看，编剧早已突破原有的戏剧、电影的框架，有了广播剧、电视剧、纪录片，及应运而生的新媒体戏剧，如手机剧、网络剧、游戏动漫、环境艺术、场景艺术等众多的人文活动新领域。随着演艺艺术、图像艺术、视听艺术的普及，包括竞选、广告、婚宴、庆典等，都需要编剧的策划和撰稿，将人类所有的仪式化的活动，化为"剧"的因素。诗意的栖居，行动即表演，戏剧的人生，成了现代人的某种生活方式的追求。在这样的态势下，传统的编剧理论与编剧方法受到严峻挑战，现实需要更多的学术回应。

第二，从编剧涉及的理论研究看，编剧的理论早已突破原有的戏剧学、电影学的研究框架。今日的编剧专业作为核心，连接了几乎所有的社会和人文的前沿学科，甚至包括了一些自然学科的最新成果。如语言学、符号学、叙事学、美学、心理学、创意学、传播学、接受美学、人类学、教育学、策划学等；包括医学、运动学、生命学、数字技术、材料学等多学科与交叉学科。编剧涉及的新理论与技巧，如雨后春笋，早已拓展研究领域并收获鲜活成果，呈现了前所未有的蓬勃姿态。具体体现为：有关编剧的论著与论文、教材与译著，数量上升，质量提升；越来越多的高校面向本科生、研究生开设编剧课程；相关前沿理论的融合渗入，国内外频繁展开的学术交流与切磋，提供了良好的研究路径与发展平台。

编剧，作为戏剧、影视、游戏、新媒体等诸多艺术创作链上的一环，既是"无中生有"的第一环，更是决定作品成败的最重要一环，一方面具有最悠久的历史传统与最稳定的经久不衰的运行系统，另一方面无论是实践还是研究，又是一个充满无限活力、富有蓬勃生机的新领域。

对照社会的发展和需求，我国目前编剧理论与学科基础尚显薄弱稚嫩，整体水准还处于不稳定的初级状态。有的研究取向单一，路径狭窄，自我封闭，亟须"破茧成蝶"；有的存在着"分化不够"问题，编剧专业的主要领域和一些次领域没有得到充分的衔接，没有建立一个独立而完善的学术体系；有的存在"融合不足"的问题，编剧专业在内与文学、戏剧学、电影学、传播学等内部各次领域的学术对话不够充分，在外与心理学、社会学、哲学等其他学科的跨学科研究交流不够积极。从本土文化研究的角度看，吸收和消化西方编剧理论，创建具有东方美学特征与戏曲剧作思维的中国编剧理论和方法论，还远远没有形成成熟的体系与模式。

鉴于此，为实现编剧专业在学科领域的进一步发展，适应实践和理论的现实需求，创立编剧学就成了我们这代人不可回避的学术使命。由于天时地利人和，我们终于迈出了重要的一步：凝聚各方资源，创建编剧学独立学科，在学科层面上推进专业知识之间合理的分化和融合，从而借此提升整个专业、行业、事业的学术水准。幸运的是，2011 年国务院学位办通过了艺术学升为门类的决议，我校的戏剧与影视学由此上升为一级学科，编剧学也随之升格为二级学科。最近，有关部门在全市所有高校中遴选出 21 个学科列为上海高峰学科建设计划，上戏的戏剧与影视学有幸入选，编剧学也躬逢其盛，忝列其中，此乃幸事。

提出创建一个新学科也许还容易，关键是如何实施，如何一步一个脚印地去推进。换句话说，编剧学要做什么？概言之，主要有两件事：一是编剧理论研究，二是编剧实践研究。如果再具体一点，那就是：编剧史论，即编剧学史研究；编剧理论，即编剧本体研究；编剧评论，即剧作家作品研究；编剧技论，即剧作方法技巧研究。

首先，要梳理传统的编剧理论，从中国演剧艺术的实际出发，在中国与西方学术传统的基础上，在现代向传统继承发展的前提下，探索创造适应现实发展的新的知识体系、研究方法和教育方法；其次，要加强学科基础建设，创建以创作为核心的科研、创作、教学的新学术框架；再者，要对商业文化的冲击和现代技术的影响等社会环境变化作出及时反应，一方面不断拓展适应前沿领域实践发展的学术研究，另一方面不断拓展相关的边缘学科，以多学发展一学，实现整个学科体系的开放和活跃，并在这种开放性、活跃性中厘清编剧学的结构体系，创建中西融合的编剧课程，梳理编剧特色的学术框架，创建具有中国特色的编剧学。

因为学科建设的成果最后总是要作用于教学，作用于社会服务，编剧学又是实践性很强的学科，所以，在上戏，习惯的说法是，学科建设要注重科研、创作、教学与社会服务的"四轮并进"。依照这一思路，这些年，我们以上戏编剧学研究中心为载体，为编剧学新学科做了一些奠基性的实事：

1. 科研方面

《1980 年代以来汉语新诗的戏剧情境研究》，列国家社科基金青年项目；

《中国戏剧评价体系研究》，列上海高峰学科建设项目；

《故事开发与应用实验室》，列上海高校一流学科建设项目；

《编剧软件》，列上海高校一流学科建设项目；

《中国现当代编剧学史料长编》(3 卷)，列上海高校一流学科建设项目；

"上海戏剧学院编剧学丛书"(6 种)，列上海高校一流学科建设项目；

点评版《中外经典剧作 300 种》(30 卷)，列上海高校一流学科建设项目，上海人民出版社重点书目；

承担《中国大百科全书·戏剧卷》戏剧文学分支各条目的设计与编纂工作，列国家重大出版工程。

2. 创作方面

话剧《国家的孩子》获 2014 年度国家艺术基金资助；

话剧《徐阶》获 2015 年度国家艺术基金资助；

话剧《万户飞行奇谈》《四岔口》《春天》《爱不释手》《海岛来信》《分

庭抗争》，戏曲《寻找》《长乐亭主》（均为编剧学专业学生创作）等获上海文化发展基金会青年编剧项目资助。

3. 教学方面

与哥伦比亚大学联合培养编剧专业 MFA 研究生，将两位美籍研究生的课程作业搬上中国舞台，出版《碰撞与交融——上海戏剧学院与哥伦比亚大学联合培养编剧专业 MFA 研究生课程记录》；

优化戏剧文学专业建设，列国家级特色专业建设点；

探索戏曲写作教学创新实践，获上海市优秀教学成果奖；

总结编剧教学 60 年历史，出版《编剧教学研究论文集》；

鼓励编剧学教师重视自身的创作与研究，出版《上戏编剧学教师年度文选》（2013 卷，2014 卷）；

出版《上戏编剧学研究生作品选》（4 卷）《俄罗斯题材戏剧小品选》《新剧本创作选》《倒春寒》《国家舞台艺术精品工程入选剧目研究课程论文集》等，举办"上戏编剧学研究生作品京沪专家研讨会"；

出版《故事——上海戏剧学院编剧教学参考资料》（20 本）；

探索《编剧概论》《独幕剧写作》《大戏写作》《戏曲写作》《电视剧写作》等核心课程的改革创新；

倡导学生注重社会实践，建立编剧学余姚、南通、绍兴、松江教学基地，新疆、西藏践习基地，出版《戏文系学生暑期社会实践调查报告》（2009 卷，2013 卷）。

4. 社会服务方面

在市教委相关部门支持下，创立上海校园戏剧文本孵化中心，借助上戏创作中心、编剧研究中心的力量，先后推出《钱学森》《王振义》《潘序伦》《钱宝钧》《熊佛西》等一批原创"大师剧"；

出版《上海校园戏剧文本孵化中心1+1丛书》；先后主办第一届、第二届全国校园戏剧剧本征稿比赛活动；

举办9期全国高级编剧进修班，同时为新疆、西藏、内蒙、湖南、山西等地培养青年编剧人才。

上述事项，都直接或间接与编剧学学科建设的总体部署相关，有的已经完成，有的还在进行中。而整理出版10卷本"上海戏剧学院编剧学教材丛书"，自然是编剧学建设的题中应有之义了。

一个"学"字，作此解释，自觉有些啰嗦了。

二

教材建设是学科建设的一项重要内容，这应该不会有异议。问题是，整理出版旧教材，有意义吗？毕竟是存量，不是增量，有价值吗？朝花夕拾，未栽新株，有必要吗？一句话，为什么要整理出版这套教材丛书呢？那就说说我的想法。

首先，我以为，这是编剧学学科建设的需要。

学科建设主要承担知识的传承与创新，学科人才梯队的构建与培育。但是，如前所述，最终的成果都要作用于教学，作用于社会服务。而体现这个功能的一个重要载体就是教材。换一个角度说，一个学科，没有完整的、科学的、有说服力的教材系列是无论如何也说不过去的。

事实上，每个历史时段问世的编剧学教材，都会融入特定时期的学科、专业与教学改革的最新成果。所以，系统地整理出版已有较成熟的教材，既可以从中窥见学科与专业建设前行的足迹，揣摩先驱者筚路蓝缕、既开其先的进取精神，更可以为编剧学学科建设成果的受众反馈提供真实信息。

其次，也是编剧学新教材建设的需要。

上戏建校70周年，编剧教学贯穿始终，有教学，必有教材。包括基本教材，即基本知识的传授；实践教材，即学生能力培养的指导；参考教材，即学生外延能力培养的辅助。应该说，这三类教材的储备我们都有。但是，无论是质还是量，与建设一流艺术大学的目标要求还有距离。特别是，随着社会的发展，知识更新周期越来越短。有资料说，联合国教科文组织对此曾经做过一项研究，结论是：在18世纪时，知识更新周期为80～90年，19世纪到20世纪初，缩短为30年，上个世纪60～70年代，一般学科的知识更新周期为5～10年，而到了上个世纪80～90年代，许多学科的知识更新周期缩短为5年，而进入新世纪时，许多学科的知识更新周期已缩短至2～3年。编剧学的知识更新周期当然不可能如此短暂，由于其实践性很强的专业特点，许多编剧技术与方法具有较强的稳定性。但知识更新终究是不可能绕开的学术话题。如何将编剧学最新的研究成果转化为教学内容，就成了一门十分重要的功课。而做好这一功课的前提是，必须摸清现有家底，盘点已有积累，再看看有哪些缺失需要补上，哪些软肋需要强化，哪些谬误需要订正，哪些新知识、新观点、新方法、新理论需要整合，从而为编剧学新教材建设提供重要参照。

最后，当然也是培养创新型编剧人才的需要。

培养合格的创新型编剧人才，离不开教学内容与教学方法的改革，在有限的时间和空间内给学生有用的知识，都亟须科学性、实践性、先进性兼备的教材。而鼓励学生系统地研读已有的较成熟的教材，一方面可以强化学生的专业基础，另一方面可以昭示后学以前辈为例，养成努力探索学术真谛、把握科学规律的治学习惯，培育跟踪学科前沿、贴近创作实际的良好学风。

因为有了上述理由，至少让我为原初也曾经有过的犹豫找到了释怀的依据。

三

也许，还应该谈谈这 10 本教材的特点以及入选的理由。

是否可以这样说，这是国内第一套在编剧学领域比较全面科学地总结探讨话剧、戏曲、戏剧小品、电视剧编剧理论与技巧的教材丛书。著者注意吸收国内外编剧研究的理论成果，结合中国当代编剧实践，内容涉及编剧学、剧作法、编剧艺术、剧作分析、中外编剧理论史、编剧辞典、国外剧作理论与教材翻译等，在努力揭示编剧观念、创新思维、写作规范、本质特征和剧作法则等方面作出了可贵的努力。毫无疑问，这 10 本教材各有各的特点，限于篇幅，我只能挑主要的感受来表达，以初版时间为序，逐一介绍。

1.《编剧原理》

著者洪深（1894—1955）、余上沅（1897—1970）、田汉（1898—1968）、熊佛西（1900—1965）、李健吾（1906—1982）、陈白尘（1908—1994）。此著为六位中国现当代话剧史上重要的理论家、剧作家、教育家的主要编剧理论著作的汇编，书名借用熊佛西老院长的编剧理论专著。这六位先贤为上戏草创时期的名师。此次选取的文字，既是重要的学术论文，又具有教材意义。先贤们围绕"戏剧是什么"、"怎样写剧"、"怎样评剧"等问题展开阐述，娓娓道来。反复咀嚼几位著者的论述颇有醍醐灌顶、引导统率的作用。学习戏剧，同时还需要理解戏剧与文学、戏剧与社会、写意与写实、话剧与戏曲等多重关系，书中对此都有翔实的分析。同时，有关历史剧、诗剧、哑剧、小剧场戏剧等戏剧类型的论述，也颇能体现作者从实践经验中摸索出的戏剧规律，对于从事编剧创作和研究的学生而言，则是一笔宝贵的理论财富。

2.《编剧理论与技巧》

著者顾仲彝（1903—1965）。这本编撰于1963年的教材，材料丰富，案例得当，论点精辟，旁征博引，通过对古今中外优秀剧作和戏剧理论的研究，系统探索了编剧艺术的规律。其中关于戏剧创作基本特性的论述尤为精彩。著者在对西方戏剧理论作系统梳理的基础上，作出"冲突说"的归纳，简明而又有力量。在戏剧结构章节中，著者依据欧洲戏剧史上对于结构类型比较科学的分类方法，把戏剧结构分为"开放式结构"、"锁闭式结构"和"人像展览式结构"三种类型，并对不同结构的特点作精当分析，同时又选择"重点突出"、"悬念设置"、"吃惊"、"突转与发现"四种主要的结构手法作介绍，可谓鞭辟入里。稍嫌不足的是，书中难免留有那个时代所特有的政治痕迹。但这怎么能去苛求前辈呢？而且我一直以为，此著为中国编剧教材的奠基之作，在顾先生之后，几乎所有编剧教材都程度不同地受惠于此著。再说一句可能会有些偏颇的话，就教材的整体质量而言，这也是至今难以超越的经典之作。

3.《戏曲编剧理论与技巧》

著者田雨澍。本书强调戏曲的独特性，以廓清与话剧、电影等艺术形式的区别。歌舞表演是戏曲的外在表现形式，戏曲的本质是"传神"，即不断地深化、剖析人物的精神面貌、内心世界和灵魂图谱，而实现"传神"的有效方式便是虚实结合原则。以此为基础，著者较为全面地透析了戏曲人物、情节、冲突、场景和语言特色，又调度经典戏曲剧本案例辅证论点，挖掘出戏曲审美特质。全书尽可能地吸收古典论著、序跋、注释当中的散论，又广纳民间艺人从实践中总结的口诀谚语，为教学和创作提供了生动而鲜活的理论依据。

4.《戏剧结构论》

著者周端木（1932—2012）。原书名为《一座迷宫的探索》，易用现书名的缘由当然是为了体例的规整，倘若周先生有知，想来是可以理解的。此书围绕"戏剧结构"展开。戏剧，可以是冲突结构，可以是人物意识流程结构，可以是佯谬结构，可以是理念结构，可以是立体复合式结构。此著特别强调戏剧动作是组织结构的首要特性，并以此统领全著。作者还有意打破流派的分歧和界限，就情节的提炼，悬念、惊奇的运用，情节的内向化发展，独幕剧的结构特点等话题进行深入阐述，同时将不同的戏剧流派纳入讨论范围，包括《罗生门》《三姐妹》《万尼亚舅舅》《推销员之死》《野草莓》等剧作的细致分析，无疑具有生动实用的借鉴意义。

5.《戏曲写作教程》

著者宋光祖（1939—2013）。本书是专以戏曲写作为中心撰写的教材，入编时我将宋教授另著《戏曲写作论》中的"戏曲写作的理论与技巧研究"部分内容也纳入本教材。此著致力于探讨戏曲写作的历史传统和写作方法，条分缕析，深刻细致，系统完整，切实起到强化戏曲思维与写作过程中的答疑解惑之作用。作者也未局限于戏曲的特性，而是注重向话剧理论学习，以人物的性格描写、感情揭示和心理分析为主，事件或者情节为从，由浅入深、体贴入微。该著是作者经过20余年的教学实践摸索而建构的一整套独立的戏曲写作理论，格外遵从教学需求，以指导学生的写作训练为轴心，推崇从读剧看戏中总结戏曲写作理论，因此全书涉及众多中国现当代戏曲范例，还汲取了古典戏曲理论和剧作的精华，对于研习戏曲编剧的学生而言具有很强的应用性。

6.《戏剧的结构与解构》

著者孙惠柱。戏剧作为一种满足人类心理需求的"体验业"，不仅有赖于故事的叙事性结构，也需要剧场性结构的支撑。此著致力于探讨艺术家对于"第四堵墙"的态度、用法，进而分析戏剧结构的不同特点。他首先溯源穷流、归纳整理，将2500年以来戏剧的叙事性结构类型进行分类，力图展现各个时期、各种流派提倡的戏剧结构特色。其次，与相对成熟的叙事性结构相比，有关剧场结构的论著还相对匮乏。著者以编导演模式为视点，横向比较世界戏剧美学体系，纵向挖掘中国的戏剧美学脉络，中西参照、点面结合、归类清晰。全书涉及的案例从历史到当下、从传统到后现代、从经典到热点，博采众长、配图精美，乃编剧学教学的重要参考著作。作者以宽容的姿态审视不同的戏剧流派，作为编纂者，我揣测大概对于当下话剧的弊端分析也是直面戏剧乱象的必经之途。另外，就叙事性结构与剧场结构的关系研究，也颇具启发，这也是未来编剧学所要努力研究的重要方向之一。

7.《电视剧写作概论》

著者姚扣根。该著被列为教育部"十一五"规划国家级教材。此著区别于以往的电视剧写作教材，动态地对电视剧这一特定对象进行考察研究，将电视剧作为一门交叉边缘学科，既与戏剧、电影和大众传播等学科有关，又涉及其他人文学科，如文艺学、叙事学、心理学、伦理学、社会学等。另一方面，该著在阐述电视剧传承戏剧、电影及文学元素的同时，更注意站在电视媒介上，努力找出它们之间存在的不同点。换句话说，相对戏剧、电影理论的借鉴和传承而言，该著更注意符合电视媒介的需求，更注意电视剧是一种新兴的叙事艺术门类。同时，该著注意写作理论和文艺理论的相互渗透、交织，从教学方面充分注意了可操作性和示范性，提供了中外经典案例，提供一种科学的、系统的序列性训练。一方面训练学生掌握围绕具体文本写作的材料、主题、语言、结构和类型等主要内容，同时着重阐述那种得之于心，应之于手，只可意会不可言传的写作经验和技巧，并使之明朗化、系统化，并根据初学者的写作状态，循序渐进，有助于激发学生的学习兴趣，以理论推动实践训练，以实践提升理论素养。对电视剧写作的教学、研究者而言，本著可谓是一本难得的写作指南。

8.《编剧理论与技法》

本著为笔者所撰，曾获上海普通高校优秀教材一等奖。与他著相比，自知简陋。倘硬要找些特色，似乎也有。一是全书融入自己大量的创作感受，可能比较"贴肉"，具有一定的操作性；二是章末附有针对教材讲解内容的"思考与练习"，计有 20 道思考题，部分要求写成文章，另有 20 道练习题，要求编写 7 个小型剧本提纲、6 个剧本片段与 7 个小型戏剧剧本。希望通过这样的"多思考、多实践"，让学生领会课程内容并掌握从剧本提纲到剧本片段再到完整的剧本写作的整个流程，虽然浅显，但较为实用。

9.《戏剧小品剧作教程》

著者孙祖平。本书系统地论述了戏剧小品作为一种独立的艺术样式，有着属于自己的创作特征。著者首先从戏剧小品的起源入手，详细介绍了古代小戏和现代小戏的发展历程。然后从戏剧小品的构造特征、情境张力、情节过程、结构模式、形象造型、意蕴内涵、审美途径、语境语言及样式类别等九个方面入手，对戏剧小品的创作特征进行了详尽的阐述。此著一大特色是发现了戏剧创造系统中"片段"的位置存在和价值取向，清晰地指出"场面并不直接构成一场戏或是一幕戏，在场面和幕（场）之间，还存在着一个构造组织——片段"，从而提出了"戏剧小品是一个片段的戏剧"的定义，并论述了相应的特点。由此进入，戏剧小品研究的种种难题，皆能迎刃而解。同时，这一发现也使戏剧构造的理论更加科学、客观、合理。

10.《世界名剧导读》

著者刘明厚。本著遴选各个世界戏剧历史阶段中具有代表性的优秀剧目，如《俄狄浦斯王》《李尔王》《海鸥》《萨勒姆的女巫》《一个无政府主义者的意外死亡》等进行评析，涵盖了从古希腊悲剧以来西方戏剧的发展历史，以及戏剧观念、艺术表现手法的革新与变迁。在这些脍炙人口的名剧里，我们能感受到人类共同的价值观念和人文理想。此著不仅从编剧艺术分析的角度切入，还结合社会学、接受美学等理论去审视这些西方作家作品。全书评析中肯，见解独特，显示出作者具有开阔的学术视野和严谨的治学态度。

综合起来看，这 10 本教材，既备自成一体、各有千秋之特色，也具相互补充、相得益彰之功能。《编剧原理》虽然问世最早，文字简要，但所述概念、知识、要旨均属提纲挈领，为编剧学开山之作。《编剧理论与技巧》是前著的拓展与深化，集中外编剧专业知识之大成，可引领习剧者登高望远，总揽全局，按图索骥，成竹在胸；而与此著仅一字之差的《编剧理论与技法》则可看作是对顾著学习的心得集成，倘仔细揣摩，便可登堂入室，舞枪弄棍。《戏曲编剧理论与技巧》紧扣戏曲写作特点，阐述基本要领，给习剧者提供描红图谱；而属同类型研究性质的《戏曲写作教程》，则抓住关键要点，深入展开，时现真知灼见，令人茅塞顿开。《戏剧结构论》为著者倾情之作，所述要点，枚举案例，均融入情感色彩，既有感染力，也具说服力；《戏剧的结构与解构》虽与周著同题，但中西交融，视野开阔，观念新进，脉络清晰。两著比照着读，获得的不仅仅是对戏剧结构的融会贯通。《电视剧写作概论》与《戏剧小品剧作教程》则提供了两种不同艺术样式的写作指南，概念清晰，案例生动，特别是对写作环节的引领性提示，因为融入著者数十年创作经验，令读者释卷即跃跃欲试，如入无人之境。《世界名剧导读》既悉心绍介经典剧作，又给后学提供阅剧、评剧、品剧经验，可谓有的放矢，细致入微。

这 10 本教材织就编剧学知识经纬，也在一定程度上体现了编剧学之所以成为一门系统学科的实力。

至于这 10 本教材入编本丛书的理由，其实非常简单，一是为上海戏剧学院教师所著；二是必须正式出版过的；三是在教学过程中使用本教材产生较好效果的。我想，有这几条也就够了吧。

末了，请允许我再说说由衷的感言。

首先要感谢所有入编本教材丛书的编撰者（包括部分编撰者家属）的倾力支持。记得我把出版本丛书的决定与编撰者及相关人士通报时，获得的反馈竟全是热情的鼓励与诚恳的期待。为了使本丛书得以顺利出版，有的还毅然中止了与原出版社的合同；有的则搁下手头繁忙的学术研究与剧本创作任务立即对自己的原著进行补充、改写、修订；有的专门来与我商讨丛书的入编标准、装帧建议、使用范围等。凡此种种，都令我感动不已。

其次要感谢青年学者翟月琴女士的辛勤付出。作为月琴攻读博士后的合作导师，尽管知道她近期正在为国家社科基金青年项目的撰写与出站论文的修订殚心竭力，但我还是毫不犹豫地让她参与本丛书的编辑。除了深知她有丰沛的学养储备与严谨的治学态度外，更重要的是，希望她通过参与本次劳作，能更深入地了解上戏编剧学教学、理论与实践的家底，为她日后的编剧学理论研究打好基础。

月琴果然不负众望，投注热情，奉献智慧，既做了许多编务工作，又在学术上付出心血。举一个小例子，编辑工作遇到的麻烦之一是引文注释的复核，不少引文与原文有出入，或版本不详，或缺少页码，包括转引文献和作者凭感性经验引用的语句，都需要重新翻阅原著、甚至是作家全集，逐一核实。对任何一个人来说，这都是一个挑战修养与责任心的活儿，月琴做好了，而且毫无怨言，令我感动。

再次要感谢本书的责任编辑赵蔚华女士。她不仅对丛书的装帧设计，文字版式，内容规范，前言后记，体例题型都有自己独到的见解，而且还对入编的每一本教材都认真审读，并提出各种专业性很强的意见和建议，借此机会，向她表示深深的谢意。

最后，还要郑重感谢的是上戏 70 年间一代一代的学子们！正是你们求知若渴的目光、如切如磋的声波、进取奔放的心律所构成的温暖的"学巢"，才孵化催生了这一本本饱含著者心血、印有时代胎记、留下几多遗憾的编剧教材。毫无疑问，有关编剧学所具有的一切的丰润与一切的留白，都属于你们，属于未来！

我们，仅仅是戏剧征程上匆匆行走的过客……

陆军
2015.11.8

目　录

第一章　源远流长

20世纪80年代中期，戏剧小品奇迹般崛起，创作演出蓬勃兴旺，历久而不衰，成为上世纪末中国大陆最为引人注目同时也是最为重要的戏剧文化和电视文化现象之一。对此，有人纵情欢呼：古老戏剧之树萌发新芽，中国剧坛出现了新生事物，一种崭新的戏剧样式——戏剧小品——诞生了！

对中国戏剧小品的由来和成因，有着多种不同的判断和诠释。

不少研究者在戏剧小品和一种亦称为小品的艺术教育手段之间找到了某种联系："话剧小品由原先属于戏剧院校课堂教学的一种训练科目，变成一种独立的艺术品种，一种新的戏剧样式……"① 当今流行的戏剧小品由艺术院校培养学生的教学小品和演出团体训练演员的排练小品改造、丰富、脱胎而成。

有的归功于参加中央电视台1984年春节晚会出演小品的演员："……他们二人开了一代先河。中国的电视屏幕上从此有了'小品'这个艺术形式，而且发展得愈发不可收拾，几乎占领了电视综艺节目的统治地位。"② 一些戏剧小品的编导自称：戏剧小品是他们在那个时候玩出

---

① 田本相主编：《新时期戏剧论述》，文化艺术出版社1996年版，第444页。
② 姜昆：《笑面人生》，上海人民出版社1996年版，第29页。

来的。

也有人探根寻源指出，戏剧小品并非没有传统，上海的"独脚戏"就是小品，创始于 1927 年前后。"上海的独脚戏，如今在北京落地生根，不过换了个名目，叫做小品，并且一下子风靡全国，成了群众喜闻乐见之最。""小品也不是没有传统的，有上海的独脚戏作前辈呢!"[①] 类似独脚戏的，还有四川谐剧，创始于 1939 年。

有的则认为，戏剧小品只是独幕剧中篇幅较短的那一部分作品，已有一些约定俗成的称谓：微型独幕剧、微型戏剧、微型喜剧、小话剧、小喜剧等。

探讨中国戏剧小品的由来和成因，需有两种眼光：

一是历史的眼光，追根溯源，戏剧小品这一样式早已有之，古今中外戏剧史上那些最为短小精悍的戏剧作品都可被视作是戏剧中的小品之作，戏剧小品从来就是戏剧的一个传统品种；

二是现代的眼光，当代戏剧小品主流的生存方式是以大众传媒中最为重要的传播方式——电视为载体，成为电视节目的一个组成部分，从这个意义上讲，戏剧小品又是电视节目的一个崭新品种。

可以就戏剧小品的历史渊源作一时间的追溯和空间的扫描。

一、古代小戏

戏剧小品以对白性表演为特征，是戏剧最为简短的存在方式，如果作一种假设，戏剧最初的整一形态即是戏剧小品那样的存在，从进化论

---

① 王安忆：《小品》，载《文汇报》1997 年 4 月 10 日。

的角度来看，事物由简单演化为复杂，由低级走向高级，这种演绎不失为一种合乎逻辑的推断，最早的戏剧发展史完全可能是一部戏剧小品史。但这仅仅是一种臆测，一切都湮没于渺渺茫茫的史前迷雾之中。如果把追溯的目标瞄准有案可稽的历史陈迹，那么，已知最早最为简短的戏剧形态当存在于人类戏剧的第一个伟大时期——上古时代的古希腊戏剧。其后经历了中古、近代等发展阶段，才演变为现代和当代意义上的戏剧小品。

（一）上古时代的小型戏剧

公元前 6 世纪，古希腊墨加拉地方的多里斯人经常演出一种简单的笑剧，这种笑剧很可能是由演员随心所欲地说笑聊天的即兴创作，演员是业余的，在市场而不是在剧场演出，题材为神话故事和日常生活，表演幼稚简单，粗野鄙俚，如用粗俗的语言模仿一个偷果子的人或一个讲方言的外邦医生。

为多里斯笑剧哺育，那个时代的西西里地方有个被称为古希腊第一个知名喜剧诗人的厄庇卡耳摩斯（公元前 530 ？—前 440 ？）创作了五十余出滑稽幽默短剧，后人只知道其中几出的剧名，以及看到一些残篇，这些短剧可能由两三个演员在僭主的饭堂里表演，没有布景，只需几件道具，冲突单一，情节简单，人物类型化。有研究古希腊戏剧的学者认为，厄庇卡耳摩斯的戏剧还不是严格意义上的喜剧，只是一种幽默小品——神话传说的谐模，流行的哲学思想的戏拟，人们熟悉的类型人物的描绘和喜剧性的文字游戏。

多里斯笑剧后来亦称模拟剧（Mimiambol，亦称 Mimoi，即英语中的 Mimtes，一译拟曲），是古希腊戏剧中除悲剧、喜剧、羊人剧之外的又一剧种。至公元前5世纪，这种原由演员即兴表演的模拟剧有了专门的撰稿人，西西里作家索弗龙（约公元前470—约前400）运用多利斯方言，采用有节奏的散文，首先赋予这种体裁以文学形式，被称为模拟剧的创始人。索弗龙写过许多模拟剧，作品已失传，只留下一些片断，剧名有《老头》、《渔夫》、《渔夫与农民》、《织补女工》等，从这些作品的名称，我们可以窥见其现实主义的倾向。

公元前3世纪，模拟剧盛行一时，出现了很多模拟剧作家和作品。有赫罗达斯（又译海罗达思，约公元前300—?）的七部剧本和狄奥克里图斯（又译谛阿克列多思，约公元前310—前256）的五部剧本流传至今。

赫罗达斯七部模拟剧本：

《媒婆》：三个人物。主妇美忒列该的丈夫去了埃及，媒婆瞿列斯来到她家，说她独守衾枕，过着寡居日子，而一个很有钱很温和的小伙子为她害上了相思病，媒婆来为两人牵线搭桥。美忒列该毅然拒绝媒婆的游说，让女奴灌了她一肚子掺了水的酒。

《乐户》：两个人物。乐户（相当于中国古文中的"娼侩"）巴塔洛思当着法庭书记的面，模拟雅典律师抗辩，说自己被打了，门被砸破了，门坊被火烧了，并让妓女上庭当众验伤。

《塾师》：三个人物。学生珂太洛思厌学思赌，母亲要老师狠狠用鞭子教训他。

《上庙》：三个人物。两位妇女上庙祭祀献纳，祈求医神保佑赐福，庙祝希望她们慷慨布施，以获得更大的康健。

《妒妇》四个人物。寡妇比延那宠爱的男奴另有新欢，她醋意大发，令剥去男奴衣服，将其反绑，再杖刑背上一千腹上一千。经女奴求情，遂饶恕男奴。

《昵谈》：两个人物。女主人和女客人在家中说闺房悄悄话。

《皮匠》：三个人物。女客美忒罗带一位太太来鞋铺买鞋，狡诈的制鞋匠用他那如簧巧舌向顾客推销鞋子，美忒罗帮着为女客讨价还价。临走，皮匠要美忒罗到时来取一双"螃蟹红"作酬劳，原来他们是串通好的，一唱一和地推销鞋子。

狄奥克里图斯五部模拟剧本：

《法术》：一个角色。被情人抛弃的女人斯迈塔用咒语祈祷神灵，让情人回到自己的身边。

《农夫》：两个角色。农夫蒲凯阿思患上了相思病，向伙伴倾诉自己对心上人的思念。

《相思》：两个角色。一个男人因失恋而垂头丧气，朋友开导他去埃及，趁年轻干出一番事业。

《上庙》：一译《叙拉古妇女》，六个角色，一群女人在埃及亚历山大城参拜亚陀尼思复活祭，她们欣赏着挂在墙上的亚陀尼思绣像，边饶有风趣地相互间说笑和争执。

《私语》：两个角色。牧牛人和牧女调情，向她求婚，许诺她将得到他所有的牛群、所有的树林与牧场。①

这些模拟剧只有一个场景，若干个角色，情节简单，是我们迄今为止所能看到的最早期最完整的小品规模的戏剧文学剧本。

公元前 212 年，古希腊模拟剧流传至罗马，古罗马时代的模拟剧在街头搭台演出，主要反映首都平民生活，间或也表现神话题材，欺诈行为、法庭刁难、夫妻不忠等是常见的情节，吵架、斗殴是常见的场面，

---

① 周作人译：《希腊拟曲》，商务印书馆 1933 年版。

剧中往往有对时弊的针砭，连基督教信条和皇帝都成为攻击对象。演出生动活泼，粗野俗俚，杂以色情成分，伴有舞蹈和音乐，为观众所喜爱。

在古希腊戏剧传入罗马之前，罗马就有自己的戏剧演出，有一种被称为"色妥拉"（Satura，原指水果拼盘）的杂剧（亦称混合剧），这是罗马时代早期一种包括哑剧、对口笑骂、舞蹈和音乐的小喜剧，表现日常生活，是民间的主要娱乐形式之一。

古罗马民间还流行一种称为阿特拉笑剧的通俗短剧，以古意大利农村生活为题材，也有对时事政治尖锐泼辣的影射和批评：由演员戴面具，扮演各式定型人物，角色主要有四种类型：愚蠢粗鲁的小丑或傻瓜马库斯历，贪嘴饶舌或吹牛的丑角布科，吝啬好色容易上当的老财迷帕普斯，聪明狡诈、招摇撞骗的驼背奴隶多塞努斯等。场面狂放热烈，剧情戏谑粗俗，具有闹剧的性质。

公元前2、3世纪，秦汉时的中国，民间有一种"蚩尤戏"的技艺表演，人们学头顶生角的蚩尤样，以角抵人。汉代有一个叫《东海黄公》的节目，说东海地方有一个叫黄公的，年轻时很有本事，能"制蛇御虎"，待到年老气衰，又饮酒过度，结果反被虎害。情节较为简单，颇多哑剧成分，是一种小型戏剧的雏形。

在陈寿的《三国志·蜀志·许慈传》中，记录了中国最早一出小品规模戏剧《许胡克伐》的演出，说的是许慈与胡潜不和，相互克伐，刘备没有公开责斥他们，而是在一次群僚大会让两个艺人装扮成许胡二人的形象，模仿他们争吵的样子，先是双方责难挖苦对方，最终动刀动杖打了起来，以此来感化两人，被认为"是一出中国古代二人对话戏剧开山作"。①

（二）中古时代的小型戏剧

古希腊、古罗马戏剧传统从公元 2 世纪起衰退。中世纪初期，统治者出于政治、宗教的需要，对戏剧采取排斥、灭绝的政策，剧场被破坏，剧本遭焚毁，演员受凌辱，观众看戏也被视为大逆不道，戏剧似乎从欧洲大陆销声匿迹了。但是，戏剧艺术并没有就此绝种，只是一切似乎都得从头做起，于是，又出现了类似戏剧起源阶段时的状态，从基督教的宗教仪式，特别是复活节的庆典活动中，萌生了中世纪的戏剧——宗教剧。

宗教剧的源头是一些十分简单的"对话"，举行宗教仪式时，唱诗的形式常是一问一答，很像戏剧中的对白。为了表现耶稣的圣迹以更形象地宣传教义，牧师们扮演起圣迹故事中的人物。在英国 9 世纪的复活节弥撒中，有一段"你找谁"的场面，一个牧师扮演天使，三个牧师扮演三个叫玛丽的女人，他们来到耶稣基督的坟前：

天　使：哦，信教的妇女，你们到墓穴找谁？

妇　女：哦，天使，我们找钉十字架的拿撒勒人耶稣。

天　使：他不在这里，像他所预言那样他已经复活了。去告诉大众，耶稣已从死里复活了。

接着是对话性的轮唱和表演。中世纪的欧洲，许多国家都存在着这

---

① 曹燕柳：《中国古代话剧》，敦煌文艺出版社 1997 年版，第 127 页。

种类似戏剧的问答和扮演。为了加强教徒们的视觉形象，有时，还在教堂里搭起了耶稣出生的马槽或耶稣的坟墓。当牧师们扮演一定的角色，模拟虽简单但相对完整的故事情节时，那就相当于一出戏剧小品的演出了。虽然这些说教性的简单短剧多是即兴应景之作，很少文学上的价值。

最初，演出在教堂内进行，随着演出人员和观众的增加，教堂外的空地和教区遂成为表演场所。当这样的规模也难以满足公众的需求时，宗教剧便走向了街头和广场，中世纪的连环剧（即神秘剧，又译作经典剧）由大量短剧组成，演出的方式有固定的和流动的两种，后者的演出，"在有些地方，特别是在英格兰，连环短剧的演出就在如同大游行和凯旋仪式所使用的双层彩车或双轮马车上进行，一连串的戏车绕城进行。演员们在每一个停车地点为一群观众表演同一个戏，观众原地不动等待下一辆彩车的到来。戏剧不在教堂上演之后，表演由非宗教团体和商业公会接管。"① 其时的演出，已由形象化说教的宗教礼仪衍化成为教徒集会和群众文化娱乐需要的戏剧演出。13 世纪初的意大利中部地区流行一种"拉乌达"（Lauda）的短剧形式，就是从宗教颂赞歌演化而来的。

中世纪的戏剧除了宗教剧外，还有非宗教戏剧的存在，这是一种扎根于民间、质朴无华的戏剧。在宗教戏剧还未萌生之前，那些浪迹天涯的艺人来往于欧洲的通衢大道作巡回演出，他们热爱生活，多才多艺，他们的演出和古希腊、古罗马时代的模拟剧、笑剧的传统一脉相承，在人民中间撒播着戏剧的种子，等待着开花结果的日子。欧洲各地民间的节庆日、乡村集市和城市街头，往往成为老百姓进行狂欢庆祝的时刻和

---

① ［英］菲利斯·哈特诺尔：《简明世界戏剧史》，中国戏剧出版社 1986 年版，第22 页。

场所，演出各种各样丰富多彩的娱乐节目，其中，小型戏剧的演出是一项极为重要的内容。

有一种叫作 Fiyting 的对骂短剧，剧中人物常为一对爱争吵斗闹的夫妻或两个好搬弄是非的粗野者，是中世纪早期的一种短剧形式。

独白式的独角戏，又称为"愉快的说教"，最早是对传教士布道的滑稽模仿，后来摆脱了宗教内容，成为一种世俗的小型喜剧。有一出叫《巴纽莱的自由射手》的独角戏，写了一个气壮如牛却胆小如鼠的法王自由射手卫队的弓箭手，他自夸英勇无畏："我简直急得发疯，欲显身手却愁找不到仇敌。"接着，他遇见一个挂着白十字徽号的法国军人，他怕对方误伤自己，浑身直打哆嗦："啊！老爷，看在上帝的面上，高抬贵手，留我一条活命。您胸前挂着白色的十字，显然我们属于同一阵营。"那个军人转过身去，背后挂的却是英军黑色十字徽号，他大惊失色，立即改口，高呼英军将领"神圣的丹尼斯万岁"，乞求饶命。可是对方毫无反应，他以为此番在劫难逃，便为自己写下墓志："这里长眠着射手倍尔尼，他曾毫不退缩从容就义。"这时，对方突然倒地，这才发现原来是个稻草人。于是他勇气陡增，将对方"活擒"，并声称要继续建立功勋。这出小戏直接抨击了法王查理七世于 1448 年建立的自由射手卫队。

笑剧（Farce）亦称闹剧，一种流行于欧洲各地的短小精悍的戏剧形式。法语中的 farce，原义是"馅儿"，有"填塞"和"穿插"的意思，原先只是宗教演出的附属品。大型宗教剧的演出，肃穆冗长，其间穿插一段反映世俗生活的滑稽小品，以活跃气氛，取悦观众。13 世纪已有这类闹剧的写作，至 15 世纪，遂自成一体，有了正式的名称和形式。笑剧在法国获得最充分的发展，以表现市民生活和人情世态为特长，情节诙谐滑稽，风格夸张泼辣。笑剧在法国发育得最为成熟，著名的作品有《水缸》、《两个瞎子》、《饼与糕》、《哑妻之夫》等。《水缸》写一个老实巴交的男人加其诺，遭受妻子和岳母的欺侮，母女俩规定他每天必须按照她们立出的清单操劳家务；丈夫不愿干绞干被单的活，妻子追打他时，不小心跌落水缸；妻子呼救，丈夫视而不见，却对照清单上的条例说："这可没写在清单上啊！"也有一些笑剧的篇幅大大超过了小品的规模，如著名的《巴特林律师的故事》等。

类似法国的笑剧，德国有一种民间笑剧形式——戒斋节（即忏悔节）剧，这是在德国民间狂欢节前后演出的一种诗体世俗闹剧，由业余演员、学生和工匠在露天戏台演出，反映日常生活，情节简单粗俗。至16世纪，出了个叫汉斯·萨克斯的作家写了83部戒斋剧，他将原来戒斋剧中的粗俗笑话改成简单的民间故事，去其粗鄙又不失诙谐，大大提高了艺术趣味。有一出短剧叫《驱魔记》，写一牧师与一农妇幽会，丈夫突然回到家中，牧师狼狈不堪，躲进炉灶，弄得满脸满身都是黑灰，被当作魔鬼驱赶出屋。

笑剧在英国也取得了相当的成就，市民、农夫和牧师是这些滑稽短剧的主角，剧作以闹剧的形式表现他们之间的口角、争执和吵闹。最著名的剧作家是黑伍德（1497—1580），在他的《约翰，他的妻子蒂卡和牧师约翰爵士》中，牧师勾搭上约翰的妻子，约翰向牧师进行报复，将他侮辱了一番。在《天气剧》中，一些人向木星祈祷，以求天气能满足他们的需要，然而，这恰恰又与其他人的需要发生了冲突。他最著名的作品是《四 P》，剧中四个角色：香客、卖赎罪券的牧师、走江湖的卖药者和小贩，他们的名字都是"P"打头，四人举行说谎比赛以证明自己的能耐，最后的获胜者是香客，他说的谎是，在他的游历生涯中从未遇到一位失去耐心而大发脾气的女人。剧作讽刺嘲笑了教会人士。

在葡萄牙民间，有两种简单的短剧表演形式：一种是称为"模模"的哑剧，模仿某种人在某种场合下的活动；另一种是称作"恩特雷梅斯"的滑稽短剧，以讽刺逗笑的对话，对某种人或某个事件进行嘲弄。

欧洲15～16世纪还有一种叫"世俗插剧"（Secular Intelude）的非宗教短剧，内容既可严肃又可轻松，由民间巡回演出艺人或贵族雇请的戏班子在庆祝会、节日或宴会间插演。

在7世纪和12世纪的印度有古典梵语独幕笑剧和称为独白剧的独脚滑稽戏的存在。

公元6世纪左右，中国两晋南北朝和隋唐之际盛行一种非歌舞的滑稽表演——参军戏。参军戏有固定的形式，两个化了妆的角色：参军和苍鹘，相互嘲弄逗趣，参军是主要被嘲弄和逗趣对象。以科白为主，语言滑稽犀利，动作随意自然；题材常讽喻政事，针砭时弊。参军戏原在宫廷演出，后传入民间，唐代李商隐的《骄儿诗》中描述了儿童对参军戏的模仿："忽复学参军，按声唤苍鹘。"参军戏风靡之程度可想而知。今人对参军戏的了解，只限于古籍有关三百余条演出事迹的记载。

1900年，在甘肃敦煌一个藏经洞里发现大批遗书，其中一部分为"变文"，属唐代的说唱文字，有研究者从中辨认出三部符合舞台演出的小型"话剧"剧本：《茶酒论》、《晏子赋》和《孔子项托相问书》：

《茶酒论》：一出拟人化的寓言剧，三个角色为茶、酒、水。"茶"先亮相，自诩自夸："百草之首，万木之花，贵之取蕊，重之摘芽，呼之茗草，号之作茶，贡五侯宅，奉帝王家，时新献入，一世荣华，自然尊贵，何用论夸？""酒"随之登场："自古至今，茶贱酒贵，单醪投河，三军告醉。君王饮之，赐卿无畏，群臣饮之，叫呼万岁。"接着你来我往，贬抑对方，互不相让，争得难解难分，却不知"水"早在一旁冷眼观望："阿你两个，何用忩忩，阿谁许你，各拟论功！言词相毁，说西道东！人生四大：地、水、火、风。茶不得水，作何相貌？酒不得水，作甚形容！"一番贬"茶"抑"酒"之后，开导二者："从今以后，切须和同，酒店发富，茶坊不穷。长为兄弟，须得始终。"

《晏子赋》：梁王召见晏子，让他从小门而入。梁王问他："卿是何人，从吾狗门而入？"晏子回答："王若置造人家之门，即从人门而入，君是狗家，即从狗门而入，有何耻乎？"梁王又问："齐国无人，遣卿来也？"晏子回答："齐国大臣七十二相，并是聪明志（智）惠（慧），故使向智量（慧）之国去，臣最无志（智），遣使无志（智）国来也。"该剧取材于《晏子春秋》中"晏子使楚"的故事，误将楚国说为梁国，可能是文化水平不高的演员们的创作。

《孔子项托相问书》："昔者，夫子东游，行世荆山之下。路逢三个小儿，二小儿作戏，一小儿不作戏。"孔子觉得很奇怪，问这个叫项托的小孩为什么不参加做游戏，项托数说了游戏的诸种弊病。孔子见项托伶牙俐齿，谈吐不凡，有意诘问为难："汝知何山无石？何水无鱼？何门无关？何车无轮？何牛无犊？何马无驹？何刀无环？何火无烟？何人无妇？何女无夫？何日不足？何日有余？何雄无雌？何树无枝？何城无使？何人无字？"项托对答如流："土山无石，井水无鱼，空门无关，舆车无轮，泥牛无犊，木马无驹，斫刀无环，萤火无烟，仙人无妇，玉女无夫，冬日不足，夏日有余，孤雄无雌，枯树无枝，空城无使，小儿无字。"等等。又反诘孔子，孔子一时竟无言以答："善哉！善哉！方知后生可畏也！"

研究者以为此三例为中国现存最早的古代话剧小型剧本，纪年不确的也当是十世纪之作。[1]

公元 11 世纪出现的宋杂剧是一种戏剧体制较为完整的表演艺术形式，这种以对话为主的滑稽讽刺短剧较之参军戏更富于故事性，角色多，而且贯串首尾。宋杂剧演出于"瓦舍勾栏"，瓦舍是宋代城市娱乐集中之地，勾栏则是杂剧、曲艺、傀儡戏、杂技、武艺等的演出场所。《都城纪胜·瓦舍众伎》中说："散乐，传学教坊十三部，唯以杂剧为正色。"可见宋杂剧在瓦舍中地位之显达。《东京梦华录》中"瓦子"条："每日五更，头回小杂剧，若晚，看不及矣！"天色刚亮，就在勾栏瓦子中上演小杂剧，若晚一些，就看不到了。可见小杂剧演出的盛况和号召力。

瓦舍勾栏中的宋杂剧究竟演出些什么内容，至今无人知晓，更不要说有剧本流传了。在宫廷中演出的宋杂剧倒留下了一些记载，从内容来看，大多是政治讽刺剧，讽刺对象为达官贵人，甚至皇帝本人，如一扮作上将军童贯家婢女的梳着满头的小发鬓，说："大王方用兵，此'三十六髻'也。"用"三十六髻"谐"三十六计"之音，意指"走为上计"，讽刺"童贯用兵燕蓟，败而窜"。[2] 如宫廷的厨师没将馄饨煮熟，被送进最高司法机关大理寺受审，下了狱。为宋高宗演出时，两个角色被问起年龄，一个说甲子生，一个说丙子生，第三个角色说他们都应到大理寺受审、下狱。皇帝好生奇怪，问为什么，演员回答说："他们侠子（甲子）、饼子（丙子）都生，该与馄饨不熟同罪！"[3] 根据所记载的

---

① 曹燕柳：《中国古代话剧》，敦煌出版社 1997 年版，第 147 页。
② 宋·周密：《齐东野语》。
③ 明·刘绩：《霏雪录》。

内容概括，剧目有《原来也只好钱》、《芭蕉》、《无量苦》、《别开河道》、《看取别人家女婿》、《黄檗苦人》、《二圣环》、《取三秦》、《樊恼自取》、《大寒小寒》、《雨字头》、《我国有天灵盖》等等。有一类是市井世态闹剧，宋·周密《武林旧事》卷十所记录的《官本杂剧段数》中有一些演出名目，如：《黄丸儿》、《眼药酸》、《急慢酸》等。《急慢酸》可能是两个对立性格秀才之间的闹剧，《眼药酸》、《黄丸儿》可能是演卖假药的。宋杂剧是中国古代话剧发展的高峰。

还有一种中国北方的杂剧叫金院本，金院本是金元时由民间演剧组织——行院演剧所用的脚本，和宋杂剧体裁、脚色、程式相同，所演剧目也有若干相同。在金院本中唱的成分大大减弱，大多是只有说白表演的滑稽调笑讽刺剧。

有研究者认为，今存元明孤本杂剧《蔡顺奉母》剧中之一折，可能是元代院本的遗存，明代《金瓶梅词话》中有着较完整的院本《王勃》，都是话剧形式的戏剧。中国戏剧从公元前直至十七世纪中叶，一直有着古话剧的传承，"古代话剧更类似于今日的'小品'，'小品'——古话剧的承继者，今日成为晚会不可或缺的角色。一阵阵笑声，更让人理解古代话剧艺术家在北宋开封时'每日五更，头回小杂剧，若晚，看不及矣'争睹为快的心态。"[①]

14世纪后半叶至16世纪，在日本形成了一种叫"狂言"的小型喜剧，形式短小精悍，时空地点的转换极为自由；以科白为主，有的也伴以歌舞；表现日常生活，使用民间通俗语言，风格幽默，剧中角色一般为二至四人。现存狂言剧目二百六十余出，其中不乏短篇者，译成汉

---

① 曹燕柳：《中国古代话剧》，敦煌出版社1997年版，第38页。

语，仅一千余字，有一出题为《雷公》，雷公双手执鼓槌擂鼓，嘴里发出"咕咚！轰隆！轰隆"声，作电闪雷鸣状，他不小心从云间跌落地上，挫伤了腰椎，被一个在京城难以谋生的庸医治好了伤痛。医师向雷公索取报酬，雷公说今天是突然落下来的，身上什么都没带。医师说雷公可以呼风唤雨，请务必保护人间万万年不受灾。最终雷公答应保护八百年，还让他当上太医院院长。这些古老的小戏历经数百年而不衰，至今仍焕发出青春的光辉。

二、现代小戏

现代小戏直接源于近代后期的若干小戏样式。

（一）近代小型戏剧

近代小型戏剧有若干种类型：宗教短剧、世俗小戏、插剧和幕间剧、尾戏和开场戏等。

从 15 世纪末叶起，一场反对中世纪宗教统治和禁欲主义的思想文化运动——文艺复兴，席卷欧洲各国，教会势力开始全面退却，但在一些国家，宗教小戏的创作演出仍非常活跃。西班牙有一种独特的叫"奥托"（Auto）的简短宗教剧，以宣传宗教教义为宗旨，角色一般为圣经人物或寓意人物。"奥托"的创作在 17 世纪达到高峰，当时，几乎所有的剧作家都写过这种宗教短剧。据说文艺复兴时期西班牙最重要的剧作家维迦（1562—1635）就写过 400 部"奥托"，和维迦齐名的卡尔德隆（1600—1681）创作的 120 余部戏剧作品中，这类宗教短剧就占 80 余出。

在乡村和城镇的演出中，叫人大饱眼福的总是那些世俗的笑剧，1548 年，巴黎开始禁演宗教剧，原先在集市演出的闹剧就更兴盛起来。有个叫达巴栾的街头艺人，在巴黎的新桥演出滑稽戏，非常受欢迎。年轻时代的莫里哀（1622—1673）随剧团在外省流浪期间，以写这一类短小精悍的闹剧开始他的写作生涯，作品已失传，只留下一些剧名和两出台本，如《小胖子洛奈》、《口袋里的高西布斯》、《胖子洛奈吃醋》、《迂阔先生》等，篇名就很有戏谑色彩。

这一时期最主要的小型戏剧是幕间剧，一种在正剧演出中插演的短剧。意大利的幕间剧在普通戏剧的两幕之间演出，取材于某些能产生特殊剧场效果的神话故事，如赫耳枯勒斯入地狱，珀耳修斯骑着飞马大战海怪，演出配以十分富丽堂皇的布景，这些都是观众迫切盼望看到的。在幕间剧中还可以看到罗马武士随着音乐节奏挥舞兵器的战斗场面和摩尔人表演的原始火炬舞。

英国的幕间剧在 16 世纪达到高峰时期，著名的幕间剧作家有黑伍德、拉斯泰尔和雷德福等，他们创作的戏由富人或贵族家里供养的戏班子演出，在这些演出幕间剧的戏班子里产生了第一批英国职业演员。

西班牙的戏剧演出有自己独特的风格和套式，一次表演一出以上的戏，没有严格的悲喜剧之分：两出戏之间要演一个短小的幕间剧，一部三幕喜剧的演出，其间要插演两个幕间剧。通常在剧终时，再要加演一个笑剧。西班牙文学黄金时期的大作家、《堂吉诃德》的作者塞万提斯（1547—1616）创作了 8 出幕间剧，取材于日常生活，场景紧凑活跃，语言机智幽默，情节生动，富有戏剧性。

16 世纪及之后的西班牙戏剧中还有一种独特的小形式——"帕索"（Paso），"帕索"是一种为调节气氛穿插在一些剧情发展迟缓的戏中的短剧。由两三个角色和一种喜剧情境构成，具有独立的情节、人物和背景；取材于下层社会的轶闻趣事，运用地方背景和地方语言，表演夸张滑稽，对话机敏通俗，具有讽刺意味和喜剧色彩。有的脱离正剧，自成一体，成为独立的插曲剧。被称为西班牙民族戏剧奠基人的鲁埃达（1510—1565）创作了许多"帕索"，现存24出，其中10出为插曲剧。最著名的是《橄榄》，描写一对农民夫妇，刚种下一棵橄榄树，便喜滋滋地幻想起收获来，妻子要女儿每篓橄榄卖两毛钱，丈夫却认为开价太高，两人各执己见，都要女儿服从自己的意旨，互不相让，争吵起来，甚至动手打起女儿来。

17、18世纪的法国，剧场演出已形成一定的格式：一出长戏加一出短戏。

18世纪的俄国各大城市盛行学校戏剧，演出中加演一些幕间喜剧，具有强烈的讽刺色彩，贵族、地主、神父、法官等成为被嘲笑的对象。赫尔里金和加耶尔是许多幕间剧的中心人物。在《赫尔里金民法官》中，赫尔里金控告苍蝇的罪行，法官赋予他捕打苍蝇的权力，他抄起棍棒痛揍法官和秘书，因为他们身上有苍蝇。

欧洲18世纪初，有一种在正剧演出中插演（如在五幕正剧的第三幕和第四幕之间插演）或在剧终之后加演的小戏——"After-Piece'，有人译之为"尾戏"。18世纪后期，有一种在正剧开始前加演的小戏——"Curtain-raiser"，译作"开场戏"。这类戏大多是滑稽剧、闹剧，起初，这类篇幅长短不一的小戏都是作为正剧演出的附属物而存在，只是为了调剂气氛、娱于观众或消磨时间，但渐渐，观众对这类小戏的欢迎程度超过了主戏，于是有了专门为迎合观众需要而创作的剧目，18、19世纪的演出戏目上，已把这类小戏称之为"One Act Play"，即我们今译的独幕剧。为招徕观众，剧团对这类短剧的需求量极大，1735 年，德国一个剧团在 8 个月期间就演出了 75 出足本戏和 93 个 "One Act Play"，鉴于独幕剧的影响，写这类小型戏剧成为当时文人墨客的一种时尚。法国通俗喜剧作家斯克里布（1791—1861）曾写了许多语言优美、对话机智、表现下层人民生活的幽默短剧。小说家、剧作家梅里美（1803—1870）曾化名西班牙喜剧女演员克拉拉·加苏尔发表包括《西班牙人在丹麦》、《女人是魔鬼》、《非洲人的爱情》、《依内丝·门多》和《天堂和地狱》五部短剧在内的戏剧集。俄罗斯现实主义戏剧创始人普希金于 1830 年创作了 4 个多场景小型剧本：《吝啬的骑士》、《莫扎特和沙莱里》、《石雕客人》和《鼠疫流行的宴会》，表现了人们被金钱、嫉妒、情欲、病魔所支配，最后不可避免地走向毁灭的悲剧。大作家果戈理、屠格涅夫都写了一批独幕剧和短剧。

（二）现代独幕剧和当代戏剧小品

19 世纪末 20 世纪初，欧美资本主义国家进入工业革命时代，生产和科学技术日新月异、突飞猛进，社会物质生活方式的改变使得人们的思想及其相互关系发生了深刻的变化，城市人口激增，民主思想萌生，工人和市民涉足剧场看戏。但是，当时欧美剧坛的状况却极其令人失望，充斥舞台的是脱离现实、内容空虚、思想贫乏、因循守旧的演出，用矫揉造作的情节、华彩绮丽的布景和演员精湛出色的演技所编织的外壳所包裹着的是病入膏肓沉沉死气的生命。就规模而言，艺术有两个命题：大是美丽的和小是美丽的。这两种美丽一般不同时存在：大美丽了，小就不那么美丽了；小美丽了，大就不那么美丽了。当在正规剧场里上演的大型戏剧被观众冷落、陷于危机、跌入低谷之际，往往便是小型戏剧崛起之时。当时一批不满现状的年轻人揭竿而起，反对戏剧的商业化倾向，摆脱旧的戏剧传统，探索新的表现方式，重视戏剧的艺术水准和社会作用，提倡小型的业余的实验性演出。1887 年 3 月 30 日夜，巴黎一煤气公司的小书记安托万和一群志同道合者，以自由剧场的名义上演了四出朴实的独幕剧，压轴戏是根据左拉同名小说改编的《雅格·达莫尔》，安托万出演雅格，一个当年巴黎公社社员，失踪多年后突然回到家中，妻子已经另嫁他人，家中已无他的立足之地和生存权利，人物悲惨的境遇打动了观众，演出获得巨大成功，一次再简陋质朴不过的业余演出向传统的剧场艺术发起了最大的挑战！参照自由剧场的原则，欧洲雨后春笋般相继涌现一大批小型、业余、实验性的剧场剧院，酝酿成欧洲戏剧史上声势浩大的独立剧场运动。始于 1911 年的美国小剧场运动同样波澜壮阔，至 1925 年，全国各地小剧院竟多达一万九千余家。

这些演出团体上演最多的是独幕剧，一出或几出剧目便能组合一次完整的演出。由于独幕剧规模小，演员少，道具简单，创作和演出不为正规舞台和剧场所囿，题材又切合时代潮流，这类小型戏剧便应运而兴，显示出崭新的姿态，不再作为剧场演出的附庸品，不再是大型戏剧演出时加演、插演的附属物，而是名副其实地成为一种独立的戏剧样式。一大批享有世界声誉的名家大师，如契诃夫、斯特林堡、梅特林克、皮蓝德娄、奥尼尔等都为这个时代奉献出他们的独幕剧佳作。

独幕剧流行至今，剧目数不胜数。同称独幕剧，篇幅却长短不一，相比之下，一批容量更为简短的作品，如契诃夫的独幕剧，其中有的作品，如"一出舞台独白独幕剧"《论烟草之有害》，写怕老婆的伊万·伊万奴维奇·牛兴，奉老婆之命在一家外省俱乐部作演讲，说着说着，他情不自禁地抱怨、甚至控诉起他的妻子来："只要我能够远远离开这愚蠢、卑鄙、廉价的生活，把我变成一个可怜的老傻瓜，一个可怜的老白痴的生活就成；远远离开这愚蠢、琐碎、坏脾气、可憎、恶毒的吝啬鬼，折磨了我三十三年的太太就成……"他恨恨地脱掉身上穿了三十三年结婚时穿的破烂礼服，扔在地上使劲用脚踩踏，可当他意识到老婆来了的时候，他又赶忙捡起礼服穿好，恳求观众，假如他的妻子问起他的话，请告诉她，他在做"论烟草有害"的讲演。篇幅短小精悍，完全是一个小品规模的独角戏。

无独有偶，被誉为"美国戏剧之父"的奥尼尔也写过一个独角戏《早点前》，早点前的客厅里，妻子肆无忌惮地数落还在卧室未起床的丈夫的种种不是，她还给丈夫打了盆洗脸水，一只苍白的手抖抖嗦嗦地从侧幕伸出，接过脸盆，人却始终未露面，妻子继续唠叨、发泄、指责，丈夫终于忍受不住她无休止的尖刻和恶毒，自杀身亡。这也是一出典型的小品剧。

西方的现代主义戏剧首先在独幕剧中初露端倪，比利时象征主义剧作家梅特林克的《盲人》篇幅简短，类似小品，写一群盲人深夜在大海边悬崖上的森林里迷路，带领他们出来的老神父死在他们中间，只听得死神的脚步渐渐逼近。未来主义戏剧倡导的"合成剧"更是对情节、时间和空间作极端的综合，意大利马利奈蒂的《他们来了》，两个仆人不停地在台上搬动座椅，总管四次上场，共计说了三句听得懂的话和一句听不懂的话，最后，座椅们自个儿移动，走出门去。有的剧作更为极致，坎基乌罗的《枪》全剧如下："全现代剧综合。／登场角色，一颗子弹。／没有行人的一个寒冷的街上，／暂时静默。手枪发射的声音。／幕。"《只有一条狗》："幕启：／登场人物？？？／一条街，黑夜，冷极了，一个人也没有。／一条狗，慢慢地跑过了这条街。"未来派戏剧成就不大，但影响不小，剧作大都为小品规模。

　　在中国戏剧史上第一个把小品概念和戏剧联系的是欧阳予倩，说上海早期演"独脚戏"的艺人，"他们在出'堂会'的时候编出各种滑稽小品（并不是戏）以娱宾客，这种小品最初类似相声，没有唱，后来有一些加上小调，其中有很聪明很富于趣味的东西。这些小品除堂会之外，也曾在电台广播……"[①] 文中所说的"小品"为早期的"独脚戏"，1920年后由流行在上海、江苏、浙江部分地区的"唱新闻"、"小热昏"、"隔壁戏"发展而成，也受文明戏和相声不少影响，一般由一至二人演出，也有三人以上的。"独脚戏"以方言的说和唱表现底层百姓的世俗生活，借助当时的广播媒体，"独脚戏"在长江三角洲地区风靡一时，抗日战争时期渐发展为滑稽戏，但"独脚戏"依然存在流行。"独脚戏"可分为两个种类，一类与北方的相声相似，以说唱故事为主，一类与戏剧小品相通，由演员扮演角色表演故事，优秀传统剧目有《调查户口》、《七十二家房客》、《拉黄包车》、《大阳伞拔牙齿》、《看电影》等，这些段子剧目与现代小品同出一辙，只是运用的是江浙沪一带的方言，而不是普通话。

　　"在我国二十年代的小剧场里，小品曾是实验性演出的重要形式。田汉写的《公园 Sketch》，由上海艺大学生演出，是一出很典型的戏剧小品。Sketch 者，速写、特写、小品之谓也。另外，他的南国社还演出过不少他写的小品，如《青年的梦》、《到何处去》、《十字街头》、《理发师的悲哀》等等。不过那时他们还没有把这些戏叫做'小品'，而是称

---

　　① 欧阳予倩：《谈文明戏》，载《欧阳予倩戏剧论文集》，上海文艺出版社 1984 年版，第 229 页。

之为'即兴的短剧'、'小小的独幕剧'等。"① 上个世纪 50 年代，中国的话剧表导演和教育全面学习斯坦尼斯拉夫体验演剧体系，小品训练是一个环节，它们中更具艺术品位的一部分剧目，能直接服务于社会，1955年冬，中央戏剧学院由苏联专家指导的干部训练班曾演出《前方来信》等教学小品；1961 年冬，中央戏剧学院表演系曾将四个由学生自编自演的教学小品《抓中药》、《山乡邮递员》、《探情郎》和《看书和砍树》组成一台"笑的晚会"，由北京电视台直播。当时，类似的演出凤毛麟角，难成气候，最为兴旺发达的是独幕剧的创作和演出，大大小小的短剧习惯上都称为独幕剧，或被视作独幕剧。

上个世纪末的几个年代，戏剧处于世界性的不景气状态，大型戏剧被冷落了，独幕剧同样命运不济。尤其在中国，历史掀开新的一页，社会生活发生前所未有的深刻变化，戏剧却难以跟上时代步伐，因滞后而虚出一大片审美真空。连独幕剧也渐渐远离当年"小型、业余、实验"和"切合时代潮流"的蓬勃朝气，甚至呈现无舞台演出、无电视播出、无音像制品、无新作问世的"四无"状态，而仅仅成为书籍阅读和艺术院校教学演出的对象。有人预言："'独幕剧'也即将成为一个戏剧史上的名词，今后不可能再有标为'独幕剧'的剧种。"② 这未尝不是一种机遇，似乎又出现了类似 19 世纪末 20 世纪初的情景：小型的非规范的非舞台的演出又一次应运而兴。人们更愿在各种文化的或准文化的场合，在不太长的时间内，观赏各种样式、各种流派、各种风格、各种构思奇崛、信息量密集的小型戏剧演出。新时期初期，两出由各种样式小品组合而成的大型戏剧演出《笑的联想》和《魔方》所受到的热烈欢迎

---

① 董健：《我们有约·序》，中国戏剧出版社 1996 年版，第 3 页。
② 施蛰存编：《外国独幕剧选》第五集，上海文艺出版社 1992 年版，第 562 页。

程度，已显示出观众审美需求的巨大变化。

小戏、短剧仍时有作品问世和演出，不过不是剧场的正规演出，而是在社区、在工厂、在集镇、在部队、在学校，展现它最质朴的风采，创作者大都为民间艺人或非职业化专业人士，视戏剧为生命或生命的一部分，取材贴近实际生活，形式不拘一格，时间空间的一致性更符合独幕剧的本性，但又没有十分具体、凝固的幕的概念，对布景、灯光、道具、音响等的需求减少到最低限度，甚至根本不需要，作品篇幅明显短于常规的独幕剧。以示区别，作者们把这类作品称为"微型戏剧"、"微型独幕剧"、"小话剧"、"小喜剧"等等，当然也有直呼其名为——"小品"。

三、电视节目

这些被称为"微型戏剧"、"微型独幕剧"、"即兴的短剧"、"小小的独幕剧"、"小话剧"、"微型喜剧"、"小喜剧"和"小品"者，是真正意义上的"民间戏剧"，无论是过去、现在，还是将来，它们都朴朴素素、实实在在地生存着，就像涓涓小溪流经大地，"能够保持经久不衰的总是民间戏剧。许多世纪以来，民间戏剧虽然形式多样，但有一点却是它们所共有的，即粗俗、刺激、汗水、嘈杂、气味：那不是戏院里的戏剧，而是手推车上、四轮马车上、支架上的戏剧，观众或站、或饮、或围桌而坐，他们还参加演出、对答；那是后室里、阁楼上、粮仓里的戏剧；那一夜逗留演出、那横挂在演出厅里的破被单；那遮挡快速换景的千疮百孔的幕布……"① 那些短小精悍的戏剧演出从来就是民间戏剧的

---

① ［英］彼得·布鲁克：《空的空间》，中国戏剧出版社 1988 年版，第 71 页。

一个重要组成部分，它的存在是世界性的，这类与我们日常生活休戚与共的戏剧演出，遍布世界各地，历久而不衰，当戏剧繁荣昌盛之时，它和主流戏剧同存共荣，交相辉映；当戏剧衰微甚至消亡之时，它苦苦支撑，顽强地延续着戏剧的生命。如果不是一个崭新时刻的开启，如果不是一个崭新载体的萌生，这类小型戏剧将一如既往地承继它千百年来不变的命运。

这个崭新的时刻就是信息时代的莅临；

这个崭新的媒体就是大众传媒中最具活力的样式——电视。

（一）电视与戏剧小品

电视 Television 一词来源于希腊文 tēLe（从远处，远的）和拉丁文 visio（看），意即远距离传送的画面。能被电视传送的范围几乎是无限的，但这并不等于所有的事物都能毫无障碍地被传送，不等于所有的事物都能原封不动地成为电视节目的表现对象。囿于早期电子技术的低水平程度，电视只能作有限度的直播，初时，由于我国的电视设备落后，电视信号覆盖率低、电视机生产量少，电视机普及率低，节目来源稀缺，在相当长的一个阶段，只有极其有限的一部分观众能在极其有限的时段里观看到数量极其有限的电视节目。至上个世纪 80 年代，改革开放的中国迈入电子时代，电视节目获得突飞猛进的发展。1983 年，亿万观众通过电视收看中央电视台举办的第一届春节晚会，戏剧小品粉墨登场，成为晚会节目品种中的兴奋点和压轴戏，春节晚会面对海内外观众，直播当晚有超过 8 亿人收看，成为全世界收视率最高的电视节目，随着春节晚会一年又一年的连续运转，戏剧小品的创作演出一发而不可收：《虎妞、阿 Q 逛北京厂甸》、《吃鸡》（1983 年）；《吃面条》、《淋浴》

（1984 年）；《拍电影》（1985 年）；《送礼》、《羊肉串》、《零点七》（1986 年）；《恩爱夫妻》、《产房门前》（1987 年）；《急诊》、《清官难断家务事》、《狗娃与黑妞》、《接妻》、《门铃声声》（1988 年）；《英雄母亲的一天》、《招聘》、《懒汉相亲》、《胡椒面》（1989 年）；《打麻将》、《相亲》、《难兄难弟》、《主角与配角》（1990 年）；《手拉手》、《小九老乐》、《警察与小偷》（1991 年）；《我想有个家》、《妈妈的今天》、《姐夫和小舅子》（1992 年）；《老拜年》、《张三其人》、《照相》（1993 年）；《越洋电话》、《密码》、《打扑克》、《吃饺子》、《大变活人》（1994 年）；《找焦点》、《如此包装》、《父亲》、《牛大叔"提干"》、《纠察》（1995 年）；《机器人趣话》、《过河》、《一个钱包》、《打工奇遇》、《路口》、《三鞭子》（1996 年）；《柳暗花明》、《过年》、《鞋钉》、《红高粱模特队》（1997 年）；《我在马路边》、《拜年》、《回家》、《东西南北兵》、《中国功夫》、《一张邮票》、《万国运动会》（1998 年）；《昨天·今天·明天》、《回家》、《老将出马》（1999 年）；《同桌的她》、《钟点工》、《爱笑的女孩》、《青春之约》（2000 年）；《家有老爸》、《卖拐》、《说声对不起》、《三号楼长》（2001 年）；《邻里之间》、《卖车》、《花盆》、《智力闯关》（2002 年）；《我和爸爸换角色》、《足疗》、《都是亲人》、《心病》（2003 年）；《让一让，生活多美好》、《好人不打折》、《讲故事》、《兄弟》、《送水工》（2004 年）；《男子汉大丈夫》、《浪漫的事》、《魔力奥运》、《明日之星》、《功夫》、《装修》（2005 年）；《马大姐外传》、《打工幼儿园》、《招聘》、《邻居》、《实诚人》、《说事》、《粑耳朵》（2006 年）；《送礼》、《考验》、《回家》、《将爱情进行到底》、《策划》、《假话真情》（2007 年）；《街头卫士》、《梦幻花园》、《军嫂上岛》、《公交协奏曲》、《新闻人物》、《开锁》、《火炬手》（2008 年）……从上个世纪八十年代演出至本世纪，历久不衰。电视把戏剧小品带入千家万户，戏剧小品能有今天的局面和影响，电视功不可没。

戏剧小品除了在一年一度的中央电视台春节晚会和其他节庆场合挑大梁演出外，以 1987 年中央电视台举办的全国第一届戏剧小品电视大赛（获奖作品《芙蓉树下》、《雨巷》、《无题》等）为起点，戏剧小品的电视大赛和专场演出电视直播此起彼伏，风靡全国。以中国戏剧家协会主办的《剧本》月刊为代表的各级戏剧刊物常年刊登戏剧小品，连续举办"中国剧协百优小品"暨"中国曹禺戏剧奖"小品小戏大赛，优秀剧目难计其数，创作演出呈现持续高涨局面。戏剧小品的理论研究也蔚然成风，专论专著层见叠出。由量变而质变，由质变而量变，戏剧小品以其多姿多彩集团军的形态显示了雄厚的力量和独特的戏格。

在戏剧的发展史上，小型戏剧有两次"自我觉醒"——"自我完善"——"自成体系"的繁荣期：

第一次始于 19 世纪末，欧美独幕剧的兴起，独幕剧不再依附于大型戏剧；

第二次始于 20 世纪末，中国戏剧小品的崛起，戏剧小品不再从属于独幕剧。

独幕剧是兴盛于工业革命时代的小型戏剧样式；

戏剧小品是流行于信息爆炸时代的小型戏剧样式。

戏剧小品仰仗最具活力和影响的大众传媒——电视，对自身独立和崛起产生决定性影响的种种因素，进行了大规模的借鉴和综合，至少有这样一些方面的源流：

历史悠久的短剧演出传统——千百年来世界各国小型戏剧的积淀和承继；

当代有别于独幕剧的小型戏剧的存在——微型独幕剧、微型戏剧、小话剧、微型喜剧、小喜剧等的创作和演出；

地方幽默小戏的借鉴——一区域性方言短剧的影响和参考；

多种类型艺术样式的融汇——相声、快书、二人转、拉场戏、戏曲、歌舞，甚至杂技、马戏、魔术等形式和表现技法的介入和变种；

训练性教学小品的衍变——艺术院校的课堂小品、演出团体的排练小品的脱胎和提升；

全球范围电视节目的观照——中国电视屏幕上的戏剧小品样式，同样存在于世界其他国家和地区的电视节目之中。

在电视的魔力场中，受上述任何一种因素的激活，古老的戏剧之树都有可能萌发出小品之新芽。

（二）电视节目与戏剧小品

但是，需要指出的是，戏剧小品已不是原来意义上的那类小型戏剧样式了。诚然，传统的戏剧小品依然存在，偶尔还在剧场里现身露面，更多是在基层群众聚会的场合一展风采，而人们现在所津津乐道的戏剧小品，主要指的是常年活跃在电视屏幕上的那些戏剧小品，不仅仅是电视的直播和转播，电视也直播或转播大型戏剧，但大型戏剧本质上还是剧场里的戏剧，而戏剧小品更属于电视，是电视节目中的戏剧小品，戏剧的小品样式已成为电视节目结构的一部分和一种构成元素，极大地影响和丰富了电视节目的形态和品种，电视屏幕上平添那么多姿态各异的节目：

1. 电视独立文艺门类节目——戏剧小品演出的直播、录播和集锦播出；

2. 电视综艺晚会节目——戏剧小品成为包括春节晚会在内的各种节庆晚会和专题晚会的压轴节目；

3. 电视综艺栏目节目——戏剧小品成为各种综艺节目的栏目节目的重要组成元素；

4. 电视综艺比赛节目——从中央到地方各级电视台的戏剧小品大赛；

5. 电视专题文艺节目——戏剧小品的编、导、演及其创作动态成为被报道、被评析的对象；

6. 电视游戏娱乐节目——戏剧小品成为游戏娱乐的项目和内容，由主持人、嘉宾和现场观众参加演出；

7. 电视社教类节目——用戏剧小品的形象方式表现某个有启示意义的故事或案例；

8. 电视服务类节目——用戏剧小品的模拟方式表现某个实例和方法；

9. 电视动漫类节目——以动漫卡通画面替代戏剧小品的演员表演，与原作的声响系统相配，成为动漫戏剧小品；

10. 电视剧栏目——以栏目形式出现的戏剧小品情境剧；

11. 电视系列剧——以戏剧小品方式构成的电视系列情境剧。

即便是那些很少进剧场看戏剧演出的人，也会很少没有看过戏剧小品的，十有八九是坐在家里，电视里看的。剧场里的小品演出难得一见，屏幕上的小品天天播出，也许我们还可把戏剧小品称为节目小品。

戏剧小品传统存在方式的归宿主要不在剧场，而是在民间，在厂矿、乡村、部队、社区、学校……在街头、广场、会堂、宾馆、酒吧、咖啡馆……成为各种节庆晚会和文化娱乐的压轴节目，千百年来，戏剧小品不事张扬、不求奢华、不图虚名、一仍旧贯地履行着它娱乐百姓的使命。在当代，这条原始通道依然畅通，在我国，从中央到各省市、到各区县、到各乡镇街道，织有一张功能齐全、行之有效的群众文化活动网络，戏剧小品对演出条件的要求比独幕剧更为简朴，成为群众文化创作活动的一项重要内容；此外，还多了一条大众传播的通道，戏剧小品红红火火，华丽绚烂、大张旗鼓地在电视屏幕登台亮相。两者相互影响刺激，相互补充支持，成就一种前所未有的电视和戏剧共荣的文化现象，改变了人们的视听定势，每当戏剧小品通过电视这一现代大众传媒播出时，电视台的演播厅便成为一个区域性甚至全国性的大广场，它的另一端仍在民间，在厂矿、乡村、部队、学校……在街头、广场、会堂、宾馆、酒吧、咖啡馆……不变的是戏剧小品的魂魄，广泛的群众参与性、深层的世俗性和普遍的喜剧性仍是它的主要品格，浪迹于民间，娱乐于百姓，电视屏幕上的戏剧小品是更为广泛，更为深刻意义上的群众文化、平民艺术、市井戏剧。

至此，我们可作如下认识：

戏剧的小品形式古已有之，源远流长；

戏剧的小品形式从来是大众百姓自娱自乐的一种戏谑方式，一种绝对平民化的艺术；

戏剧小品以电视为媒介传播，戏剧的小品样式是电视节目的一个重要组成部分，当代戏剧小品的本质是作为电视节目的戏剧小品。

中国当代戏剧小品的电视节目化，使这一形式获得独立的品格，成为独立的艺术品种；

戏剧小品热是戏剧生命在电子信息时代一次近乎完美的青春焕发和

历史性蜕变。

思考题:

1. 我们现在已知最早最为简短的戏剧形态存在于人类戏剧的哪一个时期? 举例说明之。

2. 在戏剧发展史上, 小型戏剧有哪两次繁荣期?

3. 为什么也可把戏剧小品称为节目小品?

第二章　构造特征

有一种实践，便会有一种对应的理论。戏剧小品的崛起，极大地刺激了理论研究的热情，戏剧小品本无形而上的提升，如今却评家论家蜂起，甚至出现了"小品学"的专门名称，成为一个研究领域，一门学问。作为总结，小品学的发生源自揣摩挖掘戏剧小品的个性特征；作为指导，小品学的归宿仍在于强化凸显戏剧小品的个性特征。

什么是戏剧小品的个性？

或曰，戏剧小品最基本的特征是什么？

所谓特征，是指可以作为事物特点的征象、标志，循其名责其实，小品的称谓已为其内涵和形式定性定位。

小品一词，始见于公元四世纪，指的是佛经的简本，当时，佛教经典《般若经》流传到中国，有两类译本，一类篇幅较长，叫作《大品般若》，亦称《大品经》；一类篇幅较短，如后秦高僧鸠摩罗什翻译的《小品般若经》，相对《大品般若》，亦称《小品经》。所谓大品和小品的区别在于篇幅的长和短。古代还把一些短篇文章称为小品，如《六朝小品》、《唐人小品》等。在现代，小品指的是简短的杂感、随笔、散文、小品文、小小说一类文体和一些短小的表现形式，如雕塑小品、建筑小品、漫画小品、摄影小品、音乐小品、舞蹈小品、广播小品、电视小品和戏剧小品等等。

小品很小，在西方，小品文一词源出于法语，原是指纸的一页的意思。

舞台上的小品也很小，戏剧小品是短剧中短剧，篇幅少于独幕剧，是最短小的戏剧，被戏称为舞台上的微型小说和五言绝句。戏剧小品精在小、巧在小、妙在小、贵在小。

怎样理解戏剧小品之小？

众多的研究者将戏剧小品的特征概括为：短小、精悍、精粹、精巧、精练、单纯、凝炼、简短、简练、简洁、简约、玲珑、紧凑、集中、浓缩……等等。与大型戏剧比较，这些特征一目了然，然而，这些对事物趋小规模近乎极致的概括同样也适用于独幕剧与大型戏剧的比较。于是，对戏剧小品的特征只能用更短小、更精悍、更精粹、更精巧、更单纯、更凝炼、更简约、更玲珑、更紧凑、更集中、更浓缩、更……来概括，一个表示在程度上又深了一层或者数量上进一步减少的副词"更"，能在理性认识和感性操作上区分得出独幕剧和戏剧小品两者间的差别吗？回答只能是否定，以至于不得不对小品的特征作更详尽的注释，于是乎有了多种有关戏剧小品特征的描述。

一、若干描述

对戏剧小品特征的描述，大致可归纳为六种情况：

（一）从对戏剧剧作一般论述出发的描述

戏剧是一门古老的艺术，对戏剧的研究少说也有两千余年的历史，漫长的岁月，积淀了戏剧一套又一套规范、系统、有序、且似乎行之有效的理论与技巧，有些研究者便搬用这些现成的套路去指导戏剧小品的创作，如把戏剧小品的特征归纳为：综合性、舞台性等。所谓综合性特征，系指戏剧小品是一种运用文学、音乐、表演、美术、灯光等艺术手段塑造人物形象、反映社会生活的综合舞台艺术，是一种立体艺术；其中，文学要素是戏剧小品综合性特征的首要因素，首先是题材的选择和主题的确定，小品题材的选择要有社会意义和思想价值，要是自己了解最透、感触最深、内容最为熟悉的，是短小单一的事件，具有重要性和多样性、真实性和典型性；情节安排讲究戏剧冲突、戏剧行动；结构讲究开端、发展、高潮、结局，或是亚里士多德所主张的"头、身、尾"三段；人物形象的塑造主要是通过人物的对话、对白和行动完成等等。所谓舞台性，系指戏剧小品的演出受舞台时空的限制，大致保持着舞台时空和内容的同一性，这是它的内容的片断性决定的；对于需作时空转换的剧本，可以采用中国传统戏曲剧目虚拟舞台环境的手法，或利用舞台灯光制造戏剧环境，但戏剧小品的创作大致遵循"三一律"的原则，过多地、幅度过大地突破舞台时空的限制，小品就有可能变成大品，等等。在作进一步论述时，更是以戏剧的一般规律去制约戏剧小品创作，俨然一部压缩的编剧概论，所不同的是，举的是小品的例子。

对戏剧剧作的一般论述，其注视的对象是大型戏剧——戏剧创作的主体存在，探寻的是戏剧剧作具有根本性指导意义的规律和机制。作为戏剧的一种类型，无论是选择题材、确立主题，还是塑造人物、结构情节，戏剧小品都有自己鲜明的特点，以戏剧创作的一般性理论指导戏剧小品创作实践，大而无当，无异于隔靴搔痒，根本无法洞悉戏剧小品的征象。

（二）从对独幕剧剧作论述出发的描述

相对于以戏剧的一般规律指导戏剧小品的创作，以独幕剧的理论规范戏剧小品似乎更有针对性和实用价值。通常把独幕剧看作是一种短小的戏剧样式，往往在独立的一幕内，表现一个简短而完整的行动。独幕剧的英文称谓为"One Act Play"，一个或一次行动的戏的描述完全适用于戏剧小品。和多幕剧相比，独幕剧创作的基本特点可被概括为：在瞬间中表现激变，迅速达到高潮，完成冲突。当然，这只是多种对独幕剧特征概括说法中的一种，要求独幕剧在一个短暂的时空限度内，矛盾冲突急剧变化迅速推进至高潮点，完成一个根本性的转折。独幕剧创作功力集中体现在结构上，麻雀虽小，五脏俱全，独幕剧的结构也可像多幕剧那样，分为开端、发展、高潮、结局这样几个部分，不同的是高潮在多幕剧中不占最大比例，往往只有一幕，开端和结尾都不会超过一幕，全剧最主要的部分是发展，而独幕剧的开端和结尾都极其短促，高潮占有最多的时空，甚至超过发展部分。戏剧小品尽可依葫芦画瓢学独幕剧的样，它是独幕剧的"压缩品"，一只更小的"五脏俱全"的麻雀。

可是若要问：同为"One Act Play"，独幕剧的"One Act Play"和戏剧小品的"One Act Play"有哪些区别？是否还是只能这样回答：后者比前者"更加""One Act Play"？

再者，在独幕剧的结构中，高潮部分占有最大比例，是一大段戏，而在戏剧小品中，高潮只是一个点。两者不可同等而语，戏剧小品的结构成分可以不存在独幕剧结构概念中的开端和结局，甚至没有高潮。

用独幕剧的创作理论指导戏剧小品创作，貌似可行，实际则行不通。

（三）对被表现对象的描述

即戏剧小品创作对生活素材的选择，必须严格限制被表现对象的规模：不瞄准巨大的社会冲突和严重的矛盾斗争，不选取重大的事件和复杂的变动，很难想象，《雷雨》、《上海屋檐下》、《茶馆》、《霓虹灯下的哨兵》、《桑树坪纪事》、《小井胡同》所对应的社会生活面能进入戏剧小品的视野，多幕剧有相应的时间空间容量，能截取生活的一定纵剖面，而戏剧小品囿于有限时空，只有截取生活的一个横断面，生活横断面犹如树木的横截面，虽系树木的一个片断的平面，但从它的年轮、气味、硬度、色彩等方面，也可以看出一棵树的大概，同样，从一个生活横断面的描写，也可以反映出生活、社会面貌和时代精神来。注重日常生活流程的点点滴滴，表现普通凡人小事，采撷的是生活的一个侧面、一个瞬间、一个片断，把生活事件掐头去尾，只为那核心的部位存在，不能有任何"前史"的表现，集中焦点，对这个侧面、瞬间或片断予以"放大"或"强化"表现。

以生活素材之小制约小品之小，符合戏剧小品的选材思路，如果被表现的客体有了规定性，相应地，表现主体的规模也会得到控制。

但是，该怎样描绘生活的一个横断面？独幕剧截取的不也是生活的一个横断面吗？也许，较为确切的比喻该是戏剧小品所截取的是横断面中的一部分。

再有，该怎样理解所说的一个侧面、一个瞬间或一个片断？

所谓侧面，是区别于正面的说法，在艺术创作中，通常是指从非正面的角度截取生活的局部。但是，一部大型戏剧也只能应对生活的若干或一个侧面，独幕剧更是如此，谁敢妄言直面生活的整体和全部？

瞬间的释义固然可理解为一眨眼一呼吸一刹那的时间飞驰，也可延伸为相对历史长河而言的任何时间跨度，多少悠悠岁月，只在弹指一挥间！如果把瞬间理解为人们通常认可的短暂时间刻度，那么，戏剧小品所关注的瞬间和多幕剧，尤其是和独幕剧所面对的瞬间该有哪些区别？

片断指的是整体中的一段，或是指零碎、不完整的现象。表现一个片断的归纳似乎最接近戏剧小品的本质，但是，这同样适用于独幕剧，著名剧作家丁西林曾创作过不少脍炙人口的独幕剧，在他看来，"独幕剧在结构上贵乎精巧，它常常只是表现生活中的某个片断，有时，一个独幕剧的艺术使命，甚至只是为了突出地描写某种气氛，某种情调，或是抓住一两个人物的个性，表现出某些生动的生活情趣和感受"。[1] 戏剧小品所表现的片断和独幕剧的片断又该有哪些区别？

取材之小并不能绝对保证小品之小。

同样地，对侧面、瞬间、片断的"放大"和"强化"，只是适用于一部分小品。有的时候，小品捕捉被表现对象，不仅不需"放大"、"强化"，相反，需反其道而行之，讲究"精减"和"压缩"，不问对象一味强调"放大"和"强化"，难免走极端，以偏概全，效果适得其反。即便需要，又该如何把握"放大"和"强化"的分寸呢？根本无法操作。

（四）对表现本体内容的描述

即戏剧小品创作对题材的提炼和把握，简约精练地处理生活素材，着眼于对剧作内容的制约：戏剧小品的本体叙事与独幕剧相比，冲突更为

---

① 吴啟文：《丁西林谈独幕剧及其他》，载《剧本》1957 年第 8 期。

单一，性质更为单纯，剧情的时间跨度更为短促，人物更为集中，对表现内容作尽可能的紧缩，以适合时空框架的规范——戏剧小品宜表现小事。

戏剧小品写小事。这样的提醒和强调很有必要，问题在于，虽说大部分戏剧小品写的是小事，冲突比较简单，但也有表现尖锐复杂矛盾斗争的小品，如《真真假假》，写公安局刑警和部队保卫部门军官乔装犯罪分子，联手出击，端掉制造假军车牌照的地下窝点；如《一八四一年那一天》写英国侵略军霸占香港岛，强行举行升旗仪式，渔家孩童奋起阻挡，却惨遭枪杀的历史一幕，写的可都不是"小事"啊！说剧情更为短促，《又是秋叶飘落时》中两位年轻时曾经相爱的老人回忆起50年前被迫分离的一幕，前后时间跨度半个世纪；《世纪末的回旋》写两名大学生和一位华裔外国留学生共同回眸悠久的中国历史，从黄帝战蚩尤演起，荆轲刺秦王，刘邦项羽汉楚相争，楚霸王自刎乌江，中国古代四大发明，帝国主义列强瓜分中国……悠悠岁月，上下五千年，一个小品表现如此巨大的时间跨度又该作何解释？说人物更为集中也是不错的，但像《红高粱模特队》这样的小品有近二十个角色，又该如何评判？戏剧小品要"更"如何如何，自然也有其讲得通的道理，但充其量是对戏剧小品创作第二第三特征所作的比较性约束，而不是根本性的特征概括。

（五）对表现本体时空形态的描述

着眼于戏剧小品演出时间和空间的规定性：一个时空，弥足珍贵，很像独幕剧，但规模比独幕剧更逼仄。独幕剧的演出时间一般为半小时到一小时，文学本的篇幅大致在五千字到一万字左右；戏剧小品的演出时间一般在十五分钟左右，有的更短，不超过十分钟，有的长一些，二十分钟左右。文学本篇幅在三、四千字左右。往往只有一个地点，一堂景。时空容量的限定，决定了小品不可能容纳规模庞大的事物，一般不能有悖于戏剧的"三一律"，即时间、地点、情节的完整一致。作个形象的比喻，好似对生活百态进行一次性曝光，对人情世故进行一次性透视。

这一描述有其实用价值，一个时空的界说对表现内容是种约束。但有的戏剧小品突破了"三一律"的规定，如《又是秋叶飘落时》，某秋日黄昏，铁柱爷爷和玉凤奶奶在村口老槐树下相遇，回忆起50年前，因生肖不合，也是此时此地，一对恋人被活活拆散。这50年前的回顾，不是叙述，而是真实时空的再现，忆毕，又回到现实，一个小品存在着三个时空单位：现在——过去——现在。在《打麻将》中，受气的丈夫为替打麻将输钱的妻子借款，从自己家来到小姨子家，又来到母亲家，最后回到自己家，前后共有四个时空四场景。这很使研究者们伤脑筋，因为它们完全不符合戏剧小品必须严格遵循"三一律"的规矩，于是，只能说这些作品是个例外。殊不知，这样的"例外"决不是个别现象，有着一批作品，应该说这些"例外"的小品违背了"三一律"，却没有背离戏剧小品的特征。关于戏剧小品是一个时空的论述，道出了戏剧小品的某些重要特征，却不是最根本的特征。

一次性曝光、一次性透视的比喻，倒是抓住了戏剧小品创作的特有感觉，但是，又该如何操作这种感觉？很难。如果，作两次三次的连续曝光、透视，就像《打麻将》或像《世纪末的回旋》那样，又该如何解释？

（六）对小戏和小品异同的描述

有研究者试图以比较的方法把小戏和戏剧小品在诸多方面逐一进行

对照，以期待在质的层面揭示小品特征：

事件：小戏和小品选择的都是具有生活本质意义或者思想力量的生活瞬间，但小戏——瞬间相对完整、有一定的长度，必须回答：谁、为什么、干了什么、结果如何这四个问题。小品——表现特定瞬间本身，不苛求，甚至不顾及（并非完全不容）它是否完整。

结构：两者都严格恪守"三一律"，但小戏——戏虽不大，然于起、承、转、合，大体略同于剧作法中的介绍、结扣、高潮和解扣四个步骤。小品——介绍之后，立即推至高潮，而后戛然而止，可以是一个完整的生活过程但决不刻意追求那过程的完整。

剧前史：小戏——着力表现剧中人物双方决定胜负的那最后一击，把引起这一击的缘起和因由推到大幕拉开之前，有着丰富的剧前历史。小品——可以有，可能有，但大多没有。

样式：小戏——一个被大大压缩了的生活过程。小品——似乎是不经意间从生活的长河裁剪下来的一个片段。

节奏：小戏——那相当于因果律中的"因"的部分被强力塞入"果"的部分，造成了戏剧空间与戏剧内容的极大不对称性，从而产生了一股急骤向外扩展的张力，着力表现高潮部分。小品——所表现的即是所欲表现的，基本上与生活保持同步。

定义：小戏——表现事件在瞬间发生激变的小型戏剧艺术。小品——再现生活瞬间的小型艺术。①

上述比较从现象上来看有一定道理，但并不能由此概括出小品的根本特征，就事件而言，小品也须回答谁、为什么、干了什么、结果如

---

① 彭仰林：《小戏、小品异同论》，载《小品学初探》，陕西省喜剧美学研究会等1993年版，第135—139页。

何这四个问题；就结构而言，小品并不严格恪守"三一律"，有的小品结构也可有"起、承、转、合"四个部分组成；就剧前史而言，有无前史并非是判断小戏和小品的标准；就节奏而言，小品亦有与生活不同步的形式；就定义而言，小戏确是"表现事件在瞬间发生激变的小型戏剧艺术"，虽说很多小品符合"再现生活瞬间"的定义，但也有一些小品，如《真真假假》中公安刑警和部队保安员联手破获制造假军车牌照的犯罪集团，斗争剑拔弩张，明火执仗，完全是"表现事件在瞬间发生激变的小型戏剧样式"，观众熟悉的《姐夫和小舅子》、《警察与小偷》、《万国运动会》也是类似的作品，而且，这样的小品不在少数。

上述种种描述，与戏剧小品的本质特征无关。

凫胫虽短，续之则忧；鹤胫虽长，断之则悲。不了解戏剧小品的本质特征，便难以从根本上把握戏剧小品，甚至难以界定什么是戏剧小品。戏剧小品，首先从剧作开始，究竟有没有属于自己的根本性特征？究竟该如何概括描述戏剧小品的特征？究竟能不能界定什么是戏剧小品，尤其是能不能把戏剧小品和独幕剧或小戏从根本上区别开来？这些都是小品创作研究中被公认为是最棘手的问题，难怪某些对戏剧小品理论研究颇有见地的研究者也会发出这样感叹：

当然，艺术世界是一个无限繁复纷杂的天地，其中，应有之义未必全有；应无之义也难绝迹。创作、创作，一个"创"字先天地决定了它的不规整性。因此，对于小品，我们不能奢望找出一个万能恰切的理论……①

---

① 彭仰林：《小戏、小品异同论》，载《小品学初探》，陕西省喜剧美学研究会等1993年版，第135—139页。

什么是小品？已经搞了六七个年头的小品艺术创作与小品理论研究，还弄不清什么是小品，我是否说得太过分了？我数思而后曰：不是！首先，关于"小品"的界定，众说不一。这样就没有一个衡量的标准，人们便难以适从，造成的问题是创作者不拘一格、随心所欲；评论者各抒己见，任意挥笔……

其次，人们常常将短剧与小品的样式特征混淆，把小品按短剧来要求，甚至按独幕话剧来要求，使小品失去了它独有的特征。①

然而，小品究竟为何物呢？参加过多次小品赛的评委们对这个问题的回答也莫衷一是。有的甚至说：小品者，可意会而难言传；或曰：对小品作界定并无意义。

小品界定之所以困难，在于它性质的不稳定，片断式的游戏之作（如《吃鸡》、《洗澡》）和矛盾发展完整、有相当社会内涵的作品（如《芙蓉树下》）都算在小品之列，很难以一个定义来概括它们共同的特征。不得已，有人以人物多寡和时间长短来作界定，如人物不过三、时间不逾刻（15分钟）者为小品。于是，有作者不服气，四个人演16分钟就不算小品了吗？或者同一节目，今天演得紧凑些，仅用15分钟，便算小品；明天略略拖长一些，过了一刻钟，便不是小品了吗？

……小品自身必须有一个历史发展的过程……一句话，小品正向短剧、独幕剧的方向马不停蹄地跑去……②

这些论述被另一些研究者视作是偏颇的预测，他们认为既然戏剧小

---

① 叶涛：《小品创作问题漫议》，载《小品学初探》，陕西省喜剧美学研究会等1993年版，第54—55页。
② 高鉴：《魂归大地——戏剧小品热透视》，载《小品学初探》，陕西省喜剧美学研究会等1993年版，第162—163页。

品是一种独立的戏剧样式，就必定有着与众不同的特征。

然而，他们在理论上又无法界定什么是小品。

一个怪圈……

"戏剧小品是什么，这在理论界没有统一的或公认的共识"已成为理论界统一的或公认的共识。

戏剧小品却依然按照自己的方式存在着。

这样的存在方式居然会不存在仅仅只属于戏剧小品自己的根本特征？

难道我们真的束手无策，无从或无法界定什么是戏剧小品？

也许，又要回到问题的起点：如何理解戏剧小品之小？

也许，答案很简单：戏剧小品之小，小在篇幅，小在规模，更准确地说，小在构造。

二、戏剧构造

这里所说的构造，指的是表现本体的时间空间构成。

此艺术区别于彼艺术，在于彼此构造的不同；此样式区别于彼样式，在于彼此构造的歧异。构造决定了一门艺术之所以为一门艺术、一种样式之所以为一种样式的本质。

要把握戏剧小品的构造，先要了解戏剧的构造。

（一）戏剧的构造组成

戏剧在真实的时间和空间中展现故事情节，对继续性时间和立体性空间的双重占有，决定了戏剧是一种具有稳定态势的连缀时空构造系统。这个系统的基础构成是：在一个规定的时间和一个规定的空间之中，一个动作和一个反动作之间的一次性冲突，冲突的一个回合；或是一个动作的一次性展现。这个最短促的过程就是场面，场面是戏剧构造最基本的构成单位。场面的划分，一般依据于事件或动作的发展和变化；也有以人物的上下场为标志，因为人物的登场，会带来新的动作依据，而随着人物的离去，动作会暂告停歇。无论何时何地何种状况，一个场面绝对是一个"三一律"的运作。单个场面难以凝聚足够的爆发力，戏剧以场面连缀的方式组合成更具规模的构造。

场面是如何联结成一出整剧的呢？

戏剧场面是戏剧情节的基本组成单位。构成一个场面的可能是一群人，也可能是一个人。也可以说，戏剧场面就是他（她）或他（她）们在一定时间、一定环境内进行活动构成的特定的生活画面（流动的画面）。

在一场（或一幕）戏中，随着人物的上场、下场，随着时间、地点的变化，场面不断转换，戏剧情节正是在场面的转换中不断发展的。

人物的动作构成场面，场面的转换，联接成一场（或一幕）戏，若干场戏构成全剧，一个剧本就是这样构成的。[①]

按这样的理解，戏剧的构造为：场面——幕（场）——全剧。

如果我们再细细辨认一下的话，可以发现——场面并不直接构造一场或是一幕戏，在场面和幕（场）之间，还存在着一个构造组织——片段。

试以曹禺名剧《雷雨》第一幕的构造为例：

时间：一个夏天的上午。地点：周宅客厅。大致有 16 个场面。

---

① 谭霈生：《论戏剧性》，北京大学出版社 1981 年版，第 168 页。

1. 周宅仆人鲁贵向女儿四凤要钱还赌债，遭拒绝，鲁贵点出她和大少爷周萍的关系，乘机敲诈。

2. 罢工工人代表鲁大海闯入周宅，要见周朴园，遭继父鲁贵叱责；鲁贵进书房。

3. 鲁大海劝四凤离开周家，这儿不是她待的地方，说她变了。

4. 鲁贵上场，说老爷在接待客人，让鲁大海暂离客厅。

5. 二少爷周冲寻找四凤，四凤有意躲避。

6. 四凤给父亲十二块钱；鲁贵说客厅闹鬼的事——女鬼是太太蘩漪，男鬼是大少爷周萍；鲁贵告诉四凤，蘩漪找鲁侍萍来周宅，要她带女儿"卷铺盖滚蛋"；四凤惧悔交集，鲁贵安慰女儿。

7. 蘩漪下楼，向四凤询问周萍情况；她不肯喝老爷吩咐为她煎的汤药。

8. 周冲来到客厅，问候蘩漪。蘩漪要四凤开窗，搬花盆时，四凤压痛了手指。蘩漪让四凤去厨房看菜。

9. 周冲告诉母亲，他爱上了四凤；蘩漪、周冲母子谈论周萍。

10. 周萍进客厅告诉蘩漪，准备明天离家去矿上，蘩漪反讥他胆小怕闹"鬼"。

11. 周朴园来到客厅。周冲同情鲁大海和工人，遭父亲压制；周萍告诉父亲，想明天去矿上；周冲欲与父亲商量，把学费的一部分送人。

12. 周朴园让蘩漪喝药，蘩漪不喝，周朴园让周萍跪请蘩漪喝药，蘩漪被迫喝药，哭着跑下。

13. 周朴园让周冲告诉母亲，他已请德国脑专家给她看病。

14. 周朴园让四凤离开客厅，叫鲁贵把客人请到大客厅去。

15. 周朴园说周萍做了件对不起父亲的事，周萍大惊失色。

16. 周朴园累了,让鲁贵把客人请到客厅来。

这 16 个场面,组成了三个阶段性情节片段:

第一片段:第 1 ～ 6 场面。通过四凤和鲁贵的对话,交代周家和鲁家的人物和相互关系,以"说鬼"为核心。

第二片段:第 7 ～ 10 场面。从蘩漪上场起,演示她和周萍的关系变化。

第三片段:第 11 ～ 16 场面。从周朴园上场起,表现他对妻子和儿子的专横和峻厉,"喝药"是重点场面。

对一部《雷雨》的构造可勾勒出这样一个框架:

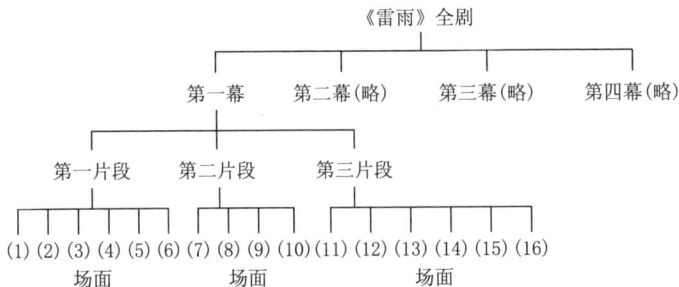

从中,我们可以归纳出戏剧的构造组成:

场面——片段——幕(场)——全剧。

由若干场面构成一个片段;

由若干片段构成一幕或一场戏;

由若干幕(场)构成全剧。

(二)场面的三级构造系统

在上述所列的框架中,场面是戏剧构造最基本的时空单位。场面一般不单个存在，需要和其他场面连缀，组合成更具规模的时空层次，戏剧是一个以场面为基本单位的三级构造系统：

一级构造——片段，是几个相互间有一定关联的场面组合，时空容量相对扩大，能容纳一个阶段性情节——一个有前因后果解释和主题意义的叙述，具有局部的系统表现功能。

二级构造——幕或场，对于全剧，幕（场）是一个相对独立完整的时空单位，若干个阶段性情节融汇成一个复合情节系列，具有相对独立的表现功能。

三级构造——全剧，由若干幕或若干场构成一整出戏，是戏剧时空序列中最具规模的构造形态。

在戏剧的场面——片段——幕（场）——全剧的三级构造序列中，只有第三级构造是个完全独立的存在，它的形态是多幕（场）剧。

二级构造——幕（场）从属于三级构造——全剧，一级构造——片段从属于二级构造——幕（场），一旦幕（场）获得独立的品格，那么，场面的二级构造即成为具有完全独立表现功能的品种——独幕剧。

同理，一旦片段获得独立的品格，那么，场面的一级构造也即成为具有完全独立表现功能的品种——戏剧小品。

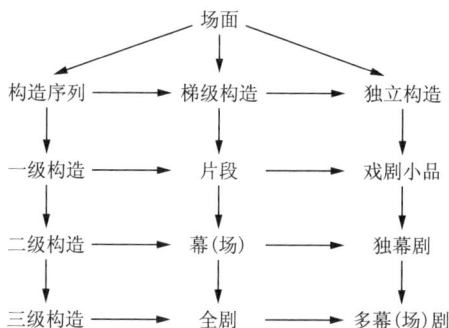

戏剧小品是戏剧的一级构造——片段的独立形态，在戏剧形态系列中有着它固有的位置，是规模最小的品种。若称之为"小品剧"，也许更为妥帖。

戏剧小品之小，小在构造，戏剧小品是一个片段的戏剧。

有了"一个片段"的内涵，无论对戏剧小品特征作怎样的概括描述：短小、精悍、精粹、精巧、精练、单纯、凝炼、简约、简短、简练、简洁、玲珑、紧凑、集中、浓缩、侧面、瞬间、片断、横断面、放大、强化，一次性曝光，一次性透视……等等，悉听尊便。

三、小品构造

戏剧小品是一个片段的戏剧。

这个片段具有三个特点：

（一）片段的独立整一化

戏剧小品的外部规模和多幕剧中的片段差不多，内在构造却完全不一样，大型戏剧头绪多，一个片段里组合着若干条齐头并进线索的场面。如《雷雨》第一幕中的第一片段，6 个场面演示了六种不同性质的情节：

1. 鲁贵欠赌债向四凤要钱；

2. 鲁贵所说的闹鬼故事——周萍和繁漪间难以了结的私情；

3. 四凤和周萍的"特殊"关系；

4. 鲁大海与周朴园的矛盾；

5. 周冲追求四凤；

6. 周朴园认定繁漪精神出了毛病，要她吃药。

场面和场面之间的连接顺延不形成互为因果的隶属和递进关系，是全剧多条齐头并进线索的端倪初显，彼此具有相对的独立性。且每个片段自身也不能独立存在，需与其他片段互为依附，形成片段的组合——一幕戏或一场戏。多幕剧中的片段具有片断的性质，是局部，是一部分，而戏剧小品的片段则是一个独立的整体，是全部。试以《大米·红高粱》为例，6个场面：

1. 某歌舞团大院，演员练美声唱，老乡吆喝"换大米"，相互打岔串调，演员也唱起了"换大米"；

2. 团长急匆匆上场，需演员在晚上演出时改唱《红高粱》，唱美声的演员唱得毫无感觉，难以胜任，团长让他去找一个破脸盆；

3. 老乡跟团长套近乎，兜换大米；

4. 团长敲演员找来的破脸盆，让他学着往破里唱，演员仍唱不出破嗓子的感觉；

5. 老乡在一旁看着，憋不住用《红高粱》的曲调唱起"换大米"，团长高兴地让他试唱，老乡挥舞笤帚当话筒，大过其瘾；

6. 团长决定让老乡登台演出，让演员推车代老乡换大米。

6个场面，互为因果，自成起讫，具有独立整一性。

和独幕剧相比，戏剧小品的片段又有什么特点呢？在欧美，独幕剧被称为"One Act Play"，意即一个或一次行动的戏剧。在戏剧的小品样式从属于独幕剧的年代，小品剧也被统称为"One Act Play"，两者的情节本性——单纯、整一具有共同之处，两者的不同之处在于，独幕剧是一幕中拥有若干个片段的"One Act Play"，而戏剧小品是一个片段的"One Act Play"。

——戏剧小品是一个独立、完整片段的戏剧。

（二）片段的场面基数量化

构成一出多幕剧，一般需要几十个场面；

构成一出独幕剧，一般需要十几个场面；

构成一个戏剧小品，只需若干个场面。

这个"若干"是多少呢？

前面举例的《大米·红高粱》为 6 个场面。

试分析一些在屏幕走红、广为人知的戏剧小品场面的构成数：

《吃面条》——6 个场面；

《拍电影》——8 个场面；

《卖羊肉串》——5 个场面；

《产房门前》——8 个场面；

《急诊》——5 个场面；

《清官难断家务事》——5 个场面；

《英雄母亲的一天》——6 个场面；

《招聘》——6 个场面；

《懒汉相亲》——4 个场面；

《相亲》——5 个场面；

《主角与配角》——9 个场面；

《超生游击队》——5 个场面；

《执法如山》——7 个场面；

《当务之急》——5 个场面；

《红高粱模特队》——6 个场面。

在上述小品的场面数中，出现最多的是 5 和 6 两个数字。戏剧小品以小取胜，一个片段所拥有的场面个数不宜过多，少则 3、4 个，甚至一两个，只有一两个场面的小品常在电视综艺节目和栏目节目中出现；多则 8、9 个，但基本不超过 10 个，10 个是小品和独幕剧的临界点。一般来说，一个 15 分钟左右的小品，5、6 个场面足矣。换言之，构成一个片段所需的场面基数，大致在 5 到 6 个左右。曾被同称为"One Act Play"的独幕剧和戏剧小品，决定两者构造最大区别的片段数量取决于所拥有场面数量的不同。

上述小品的场面衔接于同一时空，作不间断、无阻隔运行，"三一律"鲜明突出，也有一些小品的片段存在着几个不同的时空，但只要场面的数量在"若干"的限定范围之内，仍是典型的小品片段构造。《又是秋叶飘落时》有 3 个时空：现在——50 年前——现在，场面数为 5 个；《打麻将》4 个时空：自己家——小姨子家——母亲家——自己家，场面数为 5 个。有的时空分割得更多一些，如《送礼》，8 个时空：1. 送礼者向主持人打听赵局长家的门牌号；2. 送礼者到赵局长家送礼；3. 送礼者下楼；4. 到钱局长家送礼；5. 上三楼；6. 到钱局长家送礼；7. 乘电梯上十六楼；8. 到李局长家送礼，李局长将送礼者和礼品交至反行贿受贿大会示众。时空转换较为频繁，但场面数量也只有 8 个。《世纪末的回旋》时间跨度五千年，场面数为 9 个，仍是一个片段的小品剧，当然，这也和小品处理素材和结构的方式有关。

——戏剧小品是一个只有若干场面的戏剧。

（三）片段的必须场面化

戏剧小品的场面有着质地的区别，至少存在着三种场面类型：必须场面、过渡场面和升华场面。

1. 必须场面：一种正反对立的命题，情节拥有实质性的对抗，冲突处于紧张、危机和转折时刻，展现主要剧情。

2. 过渡场面：一种单向说明的命题，场面不具有实质性的对抗，主要起介绍、交代作用，酝酿矛盾，为对抗作铺垫。

再以《大米·红高粱》为例：

第1场面，演员和老乡打岔串调——必须场面。

第2场面，团长让演员唱《红高粱》，演员难以胜任——必须场面。

第3场面，老乡向团长兜换大米——过渡场面。

第4场面，演员随着团长敲破脸盆往破里唱，演员仍唱不出破的感觉——必须场面。

第5场面，团长让老乡试唱——必须场面。

第6场面，角色互换，老乡登台演出，演员推车换大米——必须场面。

3. 升华场面：一种和谐诗意的命题。它的表象类似过渡场面，但不起介绍、交代作用，表现的是冲突后的和谐，情感与意念得以升华，如《三鞭子》中赶驴车老人和县长、司机三人喊着昂扬的号子抬车，《红高粱模特队》中载歌载舞的时装表演。升华场面具有抒情性，一般都安置在一出小品的篇尾。升华场面在本质上具有必须场面的功能。

此外，还可有一种场面——高潮场面，所谓高潮场面，亦即具有转折意义的必须场面。不少小品的情节进程没有严格意义上的高潮点，不存在高潮场面，但只要有足够的必须场面，也能支撑起一个"One Act Play"的独立片段。

构成戏剧小品的一个片段，需以必须场面作为组合的轴心，也就是说，在一出戏剧小品的若干个场面中，必须场面的个数必须多于过渡场面的个数，在《大米·红高粱》中，两者之比是 5:1。反之，戏就松散疲沓，缺乏必要的张力。在构思、创作戏剧小品时，须精心设计必须场面，精化控制过渡场面，想方设法把过渡场面改造、转化为必须场面。

一些精彩的小品，如《姐夫与小舅子》、《主角与配角》、《手拉手》等，所有的场面都由必须场面构成。

——戏剧小品是一个以必须场面为主组织片段的戏剧。

片段的独立整一化——从时空构造的层面，给戏剧小品的特征定性；

片段的场面基数量化——从场面数量的层面，给戏剧小品的规模定量；

片段的必须场面化——从场面类型的层面，给戏剧小品的质地定型。

戏剧小品的特征不仅在理性上能被辨别和认知，而且可以具有操作的可能性，给戏剧小品创作实践以切实的指导意义。

思考题：

1. 什么是戏剧小品？

2. 什么是必须场面？什么是过渡场面？什么是升华场面？

3. 戏剧小品的片段构造有哪些特点？

第三章　情境张力

戏剧小品是一个片段的戏剧，这个片段以必须场面为主，由若干场面构成。

这里，最重要的是拥有必须场面。

有位初学者构思了这样一个戏剧小品：

不到长城非好汉。

一名男大学生想去看长城，可是他囊中羞涩。他在寝室的墙壁上，用吸剩的香烟壳粘砌一座长城。

墙上的长城越砌越长，垒城墙的香烟壳由外国烟变成了国产的，高档的变成了中档的，中档的变成了低档的……

终于有一天，墙上长城的终端，贴上了一张他在长城的留影……

一个颇有点意味的想法，含蓄、空灵，存有令人想象的空间，如若就此敷衍成一首诗、一则散文、一篇微型小说或是一部电视小品，想来不会太差，但肯定不是一出戏剧小品的构思，因为它无法构成必须场面。无论是舞台还是演播厅，小品占有的时空是一个巨大的空洞，它吞噬过于飘逸过于印象的直感，排斥过于平滑过于直露的过程，却凸显任何动荡激越的活体。必须场面所孕育的紧张度足以充盈填补这空荡的空间。

必须场面的紧张度来自何方？

一、小品情境

有一个全部由必须场面构成的小品《当务之急》：

第1场面：一干部捂着肚子，哼哼唧唧跑上，急着如厕"方便"，厕所门却被管厕所的老太太锁上。

第2场面：干部问老太太为何要关闭公共厕所，老太太解释道，是因为接到上级指示，须保持公共厕所绝对干净，禁止闲人到此拉屎撒尿，以迎接检察团光临指导，不想那干部就是下指示的上级。

第3场面：老太太怕他是"伪劣产品"，冒充领导，要干部出示证件，以验明正身，干部却只带有身份证，无法证实自己的领导身份，老太太要他回去开一张证明，并盖上公章。

第4场面：干部批评老太太搞形式主义。老太太说今天情况特殊，上级发了紧急通知；干部随口将通知倒背如流，因为这通知就是由他起草签发的；这吓坏了老太太，干部却突然止口跌足，他终于憋不住，自行"方便"了。

第5场面：正是下午三点整，检查团来了，干部请老太太到对面百货商店代买替换内裤；老太太大吃一惊，说他随地大小便，赶紧为干部浑身上下喷洒香水。

以上5个场面，对急于如厕的干部来说，处处是"危急"关头，全部属于必须场面。这些场面的紧张度来自一种"破坏"——干部急着如厕"方便"，厕所门却被老太太锁上——这是一个标志：戏剧情节由此进入一种张力状态。这种状态，在戏剧术语中称之为"情境"。

什么是情境？

情境是一种特殊的环境。为什么把它称作是一种特殊的环境呢？这是为了有别于一般的环境。莱辛说："在剧院里我们应该学习的，不是这个或那个个别的人曾经做过什么，而是每一个具有特定性格的人在一定的环境里将要做些什么。"[①] 这种"一定的环境"已是一种情况、一种状态、一种境遇、一种情势，黑格尔称为情境。

（一）戏剧情境的种类

"艺术的最重要的一方面从来就是寻找引人入胜的情境，是寻找可以显现心灵方面的深刻而重要的旨趣和真正意蕴的那种情境。"[②] 黑格尔认为，不同的艺术对情境有不同的要求，而戏剧的表现最依赖于情境，也只有戏剧才能最完美最深刻地表现出这种"引人入胜"的情境。他把情境分为三种：无定性情境、平板状情境和冲突性情境。

1. 无定性情境

亦称无情境的情境。这是一种静止的存在，尚未经过特殊化获得定性，还保持着普遍性的形式，形象泰然自足，"……还没有跳出自己的范围而同其他事物发生关系，内外部都处于自禁闭状态，只是和它本身处于统一体。"[③] 这是一种不曾转化、与获得定性的情境相对立的一种形式。

2. 平板状情境

由普遍性转到特殊化，形象不再自足泰然，不再内外都静止不动，产生了运动，生发出行动，和外界发生了关系，得到某种定性，形成了

---

① ［德］莱辛：《汉堡剧评》，上海译文出版社 1981 年版，第 101 页。
② ［德］黑格尔：《美学》第一卷，商务印书馆 1958 年版，第 254 页。
③ ［德］黑格尔：《美学》第一卷，商务印书馆 1958 年版，第 255 页。

环境。但是，这种初步的个性化呈现一种无拘无碍的状态，不能引起反动作，因为这种定性没有和更广泛的事物发生关系，还没有和其他事物处于敌对性的对立，这是一种虽有定性而本身仍太简单的情境。这种情境往往具有抒情性，虽然出现了某一种客观情况，但没有产生矛盾所必有的解决，是一种平板性的定性。

3. 冲突性情境

原本平和不动的状态产生分裂，现出本质上的差异面，而且与另一面相对立，因而导致冲突。"情境在得到定性之中分化为矛盾、障碍、纠纷以至引起破坏，人心感到为起作用的环境所迫，不得不采取行动去对抗那些阻挠他的目的和情欲的扰乱和阻碍的力量，就这个意义说，只有当情境所含的矛盾揭露出来时，真正的动作才算开始。但是因为引起冲突的动作破坏了一个对立面，它在这矛盾中也就引起被它袭击的那个和它对立的力量来和它抗衡，因此动作与反动作是密切联系在一起的。只有在这种动作和反动作的错综中，艺术理想才能显出它的完满的定性和运动。"[1]

无定性情境处于均势状态，不发生任何情况，故称无情境。

平板状情境出现了不平衡，但失衡状态稍纵即逝。

冲突性情境打破均势，出现两种抗衡力量——对立面的矛盾和对抗，"因为冲突一般都需要解决，作为两对立面斗争的结果，所以充满冲突的情境特别适宜用作剧艺的对象，剧艺本是可以把美的最完满最深刻的发展表现出来的。"[2]

上述介绍和论述，对于不谙戏剧理论的人来说，可能过于理性过于

---

[1] ［德］黑格尔：《美学》第一卷，商务印书馆 1958 年版，第 275 页。
[2] ［德］黑格尔：《美学》第一卷，商务印书馆 1958 年版，第 260 页。

深奥了；而那些对理论不感兴趣的人，则会觉得过于概念过于枯燥。

不妨再作一些通俗的解释：

见过名山大川间寺院庙宇里那些或端坐或肃立的佛祖神祇吗？泥塑的木雕的石刻的铜铸的，无论有着怎样的神情和姿态，他们都定格于某一个瞬间，泰然自足的形象，固守着自己的领域，与外界不发生直接关联，这种"标准象"般的状态可被视作是一种无定性情境。

再来看一出舞蹈：舞台的顶灯光柱犹如华盖，映罩着一尊塑像：一尊女神的塑像，双手合十，神情端庄。但见香烟袅袅，悠悠钟磬声中，女神睁开微闭的双眼，举手、投足、扭肢、摆腰、前俯、后仰、翩翩起舞，明眸流盼，那舞姿分明是一种倾诉：是感慨天堂的寂寞？是喟叹仙界的孤独？是向往人间的热闹？是羡慕凡尘的温馨？音乐节奏越来越强烈，舞蹈动作越来越奔放，情绪奔涌高涨至顶点。突然，一个停顿，随之钟磬之声重又响起，女神收拢舞姿，微阖双目，凝神屏息，肃立烟霭之中，一如初时的端庄睿智……在这里，形象活动了，具有自己某种欲望和行为，突破了固有的范围，出现了某种不平衡的情况，但倏忽即逝，根本原因在于这种变化还比较简单，不能引起对立的矛盾和解决，这种抒情性的状态可被视作是一种平板状情境。

如果上述情况又出现了一些新的因素，比如，有一位书生倾慕女神，在庙宇墙壁上题诗抒怀，女神为之所动，两人相爱结合，生下一子，天庭为之震怒，兴师问罪，女神被镇压大山之下；儿子长大，思念母亲，遇仙家传授武艺，并获神斧，劈开大山，救出其母……我们知道，这是著名的神话戏曲《宝莲灯》、《劈山救母》的故事。在这里，凡人和女神的结合是一种破坏，打破了原先的和谐态势，出现了对立面的矛盾和冲突，出现了动作和反动作，这就是冲突性情境。在《当务之急》中，老太太锁厕所门，不让内急的干部如厕，这是一种打破平衡的"破坏"，导致人物与人物的冲突，情境由此开始，所有的场面都是必须场面。

必须场面的紧张度来自情境张力。

情境是容纳对立面矛盾和斗争的张力承载。

酝酿、制造情境，发展、转移情境，推翻、平衡情境，这就是戏剧。

推而广之，这也是电影、电视剧和广播剧。

情境是剧作艺术赖以存在的基础。

戏剧是一种情境的艺术。

（二）情境构造系列和小品情境

戏剧情境的构造系列有三个等级：片断性片段情境、阶段性幕（场）情境和复合性整剧情境。

复合性整剧情境营造的是一个制约全剧的大情境，这个大情境由若干个阶段性幕（场）情境构成。一部大型戏剧作品，通常由若干幕（场）构成一个时空组合跨度，每一幕（场）即是一个彼此互为因果却又相对独立的时空单位，制约这类时空构成的即是幕（场）情境。多幕剧往往多条线索齐头并进，阶段性小情境也糅合了多个片断性片段情境的成分。

片断性片段情境——阶段性幕（场）情境——复合性整剧情境，构成戏剧情境的三级构造序列，在这个序列中，只有第三级构造是独立存在的形态——多幕剧情境，当第一级构造——片断性片段情境和第二级构造——阶段性幕（场）情境获得独立的品格，那么，这两种级别的构造也即成为具有完全独立表现功能的情境规模——戏剧小品情境和独幕剧情境。

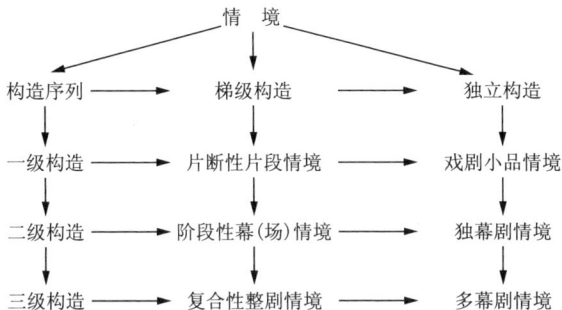

```
                          情  境
              ┌─────────────┼─────────────┐
              ↓             ↓             ↓
          构造序列 ──────→ 梯级构造 ──────→ 独立构造
              │             │             │
              ↓             ↓             ↓
          一级构造 ──────→ 片断性片段情境 ──────→ 戏剧小品情境
              │             │             │
              ↓             ↓             ↓
          二级构造 ──────→ 阶段性幕(场)情境 ──────→ 独幕剧情境
              │             │             │
              ↓             ↓             ↓
          三级构造 ──────→ 复合性整剧情境 ──────→ 多幕剧情境
```

　　戏剧小品的情境是制约一个片段的情境构成，在这个情境中，将生成一种令人身不由己的状况，动作与反动作的对抗欲罢不能，敷衍出一段引人入胜的在若干场面之内完成的戏剧情节。

　　如何创造一个戏剧小品的情境？可以分为两个步骤：

　　第一、培育情境生长点。

　　第二、架构情境张力圈。

二、情境培育

　　首先是培育情境的生长点。

　　情境是一种张力承载，它的过程具有紧张性，这种紧张的规模和力度始发于一个点，事实上，一出戏剧小品的全部内涵，包括人物、冲突、事件、情节、结构等等，都围绕着这一个点旋转。它是生成情境的种子，是发展剧情的切入口。

（一）培育情境生长点

让我们先看这样一个戏剧小品，中秋节，家中，母女俩在包饺子：

妈　妈：唉！这日子是咋过的，这月亮一圆，可又是一年，唉！我说丫头，这都包了半天了，你还没有包完哪？

女　儿：（笑着说）我怕不够吃。

妈　妈：就咱娘俩，也用不着包那么多呀？

女　儿：妈，你就放心吧，今天呀，准保一个不剩。

妈　妈：唉！要是搁在往年，你哥在家，一定呀一个都不剩。

女　儿：（停下手中的活）妈，你看你，又来了，哥不是响应你的号召当兵去了吗？你呀！

妈　妈：我，我咋了，咋说是响应我的号召呢？那广播里不是天天都在说什么"保家卫国"吗？想当初，你妈我……

女　儿：（学着妈的样子）"我当儿童团那阵。一个首长还摸过我的头呢！"妈，这都是过去的事情了，你还老提它干啥呀？

妈　妈：你这死丫头，你咋就知道我老提起呢？

女　儿：还说没提，我大舅舅来了，你说；我二姑来了，你讲。还说没提，我呀，都听了八遍了，都会背了！

妈　妈：好好好，（坐回椅子上）妈老了……不中用了……也嫌我啰嗦了。

女　儿：（撒娇地靠着妈身旁）妈，瞧你，好了，好了，等会儿，我满足你一个愿望，准保你开心。

妈　妈：是啥愿望？

女　儿：（拍拍妈心口）就是你心里想的事呀？

妈　妈：我心里想着，你那在边防当兵的哥能回来，你能满足呀？你这死丫头，整天在这装神弄鬼的……

女　儿：妈，信不信由你，反正呀！等会儿一定给你个惊喜。一会儿呀！我准保你……大叫一声。

[穿军装的儿子上。

儿　子：妈！妈……（来到门口）

妈　妈：（愣了一下）柱子！

儿　子：（已到了跟前，亲切地叫了一声）妈！

妈　妈：（激动不已）丫头，快，快给你哥倒水……（拉过儿子）坐坐，来坐这儿……

儿　子：妈，你老坐，你老坐。

女　儿：（端了杯水）哥，给你。

儿　子：（接过来）妈，你喝水。

妈　妈：不不，你喝，你喝（拉过儿子的手）我咋说，这一大早，就有那喜鹊在咱那墙头上叫，我寻思着，一定会有人来，可……可……没想到你会回来。来，让妈好好看看，瘦了没有？……在部队累不？

儿　子：妈，不累，你老人家身体还好吧？

妈　妈：好，好，我这身子骨硬朗得很呢！（拍了拍胸口）

儿　子：那我就放心了。对了，妈，看我给你买的什么？（从包里拿出一副眼镜）

妈　妈：到底是妈的好儿子，妈呀，正缺这个哪……（戴上后）这看的就是清楚。

女　儿：哥，还有我的哪？

儿　子：（笑着说）忘不了你。（从包里拿出一件衣服）这是给你买的，喜不喜欢？

女　儿：（高兴地）呀！妈，你看，好漂亮啊！

妈　妈：（看着儿子和女儿，开心地笑了）柱子，来，让妈好好看看，瞧！你那眼睛呀，还是那么小点，咋？那小脑袋瓜怎么就一点也没长大来着？

女　儿：（忙接了过来）妈！哥的脑袋瓜现在还要大的话，那不成了气球了吗？

妈　妈：你懂啥！你没听人家说，这脑袋瓜越大越好，那才是当官的料。

女　儿：（笑着说）我看呀，未必，哥现在不是也有一官半职了吗？

妈　妈：（兴奋地拉过儿子）真的？柱子，快给妈说说，当了个啥官？

儿　子：（有些不好意思）妈，其实也没什么，我不过是刚刚提升当了连长。

妈　妈：啥……啥是连长？比咱那村长都大？

女　儿：（笑了起来）大，大，比咱那县长都大！

妈　妈：（一看儿女都笑着，装作不高兴走到一边去了）好啊！你们两个合起伙来欺侮我一个老太婆。

儿　子：（走上前去拉住妈的手）妈！你老别生气，我们和你闹着玩呢！

妈　妈：（转怒为喜）谁说妈生气了？妈才没有那么小气呢！

女　儿：（凑上前去拉住妈的手）好了，好了，我去把饺子煮了，
　　　　咱们开开心心吃个团圆饭，咋样？

妈　妈：那还在这咋咋呼呼，（拍了女儿一下）还不快去。

女　儿：（应了一声）好！（跑下）

妈　妈：柱子，你还记不记得，妈最喜欢啥来着？

儿　子：（笑着说）妈，这我知道，还不是喜欢我给你唱两段。

妈　妈：那还不快点让妈过过戏瘾。

儿　子：好，妈，你听着（拉开了架势，唱了一段豫剧《花木兰》）
　　　　［妈妈摇头晃脑，听得有滋有味。

妈　妈：（喝了一口水）我说你小子，咋回来也不跟妈打个招呼？

儿　子：妈！上级派我到下属兄弟部队联系一些事情，我估摸着今
　　　　天可以路过家，能吃上你包的饺子，于是，我给妹拍了电
　　　　报，……怎么？她没告诉你？

妈　妈：这死丫头，在这喳喳呼呼的，合着，她早知道！（拉过儿
　　　　子的手）柱子，这次回来多住几天，这么久没见面了，陪
　　　　妈好好唠唠……

儿　子：（有些为难）妈……我……

妈　妈：瞧你，还有啥难为情的，就这么定了。

儿　子：好，我就陪你好好唠唠。

妈　妈：这才是妈的好儿子（开心地笑了）

儿　子：（深情地回忆）妈，还记不记得那一次你送我上学，你刚
　　　　走，我后脚就溜出去，到村边小河里去摸鱼，天黑才回
　　　　家，嗬！你这一顿打哟！

妈　妈：你这傻小子，谁让你不遵守那学校的纪律，不过，话又说回

来，打在你身上，可是痛在妈心上呀！咋，你还记着哪？

儿　子：记得，要不然，能有我这今天？

妈　妈：（爱怜地）你这小子，就会逗妈开心……

儿　子：（漫不经心地，话锋一转）妈，你说这学校没纪律行吗？

妈　妈：那不行……

儿　子：妈，看起来，这纪律还挺重要？

妈　妈：可不，这要没了纪律，那还不乱了套。

儿　子：我觉得也是，妈，我再考你一个问题，军人的天职是什么？

妈　妈：（哈哈笑了起来）这谁不知道，服从呗！这妈比你懂，想当初，妈也是……不说了，不说了……（又笑了起来）

儿　子：妈，如果现在部队要我立刻回去？妈，你说，我该怎么办？

妈　妈：怎么办？那还用说，归队呗！（突然明白过来）你，你这是什么意思？你小子，是不是——

儿　子：（平静地）妈，11点的火车，我还要赶回部队。

妈　妈：（惊讶地）啥？你还要走（抬头看了看挂钟）可，可现在都已经9点了。

儿　子：（安慰地）妈，你想一下，在部队，还有多少战友没和亲人团聚，在家里，还有许多母亲和你一样，盼着儿子回来，妈，他们又何尝不想家呢？

妈　妈：（勉强笑了一下）好了，好了！啥也别说了，妈都知道，妈都明白，是妈不好，是妈……觉悟不高。

儿　子：（动情地扶住妈）妈……

　　　　［女儿上，手里端着一盘饺子。

女　儿：妈，哥，饺子来了，快趁热吃吧！

妈　妈：（拉过儿子坐在桌旁）好了，赶紧趁热多吃几个饺子吧，这可是素馅的，你最爱吃的。（往儿子碗里放饺子）

儿　子：（夹起饺子没吃）妈，我……

妈　妈：（也端起碗）啥也别说了，赶紧吃吧。（转头对女儿）丫头，等会儿往你哥袋里多放几个煎饼。（转过头对儿子说）妈知道，那是你最爱吃的。

女　儿：（不相信地问）哥，你还要走？

　　　　［墙上的钟响了。

妈　妈：（接过儿子手中的碗）好了，赶紧准备吧，别误了车。

儿　子：（忍着泪）妈……对不起。

妈　妈：（强装笑容）傻小子，啥对得起对不起的。好了，赶紧准备一下吧，啥也别说了。

女　儿：（走上前来把挂包递给哥）哥……给你。

儿　子：（接过挂包，往肩上一挂）小妹，（扶着妹的肩）妈年纪大了，身子不如以前了，以后你要替我多照顾一下妈，知道吗？

女　儿：哥……你放心吧，我会的……

儿　子：妈……你老人家保重……我走了（转身）

妈　妈：（追上两步）柱子……（替儿子拉了拉衣领）你要多注意一下身体，别让妈总提着心，啊！

儿　子：嗯！（庄严地敬了个军礼）

　　　　［响起了"说句心里话，我也想家"的歌声。妈妈目送儿子远去……

这是一位年轻的业余作者抱着试试看的心情，自编自导自演的一个戏剧小品，文字通畅，感觉温馨，写得很认真。初次尝试，难免稚嫩不完整，作为自娱自乐的社区文化，自有存在的价值。但就研讨而言，这个戏剧小品代表着一类作品：有着戏剧对话体的形式，却缺乏必要的戏剧性，从形制上来说，这一类戏剧小品始终未能构筑起一个戏剧性情境。可以把这个戏剧小品分为五个场面：

1. 母亲和女儿包着饺子，拉着家常，谈论着在部队当兵的儿子——这部分属介绍、交代性质，进程平缓、没发生什么情况——过渡场面；

2. 儿子突然回来，一家人相互问候闲聊，儿子送礼物给妈妈和妹妹，仍属介绍、交代，依然没发生什么情况——过渡场面；

3. 儿子唱戏给母亲听——过渡场面；

4. 母亲希望儿子在家多住几天，刚回家的儿子却要赶回部队，老人家难免有情绪波动——至此，产生了一个小小的矛盾，出现了第一次也是唯一一次波折；儿子晓之以理，气氛即刻缓解，又变得没有情况了——必须场面；

5. 一家人吃饺子，母亲送儿子回部队——虽有情感的涟漪，却无情节的波澜，平平和和走向终场——过渡场面。

从头至尾，剧情处于松弛状态，缺少变化，难有进展，直至第4，场面，才提出一个要不要回部队的问题，但这时，戏差不多快结束了，而且，这个需要解决的问题轻而易举地被立即解决了。

如果作这样的调整，把要不要回部队这一矛盾往前推置于第一场面，就此展开冲突，能不能生成一个戏剧性的情境？

很难。因为这个小品不具备一个情境赖以成活的生长点。

为什么？它不是有一个要不要回部队的冲突吗？

仅仅有这一个点的冲突是不够的。要回答这个问题，让我们再看一个同类题材的戏剧小品《归》，海军军官郑波回家探亲，妻子淑华到车站接他：

[郑波手提皮箱急冲冲上，望见久别的妻子，激动地向她奔去……

郑　波：淑华！（看着她，眼光停留在她隆起的腹部，又望着她的脸）

淑　华：脸上长了不少雀斑，变丑了，是吧？

郑　波：我喜欢！

淑　华：坐了几天车，累了吧？

郑　波：归心似箭，离家越近越不觉得累。哎，我不是命令你不要到车站接我吗？

淑　华：我是想早点看到你……

郑　波：走，走，回家去。（欲走）

淑　华：先歇会儿吧！（坐在石凳上）

郑　波：怎么样？累着了吧！也不看看自己，（指淑华腹部）既不方便，还挺危险……（坐在她身边）淑华，你知道我在来的路上想什么吗？

淑　华：想什么？想我。

郑　波：对，对……我想，只要一见到你，不管在什么场合，不管周围有多少人，我都要紧紧地拥抱你，亲你……可真的见到你，又缺乏勇气……真没出息……

[淑华抑制不住对丈夫的爱恋，环视四周，速将郑波拉向车站站牌后面……两人激动地拥抱亲吻……然后一起羞涩地走出来……淑华突然感到腹中孩儿躁动……

淑　华：（兴奋地）孩子又在动了。

郑　波：（喜悦而神奇地）啊，这小子在肚子里也不老实……告诉我，预产期是几号？

淑　华：就是这几天。

郑　波：我来得可正是时候。你放心，在这二十几天的假期里，除了上街买菜和洗尿布，我一步也不离开你和孩子，好好侍候你们娘儿俩。（看了看手表）嘿！都快十一点了，走，走，回家，回家，（急忙拎起箱子和旅行袋，见妻子未动）哎！走啊！

淑　华：急什么，哎，你大件小包的都带点什么东西？

郑　波：（神秘地）回家你就知道了。

淑　华：有带给我的东西吗？

郑　波：那还用说，除了我的几件换洗衣服，全是你的。

淑　华：能给我看看吗？

郑　波：在这儿？像话吗？这不成了摆地摊了。

淑　华：我要看么，那旅行袋里装的是什么？

郑　波：（无奈地）你啊，小个性越来越强了，好，好，告诉你，这里面装的全是舰上的同志们送给你和孩子的，有鱼干、虾干、海参、海蜇，还有各种各样的贝壳、花石和海里的铁树。（打开皮箱，小心翼翼地捧出一包东西，剥开包装的纸张，显露出一尊雪白的珊瑚）

淑　华：（手捧着珊瑚细看）啊！真美！

郑　波：礼品交接仪式完毕，该回家了吧！

　　　　［淑华下意识地看了看手表，显得不安起来。

郑　波：（不解地）你怎么啦？是不是不舒服？

淑　华：没有！（又看着表）

郑　波：你老看表干什么？（紧张地）是不是要生了？

淑　华：（紧紧地抓住丈夫的手，激情地）郑波……

郑　波：别紧张，有我在什么也别怕，啊?！我马上给医院打电
　　　　话……（欲跑下）

淑　华：（大声制止）郑波！不是要临产……

郑　波：（疑惑地）你这是怎么啦？出了什么事？

淑　华：（从衣袋里掏出电报）是部队拍来的。让你立即归队。

　　　　［郑波一怔，接过电报，仔细看后，不知所措，烦躁地掏
　　　　出香烟，点着，大口大口地吸着，喷出的烟雾把淑华呛得
　　　　直咳嗽。郑波忙捏灭烟头。远处传来阵阵汽笛声。

郑　波：什么时候收到的？

淑　华：昨天夜里，当我看到请速归队几个字，脑子里“嗡”的一
　　　　声，人全软了。

郑　波：你一定很怨恨我吧？做一个军人的妻子很难吧？

淑　华：（含泪默默地点头，激动地抓住他）我要你，我要丈夫，
　　　　我是一个女人……

郑　波：我懂，我懂……我何尝不是这样一个男人，多少次我在梦
　　　　里见到你，可醒来听到的只是海浪的拍打声……世界上有
　　　　两种“日子最不好过”的职业，那就是军人和海员……都

让我摊上了……我欠你的情太多了。你有权骂我，也有权跟我……（克制不住流下激动的热泪）

淑　华：郑波，快别这样说！

郑　波：上一次我提前一星期归队，这次更是……

淑　华：电报上不是写着吗："淑华同志，由于纪律的原因，不能把郑波归队的详情告知你，请谅解，预祝我们军人的后代顺利降生……（声音哽咽）随后寄去贰佰元，请买一些营养补品，再代我们请一个保姆，照顾你和孩子……向你致以军人的敬礼！"回去后替我好好谢谢同志们，啊！

郑　波：我这就给妈妈拍封电报，请她老人家马上到我们家来。

淑　华：电报我已经发过了。

郑　波：孩子需要的东西全备好了吗？

淑　华：我也不知道还缺什么，不过有居委会王妈妈和邻居阿姨们帮助，你尽管放心。

郑　波：先回家，看看我还能做点什么……

淑　华：郑波……我看我们就别出站了吧！

郑　波：为什么？

淑　华：（掏出车票）没跟你商量，我已经买好了往南去的501次车票……列车马上就要进站了。

郑　波：明天走，把票退了。

淑　华：可明天没有这趟车……

郑　波：那么后天……可是后天……（犹豫）

淑　华：只能是今天了……真过意不去，连家门都没让你进……可谁叫我是军人的妻子呢……只是这次接你和送你挨得太近了。

　　［两人相依在一起，万分珍惜这短暂团聚的幸福，也暗暗
　　　承受着即将离别的痛苦。

广播声：“往南方的 501 次列车已经进站，请旅客做好上车准备，
　　　本站停车 10 分钟……”

淑　华：（把食品袋递给丈夫）这是带给你路上吃的，实在太突然，
　　　什么也来不及为你准备，毛衣织好了再寄给你。

郑　波：（依依不舍地）淑华……千万保重，替我多亲亲孩子，原
　　　谅我这个不称职的丈夫，让你既做母亲又当父亲……（冲
　　　着妻子隆起的腹部）孩子，我多么想见到你，原谅爸爸
　　　吧……孩子，乖……要乖……一定要乖啊……

　　［淑华终于控制不住感情，激动地拉住丈夫，两人又一次
　　　紧紧拥抱在一起。

淑　华：我一定把家收拾得干干净净、暖暖和和的，等你回来……
　　　站台铃声响，汽笛长鸣。

淑　华：快上车吧！

　　［郑波欲跑下，迅即转身，对妻子致以庄严的军礼！离去。
　　　火车启动声起。］

淑　华：（猛醒过来，向着远去的列车高喊）给孩子取个名字……
　　　（眼里含着热泪，目送着南去的列车……）

　　只要怀有身孕的妻子踏进车站，挺着沉重的身子、口袋里揣着部队
发来催丈夫速归的电报和她为丈夫买好的回程车票、前来迎接回家探亲
的丈夫，情节所充溢的张力已不言而喻了。都是军人回家探亲、又立即

要赶回部队的故事，为什么一个有戏，一个没戏呢？虽然两者都有一个留下还是归队的矛盾冲突，看似相同，其实，这是两个不同的点。在后一个小品中，除了留还是走的矛盾外，还有另外一些情况，这些情况可以归纳为三个方面的内容（有的情况可以分属不同的方面）：

有关环境的：她临产在即、部队发来催归的电报；明天没有这班车次；列车进站了⋯⋯

有关角色个人的：他是丈夫、父亲，他应该留下，照顾好妻子和孩子；但他又是军人，不得不召之即去。她是妻子、孕妇，她希望丈夫能够留下；但她又是军人的妻子，她为他买好了回程的车票⋯⋯

有关人物关系的：他们是夫妻，但已经分别很久了；她就要临产，他要做父亲了，但他是军人，她是军人的妻子。

有关事件的：她临产在即，部队发来催归的电报，她为他买好了回程车票⋯⋯

剧中人物在这一特定的状况中，身不由己地做着想做却又不能做、或不想做却又不得不做的事情。环境的、角色关系的、事件的诸种因素，扭结凝聚成一个激越动荡的矛盾体——情境生长点，生发出迎接即是送别、团聚即是分离、相聚也难、离别也难的剧情。

（二）生长点的构成

同是留和去的矛盾，相比之下，前一个小品的冲突点明显要单薄软弱得多，细加分析，这个点还不具备酝酿成为一个情境载体的条件，而只是一个题材的触发点。任何一个作品的形成，都起因于我们对生活的某一种感受：在日常生活中，某件事，某个人触碰了我们的视线、突入了我们的听觉、撞击了我们的心灵，比如，一位军人回家探亲，却因部队有紧急任务，必须立即归队，使我们对之产生了兴趣，有了创作的欲望，日后写成了作品，剧本好像是从这一点开始的，但这还不足以形成情境生长点，准确地说，这只是创作最初的动因。触发点有可能和生长点重叠，但对题材的选择来说，这种可能性微乎其微，一般都需对环境、个性、相互关系和事件作提炼加工，就事论事，很可能成为一触即发、一触即溃的简单事实，如同前一个小品那样，而不能铺展成为欲罢不能的连锁反应，如同后一个小品那样。

环境、纠葛和事件，按照传统的剧作理论，这三者构成情境生长点的要素。

环境——剧中人物所处的具体生存时间和空间，如果环境对人物产生了压迫感，环境就成为情境的构成因素。

纠葛——不是一般的人物关系，如果人物与人物之间因利益和损害而纠葛冲突，人物关系便有了情境的意义。

事件——有聚焦点、起连锁反应的矛盾冲突，足以打破平衡，开创情境态势。

具备了三要素的情境生长点即是我们通常所说的"戏核"。

一般来说，三要素中只要有二者得到特殊化定性，也就是说，以某一条件为主，同时满足其他两种条件中的一种，便能构成一个活跃的情境生长点。

在实际的剧作活动中，还有两个要素能创造和影响情境：个性和心理。

个性——剧中具有固定特性的人物，如果人物个性的内在处于不稳定状态，个性就成为情境的构成因素。

心理——人物内心的失衡，引发动作与反动作。

以环境为主：如《雨巷》，大雨倾盆的巷口是主体，三个素昧平生的陌路人在同一个屋檐下避雨，彼此照应，阻挡风雨，相互间的距离一下子拉近了许多。《超生游击队》中，颠沛流浪的男女盲流与计划生育的社会环境处于尖锐的对立冲突，人物个性和夫妻关系也随之发生变化。在这类小品中，环境具有紧迫性，其他要素退居次要的位置。

以纠葛为主：如《姐夫与小舅子》中的两个角色，相互间有两层关系：警察与犯罪嫌疑人；未来的姐夫与小舅子。第一层关系决定了两者冲突的严肃性和不可调和；后一层关系却使得执法者有所顾忌，而犯法者则有恃无恐，事件的解决就变得错综复杂起来。

以事件为主：《卖拐》中外号"大忽悠"的行骗者硬将一副拐杖卖给了双腿健全的厨师，让他支着双拐下场，姐妹篇《卖车》也是同类作品，另一个条件是人物的个性：大忽悠的狡猾和被骗者的盲目自负和愚昧。在《全都忙》中，电视剧的拍摄被一次又一次地打断形成事件，而外部环境的躁动忙碌正是造成人心浮躁不安的主要原因，对其他两种条件均可作一般性的概括。

以个性为主：如《芙蓉树下》的男青年应征入伍，女青年担心恋人不在自己身边会变心，于是千叮咛万嘱咐，甚至要男青年穿上她亲手缝制的红肚兜，再去照相馆拍一张照片寄给她……女青年泼辣爽直、多情却又多心的个性和男青年憨厚、耿直的个性铺演了盎然有趣的喜剧情节。

以心理为主：如《开锁》中的丈夫，怀疑妻子一只从未打开过的小箱子里藏有不可告人的"秘密"，便想方设法撬锁开箱，但又怕由此引起难以解决的后果：如果箱子里有情书和情人照片怎么办？如果妻子恳求自己原谅她怎么办？如果箱子是空的，里面什么都没有怎么办？他爱妻子，却又怀疑她，所有情节来自丈夫失衡的心态。

戏剧小品的情境生长点与多幕剧、独幕剧的情境生长点有哪些区别呢？

多幕剧的情境是复合型，有多个生长点，构成情境的三要素或五要素的规模较为庞大，头绪较为繁多，如《雷雨》中周家和鲁家的人物关系，错综复杂到了说不清、理还乱的程度。而戏剧小品只有一个生长点。

和独幕剧相比，两者同为一个生长点，戏剧小品的情境规模更为单一，也就是说，构成情境的环境、纠葛、事件和个性、心理诸要素更为单纯。我们已经知道，戏剧小品是一个片段的戏剧，而独幕剧是几个片段的戏剧，如果把片段形象地比喻为一个细胞，那么，戏剧小品的情境就是一个单细胞情境，而独幕剧则是一个多细胞的情境。在戏剧小品的情境中，环境、纠葛、事件和个性、心理诸要素处于一个非常敏感的背反临界状态，往往是这样一些当口：

最幸福与最痛苦的时刻；

最兴奋与最沮丧的时刻；

最成功与最失败的时刻；

最光荣与最耻辱的时刻；

最勇敢与最胆怯的时刻；

最得意与最倒霉的时刻；

最紧张与最松弛的时刻；

最冲动与最冷静的时刻；

最聪敏与最愚蠢的时刻；

最粗暴与最温柔的时刻；

最怀疑与最信任的时刻；

最高尚与最卑鄙的时刻；

最危险与最安全的时刻；

最感激与最仇恨的时刻；

最喜欢与最讨厌的时刻；

最礼貌与最放肆的时刻；

最文雅与最粗野的时刻；

最慷慨与最吝啬的时刻；

最伟大与最渺小的时刻；

最……与最……的时刻……

……

构成小品情境的环境、纠葛、事件和个性、心理诸要素，就位处这样一个背反临界时刻，从一种状态进入另一种状态。

一个上佳的情境生长点犹如一颗坚实的种子，能培育出一道美丽的风景线。

三、架构情境

其次是架构情境张力圈。

背反临界状态是一个过程，有它的开始，有它的终结，在开始和终结之间，便是一个情境张力圈构成。

（一）架构情境张力圈

让我们先看一篇微型小说《打电话》：

第二节课下课了，许多人都抢着到学校门口唯一的公用电话前排队，打电话回家请妈妈送忘记带的簿本、忘记带的毛笔、忘记带的牛奶钱……

一年级的教室就在电话旁，小小个子的一年级新生黄子云常望着打电话的队伍发呆，他多么羡慕别人打电话，可是他却从来没有能够踏上那只矮木箱，那只学校置放的、方便低年级学生打电话的矮木箱……

这天，黄子云下定了决心，他要打电话给妈妈，他兴奋地挤在队伍里。队伍太长，后面的人焦急地捏拿着铜板，焦急地盯着说电话人的唇，生怕上课钟会早早地响。然而，上课钟终于响起。前边的人放弃了打电话，黄子云便一步抢先，踏上木箱，左顾右盼发现没人注意他，于是抖颤着手，拨了电话。

"妈妈，是我，我是云云……"

徘徊着等待的队伍几乎完全散去，黄子云面带笑容，甜甜地面对着红色的电话方箱。

"妈妈，我上一节课数学又考了100分，老师送我一颗星，全班只有4个人考100呢……"

"上课了，赶快回教室！"一个高年级的学生由他身旁走过，大声催促着他。

黄子云对高年级生笑了笑，继续对着话筒：

"妈妈！我要去上课了，妈妈！早上我很乖，我每天自己穿制服，自己冲牛奶，自己烤面包，还帮爸爸忙，中午我去楼下张伯伯的小吃店吃米粉汤，还切油豆腐，有的时候买一只肉粽……"

不知怎么的，黄子云清了下鼻子，再说话时嗓音变了腔：

"妈妈！我，我想你，好想好想你，我不要上学，我要跟你一起，妈妈！你为什么还不回家？你为什么还不回家？你在哪里？妈妈……"

黄子云伸手拭泪，挂了电话，话筒挂上的一刹那，有女子的语音自话筒中传来：

"下面音响 10 点 32 分 10 秒……"

黄子云离开电话，让清清的鼻涕水凝在小小的手背上。①

这是一篇令人读后鼻子发酸的小小说，选取了一个别致的切入点：一年级新生黄子云给妈妈打电话，热切地向妈妈汇报自己的学业、自己的起居饮食，倾诉自己对母亲的思念，可是，他拨通的却是报时台，电话线的另一头，根本没有妈妈的存在！之所以这样做，是因为学校的同学们都有妈妈，他们都给家中的妈妈打电话，而他的家中没有妈妈，他想念妈妈。如果把这样一篇微型小说改编为戏剧小品，会是怎样一幅图景呢？有人作过这样的尝试：依然是微型小说的编排顺序，不同的是：

1. 丰富了其他同学打电话的场景，把小说中"打电话回家请妈妈送忘记带的簿本、忘记带的毛笔、忘记带的牛奶钱……"的概括性叙述形象化为具体的描述；

2. 增添了黄子云羡慕别人打电话、自己不敢打电话，最后下定决心打电话的行为过程；

3. 扩充了黄子云打电话时所说的内容，讲了更多的事情和内容。

根据我们对必须场面和过渡场面的理解，上述所丰富、增添和扩充的三个场面，均为过渡场面。显然，这样的改编并不符合戏剧小品的要求。阅读小说时，我们只是在篇尾话筒挂上的一刹那才感受到情感迸发

---

① 方亚：《打电话》，载《微型小说三百篇》，百花洲文艺出版社 2000 年版，第
466 页。

的冲击力，才领悟到前面一大段初读时平淡无奇的描述之魅力，这是微型小说的架构。如果按原样搬演这一架构，对小说提供的素材愈加丰富、增添和扩充，效果愈加适得其反。如此大段平铺直叙的演出，对观众来说显然缺乏足够的吸引力，原因很简单，这样长段的情节，没能进入戏剧的张力磁场。应该说，这篇微型小说的生长点已具备情境生长点的诸种要素，打一个打不通的电话，可以看作是一个事件，也可看作是发话人和受话人之间的纠葛、人物性格的怪癖或是环境对人的压力，现在所需要做的是如何催发其蕴积的能量，营建一个情境张力场。

有一个戏剧小品《敬老院即景》，有着和《打电话》类似的生长点。

舞台上一桌一椅。桌上孤零零地摆着一台老电话机。室内光线昏暗。电话修理工上。他测试电话机，后拆开机壳，取出机芯检查。他翻着工具包，左掏右摸，终于没找到所需的东西，犹豫了一下，拿着机芯下。

稍顷，老人拄着拐杖上。他身材瘦小，面色枯黄，穿一身旧布衣裤。他慢慢走到桌边坐下，清清嗓子，却引起一阵带痰的咳嗽。他把拐杖夹在双膝间，伸出一只枯槁的手提起电话，另一只手开始哆哆嗦嗦地拨号。

老人：（又一次清清嗓子，双手捧着电话听筒，紧贴在耳边，大声地）喂，是老大吗？我是你爹……

打一个没有机芯的电话，这是一个标志。戏剧情境由此发端。

老人捧着电话，紧贴耳边，絮絮叨叨、有滋有味、语重心长地一口气拉了长达二千余字的家常。从老人的独白中，我们知道了老人的大儿子是干部、二儿子是赚黑心钱、吃过官司的经理，三儿子身体不好，又下了岗，要结婚，老人让出了房子，住进了敬老院；三个儿子彼此不和睦，他要他们搞好团结，开开心心，不吵不闹，他就心满意足了；他知道自己得的是什么病，瞎子吃馄饨，心里有数，昨天后半夜，隔壁床的老李故世了，比他还小两岁；他不要儿子们来看他，工作要紧，公事要紧，打个电话就可以了——这段长篇独白是小品中最长的场面，是对情境的发展。接着——

[修理工悄悄上。他注视着老人。

老　人：（歉意地对修理工）你要打电话吗？我马上好。

修理工：不，不。您打吧。我没事……

老　人：（带着夸耀的神情）是我大儿子打来的！我一共有三个儿子。他们都要来看我。叫他们别来硬要来，还要送钱、送吃的来。他们都忙啊！都是干部经理什么的……

修理工：您……您老人家好福气啊！

老　人：（笑）我孙子在重点中学读书。一个孙女钢琴弹得非常好！老三他媳妇也快要生了……（一阵带痰的剧咳，又把电话贴紧耳边）好了，有同志要打电话，我不多讲了。记住我的话，别来！也别寄钱来！明天这个时候再通电话，就这样。代我问大家好。再见，再见。（放下电话，带着满足的微笑凝视了一会儿电话机，这才撑着拐杖，颤巍巍地站起身，慢慢下）

修理工：（半晌，取出机芯，迅速装好电话，拨号）孩子他妈，是我。听着，我今天要晚点儿回家……我想去看一趟老

爹……没出什么事。我想带他去洗个澡。已经半年多没去看他了……什么太阳从西边出来！他是我爹！（生气地挂电话，下）

和微型小说《打电话》相比，两者似乎有着一个相同的情境生长点——打一个没有接收对象的电话；不同的是，微型小说中直至最后一刻才出现的否定性陡转，在戏剧小品的最初一刻便出现了，只要老人抓起被取走机芯的电话开始说话，从这一刻起，便开创了"情境"的张力局面。

（二）张力圈的构成

同样以打一个无对象收接的电话为生长点，在微型小说中以单点支撑的方式存在，"话筒挂上的一刹那，有女子的语音自话筒中传来：'下面音响 10 点 32 分 10 秒……'"这个点是力的中心，以点的支撑照应全篇；在戏剧小品中以效应场的方式存在，好似具有能量、动量和质量的电场、磁场、引力场，形成一情境张力圈。

情境张力圈是一个有界线域，这个构成可分解为三个部分：前弧、后弧和两者之间的若干"交叉"或"单进"。

前弧——开创情境。一般来说，戏开场时，场面处于平静的无情境状态，这时，需要导入一种破坏性的因素，通过某一个角色的一个行为，打破平衡，迅速造成角色之间、角色与环境或角色内心的对立，酿就冲突性情境的态势。《敬老院即景》中的老人拨打一个没有机芯的电话，情境便由此开端，形成情境张力圈的前弧。前弧由一个必须场面构成。在作品张力圈的图示中可用"["的符号表示。

后弧——情境的终结。由情境开端时造成的种种对立所引发的冲突，在这里得到最终的解决，情境趋向无定性。修理工听到了老人的通话，从中感触到了什么，他给家里打电话，要去看望许久不曾得到他照应的父亲。我们似乎也可以把修理工看作是老人的一个儿子，在这之前，他和老人的儿子是同一类人。情境结束，划上张力圈的后弧。可用"]"的符号表示。

交叉——处于前弧和后弧之间的情境发展部分，这里要出现一些新的情况，老人一段长长的独白，使观众得知老人家庭不和睦的情况和他眼下孤独的处境，发展了开端时所造成的冲突态势。较之前弧和后弧，交叉部分的篇幅要长些，这一过程存在着若干个小交叉，每一个交叉都是必须场面。如果交叉精彩异常，可称之为黄金交叉。可用⊗的符号表示。一个⊗即为一个必须场面。

单进——也是处于前弧和后弧之间的情境发展部分，与交叉不同的是，单进呈现为过渡场面，如电话修理工取走机芯即是。可用⊖的符号表示，一个⊖即为一个过渡场面。

如果将微型小说《打电话》改编成小品，须按照情境张力圈的布局，重新配置情节过程。

前弧——交叉或单进——后弧，构成了戏剧小品的情境张力圈。相互间形成肯定——否定——否定之否定的三段式构架，也是戏剧小品最基础的结构。

由5个必须场面构成的《当务之急》，其情境张力圈图示如下：

$$
前弧 \left[\begin{array}{ccc} \otimes & \otimes & \otimes \\ 交 & 交 & 交 \\ 叉 & 叉 & 叉 \end{array} \right] 后弧
$$

时空转换极为自由频繁的《送礼》，由五个必须场面和3个过渡场面构成，其情境张力圈图示如下：

$$
\text{前弧}\left[\begin{array}{cccccc}
\otimes & \ominus & \otimes & \ominus & \otimes & \ominus \\
交 & 单 & 交 & 单 & 交 & 单 \\
叉 & 进 & 叉 & 进 & 叉 & 进
\end{array}\right]\text{后弧}
$$

架构情境张力圈有几个需要注意的要点：

1. 压缩情境张力圈前弧之前的场面，情境圈之外的场面属多余场面；

2. 精减情境张力圈后弧之后的场面，理由同上。

3. 情境圈内的"必须场面"必须多于"过渡场面"，也就是"交叉"必须多于"过渡"，这样的情境才具备足够的张力支撑全剧。

一个精妙的戏剧小品必定脱胎于一个精妙的戏剧情境，巧构思的主体在于发现引人入胜的戏剧情境，寻找、培育、营建戏剧情境，对小品创作具有头等重要的意义，若能完成这一任务，可以毫不夸张地说，戏剧小品已成功了一半。

需要强调的是，戏剧小品情境的生动性不仅来自技巧，来自想象，更来自对生活的感悟和把握，不少小品的情境设置大同小异，故事情节陈旧老套，人物形象苍白失血，究其深层原因，在于缺少对生活质感的真情实感，闭门造车，凭空想象，捉襟见肘是在所难免的事。

思考题：

1. 戏剧情境的构成条件有哪些？

2. 如何理解戏剧小品情境的背反临界状态？

3. 如何构架戏剧小品的情境张力圈？

第四章　情节过程

戏剧情境的发育铺排即为戏剧的情节；

戏剧小品情境的展现即是戏剧小品的情节。

情节是一种过程。

戏剧小品的情节过程有其自身的特点。

一、细节倾向

考察戏剧小品的情节特点，最引人注目的是它的规模，我们已经知晓了戏剧小品的时空规模，和大型戏剧和独幕剧相比，戏剧小品是一个片段、若干个场面的戏剧，以这样逼仄的时间和空间能容纳什么样规模的情节过程呢？

戏剧小品曾从属于独幕剧，独幕剧在英文中称为"One Act Play"，翻译成中文，可理解为"一个或一次动作或行为的戏剧"。

一个或一次动作或行为，是一种单一简捷的过程，展述的是一个简短的故事。戏剧小品承继、保留了独幕剧的内在品质，有过之而无不及，展述的是一个在"一个片段、若干个场面"中展现的 One Act Play——一个更为简短的情节过程。

对这个"更为简短的情节过程",常常有人一言以蔽之曰:小事一桩。戏剧小品描述的大都是一些小事:上一次车站、游一次公园、逛一回商店、坐一趟火车、进一次饭馆、买一件衣服、上一回厕所、回一次家、过一次桥、蹚一回河、躲一阵雨、请一次客、相一回亲、订一次婚、借一次钱、讨一回债、送一次礼、管一次交通、作一次发言、买一张车票、打一个电话、搓一次麻将、分一次奖金、买一张彩票、中一回奖、看一次电影、坐一回电梯、存一次钱、唱一段戏、跳一次舞、理一次发、拔一颗牙、退一张票、吃一碗面、啃一串羊肉串、遛一趟狗、洗一把澡、读一封信、开一个箱子、找一张邮票、修一双鞋、送一把伞、钓一次鱼、买一把菜……表现的是依附于这些小事的争斗,犄角旮旯间细微末节的矛盾冲突、碰撞摩擦……

这样的"一次",似乎是无限的。

"小事"的描述有其合理性,但定位欠准确。

还是需要比较。若将戏剧小品"更为简短的情节过程"安置在多幕剧或是独幕剧的背景前,那么这段"更为简短的情节过程"便显现出它的与众不同——只具有细枝末节的规模,也即是说,绝大部分戏剧小品的情节过程在多幕剧和独幕剧中,仅仅是一个细节,而在戏剧小品中,它却具有整体的情节价值。

所谓细节,是指细小的环节或情节,通常被认为是"文学艺术作品中细腻地描绘人物性格、事件发展、社会环境和自然景物的最小组成单位"。[①]就情节而言,细节具有细微和局部的表征,在戏剧小品中,这种细微和局部独立衍化为整体和全部。

---

① 《辞海·文学分册》,上海辞书出版社1980年版,第13页。

戏剧小品情节的细节倾向表现在如下几个方面：

（一）细节的事件化

一个细节独立为情节主干，构成贯串全剧的中心事件。《山路弯弯》中，一个小妹妹从山那头背来清凉的山泉水，免费招待过路的女大学生姐姐，请她在喝过水后，教她认字：

小妹妹：村里有座学校，就是没老师。原来有过一个老师，后来他走了。

大姐姐：他为什么要走？

小妹妹：阿爸说，他走的时候，跟大姐姐你刚才说的一样。他说，以后会有合适的人来这里教书的。

大姐姐：他也这么说？

小妹妹：嗯。

大姐姐：（茫然地）他就这么走了？

小妹妹：嗯。大姐姐，什么是合适的人？

大姐姐：这……我好像也该走了。小妹妹，该给多少水钱？

　　　　　［小妹妹摇摇头。

大姐姐：学雷锋？

小妹妹：（递上课本）大姐姐，您喝了我两竹筒水，要有时间的话，就教我认两个字吧。

女大学生被感动了，小姑娘请她留下来教书，这位师范学院的毕业生却无法在孩子和自己前途之间做出选择。"喝水认字"的细节支撑起小品的全部情节。细节作为事件，需要内孕足够的冲突力度，才有可能铺排为情节过程。《吃面条》中的陈小二应征拍吃面条的镜头，他迫不及待地一碗接一碗地捞吃面条，待正式开拍时已撑个半死；《当务之急》中的干部内急找厕所，管厕所的老太太忠实执行上级关闭厕所以迎接卫生检查的指令，而下达文件的正是这位干部。都是典型的以"小事一桩"，细节作为事件，却关照全局，是大多数小品的情节构成方式。

（二）细节的情节化

小品的情节由一系列更为细小零碎的细节连缀而成，这些细节相对独立，相互间没有前因后果的关联。《北京娃娃回延安》中当年北京知青的女儿来到父亲下乡务农的山村，刘爷爷给她吃窝头，娃娃给刘爷爷穿新潮皮夹克，刘爷爷说他腿上的伤疤，两人扯"夜生活"，娃娃唱摇滚《北风吹》……一连串的细节构成全部情节。这类由一系列更为细小零碎的细节连缀而成的小品不需要事件的提炼，似乎很容易铺排情节进程，其实不然，难度在于如果细节过于散漫琐碎，衍化为情节必定平淡无味，相应的对策是提炼、选择富有张力和情趣的细节单位，如北京娃娃和刘爷爷扯"夜生活"一段：

娃　娃：爷爷，那时候我爸爸他们夜生活怎么过？

爷　爷：什么是夜生活？

娃　娃：就是吃完晚饭干什么？

爷　爷：睡觉！

娃　娃：那么早能睡着吗？

爷　爷：睡不着抽烟么。

娃　娃：抽完烟呢？

爷　爷：接着睡。

娃　娃：天就亮了。

娃　娃：对了，爷爷，我根据《白毛女》的主题曲改编了一首摇滚
　　　　《北风吹》。

爷　爷：摇滚《北风吹》?

娃　娃：您听着。(弹吉他唱)"北风，北风那个吹呀吹呀吹呀吹呀，
　　　　雪花，雪花那个飘呀飘呀飘呀飘呀……"

爷　爷：完了，完了，白毛女到了他们手里算是彻底完了。

娃　娃：(用原曲唱一句)"风打着门来门自……"

爷　爷：这句还行。

娃　娃："开呀开呀开呀开呀开呀开呀开呀……"

爷　爷：你开的有完没完?

就生活观念而言，从小在大城市长大的孩子和祖祖辈辈生活在黄土
高坡的老农之间的巨大差异，足以形成小品情节所需的戏剧张力，只
要每一个琐屑的细节都具有局部的情节意义，整体也会变得生动起来。

(三) 情节的关节化

这一类小品表现的是比较尖锐的矛盾冲突，但相对故事自身的逻辑
联系，这种严重的斗争只是一个局部关节，作为前景予以表现，而情节
所赖以存在的事件被置于幕后，成为一种背景，"前景"相对于"背景"
呈现一定的细节意义。《又是秋叶飘落时》中的铁柱爷爷和玉凤奶奶回
忆起 50 年前，玉凤临上花轿时两人相会的情景，两个老人似返老还童，

突然间焕发出青春：

玉　凤：铁柱哥！（扑进铁柱怀里）

铁　柱：（猛地推开玉凤）你不是马上要上花轿了吗，还来找我干
　　　　什么？

玉　凤：铁柱哥，你骂我吧！不过你别怪我。

铁　柱：我不骂你，也不怪你。你走吧！

玉　凤：你？

铁　柱：（突然狂怒）你，你给我滚！

玉　凤：（声泪俱下）铁柱哥，我的心早就是你的了，我的身子也
　　　　应该是你的！（边解衣扣边走到石墩后）

铁　柱：你……？（转身回避）

玉　凤：（期待地）铁柱哥！

　　　　［铁柱闪到一旁，不知所措……

玉　凤：铁柱哥！（跑到铁柱跟前，伸手去解铁柱的衣扣，一个、
　　　　两个……）

　　　　［铁柱陡然激动起来，把褂子一脱，猛地将玉凤抱起，走
　　　　到石墩旁，跪下去……

玉　凤：（惊觉地）有人！

　　　　［铁柱不顾一切地抱着玉凤。

玉　凤：（猛地推开铁柱，冲上斜坡）不好了，他们追上来了！

铁　柱：（跃身冲上斜坡，抱住玉凤狂呼）来吧，我们在这儿，你
　　　　们来抓吧，狗日的来吧！

　　　　［玉凤使劲挣扎难以脱身，情急中朝铁柱手臂上咬了一口……

铁　柱：哎呦！你……？

玉　凤：求求你，快跑吧。你快跑啊！

铁　柱：（失去理智）玉凤，这是为什么，为什么啊？

玉　凤：（突然举起剪刀）你再不跑，我就先死在你的面前！

铁　柱：啊？你！

玉　凤：（跺脚）你快走啊！

　　　　〔铁柱慢慢后退，迅速转身……

玉　凤：（双膝一软，跪倒在地上）铁柱哥！

铁　柱：（猛地回首）玉凤！

　　　　〔两人呼唤着相向奔去，都扑了个空。

铁　柱：（撕心裂肺地）玉凤！

玉　凤：（披上红盖头）铁柱哥！

　　在古老欢快的《迎亲曲》中，两人呼喊着四处寻觅，走过了五十年的坎坷，又回到迟暮之年。上述五十年生离死别场景的重现，冲突尖锐，剧情十分紧张，但在这个可以想象的更具规模的故事系统中，此段情节只是一段局部的关节进程，前因后果统统被省略了。《姐夫与小舅子》、《警察与小偷》写的是警察与犯罪嫌疑人之间的较量，斗争尖锐，但决不表现全过程，第一犯罪现场隐在幕后，作为背景处理，也是掐头去尾，只将某一关节情节推至前台。

（四）事件的聚焦化

　　不可否认，有些小品表现了尖锐复杂、惊心动魄的矛盾斗争，《红气球》中的儿子参与抢劫银行，在母亲撕心裂肺的怒斥和感召下，儿子终于幡然醒悟，去公安部门自首；《真真假假》中，正面表现刑警和部队保安员乔装联手出击，一举端掉制造贩卖假军车牌照的窝点，斗争剑拔弩张，火药味十足；《一八四一年那一天》写英军强占香港岛，渔民奋起反击，渔民孩子被英指挥官枪杀，一场生死搏斗！这些情节在大型戏剧里都属于比较重要的必须场面，小品中的此类作品并不多见，但还是时有所见，可以从两方面去理解，首先，一些作品的事件仍具有比较性的细节倾向，如《红气球》的情节相对于歹徒们抢劫商店；渔民孩子遭枪杀相对于鸦片战争的规模。其二，此类小品极具独幕剧的品相，是压缩精炼了的独幕剧，把尖锐激烈的矛盾冲突聚焦为一个点，以保持小品的单一性，这类小品化的独幕剧，之所以还可视之为小品，完全在于它的时空构造——一个片段和场面基数量化，没有超出小品的规模。

（五）物件的情节化

小品的情节围绕着一样物件或是道具展开，如一只苹果、一只鸡蛋、一把青菜、一把葱、一碗面条、一杯牛奶、一瓶酒、一罐胡椒面、一块布料、一件衣服、一双鞋、一把扇子、一把雨伞、一封电报、一封信、一张照片、一只电话、一只书包、一只钱包、一副扑克牌、一只玩具娃娃、一口锅、一台电风扇、一副拐杖、一辆自行车、一只鸡、一只鸭、一只羊……由物件或道具产生矛盾、发展情节、激起高潮，最后完成冲突。《南沙的金蛋》围绕着要不要杀一只鸡编织戏剧情节：大年初一，为让上岛慰问的石油井架工人师傅喝清炖鸡汤，礁长磨刀霍霍准备杀鸡。战士小纪坚决反对，这只鸡是他从大陆的家乡带来礁岛，舍不得。另一位战士小蔡说，这只鸡如今连毛都没有了，成了一只秃鸡，连打鸣声都公鸡不像公鸡、母鸡不像母鸡变了调，根本不相信这只鸡能下蛋。小纪说，南沙这么热，礁长都光着膀子，还不准鸡同样光膀子？他想创造个奇迹，让母鸡能在烈日炎炎的南沙下蛋，让大家都能吃上大葱炒鸡蛋。一席话，感动了礁长和小蔡。究竟杀不杀鸡？石油井架的工人即将上岛，礁长命令小纪杀鸡，正在这时，小纪养的秃鸡下蛋了——一只软壳蛋。大家还是激动不已，这可是一只南沙的金蛋啊！《鞋钉》中的一颗钉子，《卖拐》中的那副撑拐，都成为引发冲突的道具而存在。物件、道具用得巧妙，往往能取得意想不到的绝佳效果。

二、异常思维

戏剧小品只表现一种争斗，焦点集中，情节紧凑活跃，最忌讳司空见惯的平铺直叙。契诃夫说："在独幕剧里应当写荒唐事——独幕剧的力量就在这儿。"[1] 契诃夫的独幕剧中有几部可称之为戏剧小品，如《论烟草之有害》和《一个作不了主的悲剧人物》，我们不妨把契诃夫的说法理解为短剧走向的美学意义，描写的是奇特的事情。奇特有利于情节结构的安排和人物性格的刻画，这是短剧，尤其是戏剧小品选材的一个重要特点。

怎样才能达到奇特的标杆呢？这就需要在提炼、组织情节时有意识地运用求异思维、尤其是运用逆向思维和异常思维来指导小品的剧情构思。

逆向思维和异常思维是相对于常规的逻辑思维而言的，常规的逻辑思维具有日常生活合乎常情常理的推进过程，一步一步扎实平稳地衍生

---

① ［俄］契诃夫：《写给阿·谢·苏沃陵》、《契诃夫论文学》，人民文学出版社1959年版，第140页。

出前因后果式的情节轨迹。

逆向思维和异常思维则相反，往往背离常规逻辑思维的顺向规则，寻找、表达事物的不同思路，逆向地反常地提炼、组织戏剧情节。如写债务纠纷，按照常情，该是讨债人理直气壮，甚至颐指气使地催逼债务，而负债人则低声下气、赔礼道歉，它的反向思维是人物关系倒置，在《讨债》中，讨债人手拎高档烟酒去负债人家低声下气地赔礼，负债人就是赖着不还：

> **讨债人**：你对我说："五爷，这钱我一个月以后一定还你。"是吧？
>
> **负债人**：我说的不对吗，一个月里就是没还你嘛！
>
> **讨债人**：哎哟四哥！你知道这钱我还是背着我老婆借给你的哪。
>
> **负债人**：哎哟老五，这就是你的不对了，这么大的事应该跟你老婆
>   商量商量啊。

讨债人连连赔不是，甚至扇自己耳光、跪下求负债人还债，这下可惹恼了负债人。

> **负债人**：你还有完没完了，干什么也得有个限度，不要逼人太甚！
>
> **讨债人**：是。
>
> **负债人**：逼债是不道德的，你懂吗？
>
> **讨债人**：我……懂。
>
> **负债人**：从前黄世仁逼债把杨白劳给逼死了，你知道吗？
>
> **讨债人**：我知……知道。
>
> **负债人**：黄世仁因为逼债被判了死刑，你知道不知道？
>
> **讨债人**：我知……知道。
>
> **负债人**：你想学黄世仁不是？

讨债人：我不敢，那是旧社会。

负债人：是呀！旧社会的悲剧今天还能重演吗？

讨债人：四叔，我这哪是逼债呀，我这不是提着礼物求你老人家来了嘛。

负债人：性质是一样的，不过表现形式不同罢了。

站着放债，跪着讨债，这就是逆向思维的形式。《杨白劳与黄世仁》戏中戏的构思更为巧妙，某剧院排练《白毛女》，演员甲饰杨白劳，他的第二职业是某公司经理。演员乙饰黄世仁，他的第二职业是某公司业务员。戏中的杨白劳欠黄世仁的债，生活中演员甲欠了演员乙的债，就是赖着不还，排演中，黄世仁逼杨白劳拿喜儿抵债，但演杨白劳的演员甲怕得罪演黄世仁的演员乙，老是进不了戏，导演丙赶忙叫停：

丙：停。黄世仁，你怎么老是愁眉苦脸的，一副死了爹妈的哭丧相？

乙：我心里难受，能不愁眉苦脸吗？

丙：怎么啦？

乙：他欠我钱不还。

丙：对啊，所以你要逼他还。

乙：逼他？

丙：对，你要逼债进而霸占他的女儿。

乙：借逼债霸占他的女儿？

丙：是呀。

乙：我敢吗？只要他还钱，我恨不得把老婆都搭进去。

"他欠我钱不还"有着双重的含义，一是指戏中的杨白劳欠了地主黄世仁的债，另一就是生活中演杨白劳的演员甲借了演黄世仁的演员乙的钱不还，后者的存在改变了前者的原生状态，成为一种反动的异常存在，从而给观众一个全新的观赏感觉。事物的常规存在方式难以激发观众的情绪，接受刺激者的神经元有强烈的排旧特征，太习以为常的刺激会麻木疲沓观众的感觉。而以异常方式存在的事物对人的神经元是一种全新的强刺激，它所能产生的前所未有的感觉足以激活观赏者的兴奋情绪。

应该说，实际生活中以反常、异常、超常方式存在的事物不是没有，但是少，甚至难得一见，而构思戏剧小品却需要这种另类的方式：表现正常中的反常或反常中的正常，而避免表现正常中的正常和反常中的反常。另类思维的表现，至少有如下三种方式：

（一）异想离奇：奇谲的人物形象，诡秘的事件境遇，夸张变形至极致

1. 怪诞走向

表现实际生活中根本不可能发生的事物。如《换脸》，一个蒙脸男人来到整容所求医生为他"美容"，当医生看到他奇丑无比的长相，顿时昏死过去；又来一位英俊潇洒的男演员，因为影视界丑星当道，无人找他拍戏，特求医生为他"丑容"；"美容"和"丑容"以什么为标准？双方都指着对方，于是，医生当即为他们"换脸"……这种在真实的生活中绝对不会发生的事，在小品中属上乘题材。又如《理发》中，一穿西装戴军帽的顾客来到理发店，看看这，摸摸那，留披肩长发的女服务员为他理发：

顾　客：麻烦您给我好好理发，只要您能给我留个好头型，要多少钱都可以。

理发员：不，我们这有价格表，不能随便乱收费。（拿出一本新潮发型书，作介绍）这是分头，看上去潇洒；这是平头，看上去精干；这是背头，看上去庄重；还有最流行的冷烫爆炸式、飞机式，您喜欢哪一种？

顾　客：一样来一个……

理发员：你长几个脑袋？

顾　客：不是，我是说一样来一个是不行的，因为脑袋有限对不对？

理发员：你问谁哪？

顾　客：一个脑袋这么多型，当然我要好好选择一下了。

理发员：您要哪种？

顾　客：您看着理吧。（摘下军帽，露出光秃秃的脑袋）

原来这位秃头顾客只是想过把理发瘾。理发员为他吹风时，秃头顾客突然惊叫起来：

顾　客：仅有的几根你都给吹焦了，这是重大损失。

理发员：几根头发能有多大损失？

顾　客：几根头发？你是饱汉子不知饿汉子饥呀。俗话说得好，有毛不算秃，物以稀为贵，你知道这几根头发在我头上的价值吗？这是昆仑山上的一根草，万顷粮田的一根苗。如果你不赔偿我的损失，我就控告你在光天化日之下迫害一个光头公民。

理发员：够了，不就一个光头吗！有什么了不起的，就你自己秃哇，我比你还秃！（说着拽下假头套，露出光秃秃的脑袋）

这真有点无奇不有了，却也能自圆其说，他们都是使用伪劣染发水的受害者。正在此时，卖假药的上场："今天秃头炸了庙，七八十个秃子把我找。"只好躲到理发店来，给秃头顾客和女理发员逮个正着，谁知他也用了染发水，成了个秃子。

2. 奇异走向

表现实际生活中少见，可能发生，但极少发生的事物。《旅游奇观》写"眼镜"和"短裙"一对新婚夫妇旅游度蜜月，突然从山洞里跳出一个满脸胡子巴碴的大汉，身披一领绣有特大"匪"字的黑斗篷，手握一把亮闪闪的匕首。

眼　镜：（一边护住短裙，一边发抖）你，你想干什么？

　　　　[大汉用力抓住眼镜一只手，将匕首塞上。

眼　镜：（发抖愈烈）怎么？

大　汉：当土匪！

眼　镜：当当当——土匪？（手中匕首掉地）

大　汉：（捡起匕首，双手托着）大哥，请受兄弟一拜！（突然跪下）

眼　镜：（对短裙）这这——

短　裙：周围没有精神病院吧！

大　汉：天在上，地在下，从今以后，我"过江龙"跟定大哥，生为大哥人，死为大哥鬼，如有反悔，愿遭五雷轰顶，油炸

火烧！（急切期待地）大哥——（欲再磕头）

眼　镜：别别别……（稍微定下神来）起来起来，有话慢慢说……

大　汉：（高声）谢大哥！（起立，解斗篷）祝贺你们……成为我们
　　　　"通天洞"开张的第一批"幸运游客"！

原来此大汉是"通天洞"承包经营者，让游客扮成土匪，趁机狠
"斩"一刀。《真没想到》中的小偷，光天化日之下撬窃一家小店，一个
新来乍到的警察，以为小偷是老板，丢了钥匙，帮着他撬掉门锁，进店
后，又帮着敲掉钱箱的锁……这类奇异的事，一般总能引起观众浓厚的
兴趣。

3. 荒唐走向

表现实际生活中基本上不可能发生，但也不是没有可能发生的事
物。《夺女战争》中的一对男女为争夺宝宝的抚养权而争执得不可开交：

男：当初不是说好的吗，产权归你，抚养权归我，难道你现在想
　　反悔？

女：我当初是这么答应的，可是……

男：可是什么？

女：你不知道小家伙有多可爱！那天他发烧烧到三十八度，我叫
　　他，他睁开眼睛看看我；我跟他说话，他居然摇晃起小脑袋和
　　我发起嗲来。

男：这么小就能听懂？

女：（递给男一张照片）你看，这是他的照片。

男：哎哟，（抓着脑袋傻笑）和他爸爸长得一个样。

女：像他妈！

男：明明是像他爸嘛！

女：我不和你争这个。你能不能不带走宝宝？

男：这不可能！宝宝是属于我的。

女：什么你的我的，说得好像是你生的一样。

男：就算不是我生的，那至少也有我的一半功劳。要不是我，你哪来的宝宝呀！

女：可要不是我，你就更不可能有宝宝！

男：我也没有白占你便宜啊，你不是已经拿到钱了吗？

女：我现在不想要钱了，我只想留下宝宝。

男：你说想留就留啊？

女：那你想怎么样？就是告上法院，法院一般也会把孩子的抚养权判给他亲爱的母亲。

男：可你别忘了，我们当初是签了约的。

女：可你也别忘了，宝宝还没有过哺乳期，就算给你抚养的话，你又拿什么来喂他？

男：这就不用你费心了，你是真不知道我为宝宝付出了多少心血。

女：你的那些心血能和一个母亲的功劳比吗？

男：（冷笑）哼，母亲能有些什么大不了的功劳？不就借个肚子生一下吗！

女：你们男人真没良心。你以为把宝宝生出来是件容易的事吗？生的时候那肚子是痛的……

观众一直以为这一男一女是因为舍不得亲生的宝贝儿子而你争我

夺，谁知道，两人争抢的宝宝只是一条小狗，虽令人啼笑皆非，却还不至于让人觉得荒唐得难以置信，因为这样的故事在真实的生活中真有可能实际存在着。

（二）逆行出奇：逆向地探寻事物存在的独特状态

1. 反向动作

反向地提炼铺排人物的行为动作，《真假难辨》是个"打假"的小品，假冒伪劣商品充斥市场，害得人人叫苦不迭，若正面表现售假行骗的危害，也未尝不可，但反向构思效果截然不同：手中明明是真的火车票和真的人民币，持有者却怀疑它们的真实性：

甲、乙：（把钱和票同时伸向对方）假的！胡说！（指对方手中的钱和票）这才是假的！这是真的，这是假的，（争执中全指错）真的，假的，真的，假的……

甲：停！（喘气）我这张车票真的是真的！你这张钱才真的是假的！

乙：不对，我这张钱真的是真的，你这张票才真的是假的！

甲：不对！真钱上面伟人的表情是这样的，（严肃状）你这张钱的表情是这样的。（怒状）

乙：不对！（指甲手中的钱）这表情明明是这样的。（严肃状）你非要说是这样的，（怒状）我越看你这张票越像是假的，你听（手指弹票）卟卟，这是假票！真票的声音应该是咣咣！

甲：敲锣呵！这钱你拿去吧，我不多收你的钱，但是我怕收假钱！把票还给我。

乙：快拿去吧，我不怕多出钱，就怕买到假票！

　　[两人收回钱和票。

甲：想用伪钞骗人！

乙：先生，有个道理你要明白，既然钱可以造假，一张小小的火车票就更好造假了。

甲：……我受不了这种侮辱！本来我是和我们单位的供销科长一起出差到广州的，可临时他另有重任，就让我帮他把这张票退掉，可退票的窗口关了，所以我才到这儿来卖票，这是我的车票，这是我的行李，这是我的工作证，这是我的介绍信，这是我的身份证！

乙：（轻蔑一笑）都可以造假的嘛！

　　退火车票的甲解释自己为什么要退票的理由，并出示种种证件和证据，却被怀疑用假币购票的乙轻蔑一笑："都可以造假的嘛！""假作真时真亦假"，反向动作的构思，入木三分地揭示了假冒伪劣商品对社会的危害和对人心的腐蚀，令人大笑之余，沉重得半天缓不过神来。

　　2. 违规操作

　　表现违反常规的行为动作，按说，开饭店盼的就是客人不光点菜还喝酒，可《二娘开店》中的二娘就是不卖酒，两位司机大为不满，说她像街道干部，他们上饭店可不是来受教育的。二娘无奈，只得搬出一坛酒来，"感情浅舔一舔，感情深一口闷"，敬他们一人一大碗酒：

老　王：咦，什么味呀？水呀？

小　王：好啊，老板娘，以水代酒，您这是开黑店啊！

二　娘：哎，俗话说，凉水先开胃，热酒后暖心，这叫先礼后兵！今儿个破破例，二娘陪着你们喝（边说边拿出一瓶"剑南春"放桌上）

老　王、小　王：陪我们喝？（喜出望外搬凳子让座）

二　娘：慢着，二娘陪酒有个规矩，划拳行令，输者喝。

　　二娘先是和小王划拳，连着输，连着喝；接着老王改规矩，赢者喝，二娘和老王划拳，连着赢，连着喝，渐渐说起了不吉利的酒令："仨好啊，一踩油门，全速行驶，四个轱轮，五马分尸"，"八月十五，酒后开车，一命归天，见了阎王。"这一违反常规的举止却有着合乎情理的原由，二娘的丈夫也是个司机，因酒后驾车出了车祸，"一个寡妇，独守空房，男人玩命，女人断肠……"饭店老板娘不卖酒水违反常规的行为动作，有着合乎情理的原因解释。《打电话》中的部队保密员向图书馆订书，在电话中他详尽地告诉对方如何进入部队送书："……来到城西沿，有一片营房，打头有四座迷彩房，那是导弹仓库，穿过导弹仓库，有四座红砖房，那是特务连，……你看着站岗别害怕，一般站岗里面不放子弹……"他还是个保密员呢。有个小品写一对老实巴交的知识分子为解决夫妻长期分居两地，决定给领导送礼，又不好意思，思想斗争了半天，才鼓起勇气敲开领导家的门，不一会，又冲回来，礼送成了，如释重负，临走才突然想起："我忘记告诉他我是谁了！"有这样送礼的吗！

　　3. 错位运作

　　人物所作所为和人物身份地位产生强烈反差。《串门》中的张老师，怕热情过头的邻居上他家聊天至深夜，所以回自己的家如做贼一般，而邻居正等着他回来：

> 梁　子：一听脚步声就知道是他——（仿佛是在走廊冲楼梯下面喊）
> 　　　　嘿，张老师，回来啦？！
> 　　　　〔张老师做仰望状，猛地一惊，连忙屏息贴墙一动不
> 　　　　动……
>
> 梁　子：（仍冲下面叫）张老师，张老师——（谛听，无声；望，
> 　　　　又望不见人，自语）没人？我听错了？他天天是晚巴晌
> 　　　　儿7点25回家，今儿都7点26分半了……兴许学校有事
> 　　　　儿？他们当老师太忙太累太辛苦了！昨儿个晚上，我上他
> 　　　　们家串门，陪他聊到半夜一点，您猜怎么着？他打了四回
> 　　　　盹儿，我扒拉他十回，这才醒！得，我先焖壶茶去，等他
> 　　　　回来……
> 　　　　〔张老师蹑手蹑脚地脱下鞋，提在手中……犹如做贼一般，
> 　　　　小心翼翼地上楼，掏钥匙，开门，关门……
>
> 张老师：（长舒一口气）天呐，总算进了家门！（放下作文本和卷
> 　　　　子）唉，这摞作文，应该昨天判完，可他聊到夜里一点！
> 　　　　一次两次的，倒也能忍，架不住天天这样……

　　他不敢开灯，只点蜡烛，不敢发出些许声响，这可是他自己的家！
《戏迷》中热爱京剧却唱得跟鬼哭狼嚎似的戏迷，为过把戏瘾，硬拉着
问路的外乡人听自己唱戏，请他吃面包，喝矿泉水，还倒贴给人钱，要
尽威逼利诱之手段，只为请他做一回听自己唱戏的观众。人物此时此刻
的行为都和他的身份地位相矛盾相对抗。

（三）平中求奇：在平常生活中追求奇特突出

日常生活，总是以平淡、常规、单纯的人和事居多，这些能不能成为戏剧小品的情节对象呢？答案是肯定的。不过，需要采取一些方法：

1. 平淡事情趣化

一些过于平凡普通、屡见不鲜的事情，如果挖掘平淡事物的情趣因素，能使情节过程生动起来。《今晚不说那个》中的俏女子巧巧去大棚瓜菜地和憨小伙狗子约会，因女方母亲反对，两人已半年未见面，现如今小伙子成了"农科状元，黄瓜大王"，母亲特让女儿上门，"告诉你吧，今晚就是我妈叫我来的。让我来跟你学技术，就是不谈那个。"

巧　巧：你要是今晚谈那个，你就给我——打一下子。

狗　子：要是你谈那个呢？

巧　巧：那，我就给你——咬一口，你不是属狗的嘛！……

狗　子：这是人工授粉。把雄花套在雌瓜花上。哎，什么叫雌雄？懂吗？

巧　巧：拿我红眼当瞎子待。雌的就是女的，雄的就是——你……哎呀，我输了，谈那个了！

狗　子：没输，这是打比方。

巧　巧：是输了。来，我让你咬一口。（闭上眼睛等待）

说是"今晚不谈那个"，偏偏又故意谈"那个"，相互挑逗却又不轻浮，可说是情趣盎然。

2. 单纯事复杂化

有些事情过于简单，似乎三言两语就能说清来龙去脉，这时，就需要开掘事物的内核，加以扩张、引申、发挥，如何扩张、引申、发挥？一是开掘人物性格、人物关系和人物心理的复杂性。在《光应该是热的》中，一座居民楼的楼道要安装公用电灯，遭到底楼居民反对，理由是住底楼的只照到一层电灯光亮，而住六楼的，能享用六个层楼的电灯光亮，住底楼的岂不吃亏了？这种性格和心理的开掘，就使原本再简单不过的事情变得复杂化了。二是条分缕析情节发展层次，借以丰富扩充内容。有的小品选材相当有创意，但内容较单薄，如《打扑克》，采购员和记者在旅途中用一把名片代替扑克打牌消遣，把名片当作扑克玩，有一定的求异思维，但如果就事论事，两人坐着打"扑克"，你一言，我一语，自始至终没发生什么事情，缺少变化，仅靠那些挤堆在一起的精彩对白，难以形成丰满的情节过程。而现在的小品对材料作了如下层次的处理：

a. 除夕夜，列车上，采购员和记者意外相逢，两人互喊绰号"黑桃K"和"红桃A"，回想起当年班上五十四个同学用五十四张扑克牌命名的趣事；

b. 寻找一下过去的感觉，两人用名片代扑克玩牌，采购员手上一把名片的头衔比不过记者手上一把名片的官衔；

c. 两人互相交换手中的名片，重新玩过；

d. 把两人的名片合在一起，重洗了再玩，名片便有了种种有趣的排列组合，并引出各式故事；

e. 采购员从怀里掏出打牌时预留的马家军教练名片，作为情节的转折。

五个层次拉开了情节距离，内容相对丰富，同时也有了起伏和变化。

3. 常态事形式化。

常态的事经常发生，情节进程毫不起眼，如果在形式上加以变化，效果大不一样，部队小品《新童谣》中青梅竹马的铁蛋和花妹双双入伍，思念使两人相约在公园见面，为遵守部队纪律和制度，不影响工作和学习，这是他们到部队第一次见面也是最后一次见面，为减弱特定题材可能出现的讲大道理成分，小品设计了三次形式表现；

a. 两人玩起小时候的童谣游戏：你拍一我拍一，咱们两人坐飞机；／你拍二我拍二，我给花妹梳小辫；／你拍三我拍三，咱们两人吃饼干……

b. 花妹讲述自己如何演小品，一段戏中戏，把铁蛋当作连长，引得他"醋意"十足；

c. 两人敬礼分别，又响起童谣声：你拍一我拍一，我们穿上新军衣；／你拍二我拍二，我俩同志加伙伴……／你拍九我拍九，说话不算是小狗；／你拍十我拍十，等到花好月圆时。

生动的形式避免了因剧作内容的特定性而可能出现的教化单调。

所谓平中出奇，本质上还是多多少少动用了逆向、异常思维的方法，以保证情节的生动传神。

（四）高招和绝招

逆向思维、异常思维不是不要逻辑，而是讲究另一种"逻辑"的逻辑，追求事物表象和本质的对立统一。

异常思维和常规思维的区别在于：后者是逻辑控制大脑，前者是大脑控制逻辑，创造新的另类逻辑。

离奇、出奇、求奇就是出招，招——招数、方法、措施、对策、手段，想方设法出彩，使出高招和绝招：

高招——常规思维的极致发挥，把情节进程按照常理推至超乎常人所能想象的地步。

如《征婚》，儿子要结婚了，可是家里只有一间住房，怎么办？小两口合计着，要把寡居多年的老母"嫁"出去，为她征婚，给完全不知情的母亲介绍了一个对象；经过一个阶段的接触，两位老人相处得不错，正当母亲准备搬到男方家去住的时候，小两口不乐意了，原来妻子怀孕了，孩子出生后，谁来照顾？他们不让母亲离家，硬生生扯断了两位老人的感情。编着法子要把母亲"嫁"出去和蛮不讲理地埋葬母亲的黄昏恋，即是这个小品构思的高招；如《典型人物》，团部的王干事奉命整理战士罗小光在城里不顾个人安全拦住惊马的先进事迹，当他了解到罗小光是为了拍一张照片寄给女朋友、赶着驴车进城、半道上压死了一只老乡的鸭子，而军报女记者又要来采访罗小光时，便引导罗小光隐瞒"负面"的情况，人为地"拔高"了拦惊马时临危不惧、挺身而出的"英雄"动机，要罗小光看他眼色行事，前来采访的女记者见罗小光说话吞吞吐吐，意识到什么，教育他，军人的品质首先应该是诚实、坦白、勇敢：

罗小光：（突然地）记者同志，我是赶驴车去的！

女记者：原来是你！

罗小光：（痛心地）是我轧死了鸭子，我错了。

女记者：鸭子？

王干事：你……咳！记者同志，这事可不能全怪他……

女记者：什么鸭子？

王干事：他赶车轧死了老乡一只鸭子，我们部队已经处理过了。

女记者：是这样。你光急着赶路了，对吗？小光，当时车上还有旁的人吗？

罗小光：这……

王干事：车上有人吗？实话实说！

罗小光：有。

女记者：是个女同志？

罗小光：嗯。

王干事：什么，车上还有一个女的？她是什么人？你们俩人干什么去了？

罗小光：我，我……

王干事：说话呀！

女记者：王干事，你想知道车上的人是谁吗？我可以告诉你。

王干事：你？

女记者：她是柳家桥的杜桂兰，等车昏倒在路。是罗小光同志用驴车送她到县医院的。

被抢救的孕妇在医院顺产，母子平安，他们全家给报社写信，寻找不知名的赶驴车小战士。这段"隐情"的揭示，成为剧情的转折点，是布局的一个高招。尽可能地超乎人们对剧情进展的可能性预期和猜测，以"山重水复疑无路"的层次追求和"柳暗花明又一村"的豁然开朗，创造常态情节进程的曲折生动。

绝招——逆向思维和异常思维的超常发挥，是另类思维走向极致的产物，神来之笔，独一无二的情节、细节，全新的惊奇刺激，令人扼腕、拍案称绝。

高招和绝招，戏剧小品创作更为推崇绝招，在具体操作中，绝招有不同层面的运用：

1. 情境绝招

属整体构思、制约全剧的招数，整个情境就是一个大绝招，如《当务之急》：

〔县城公共厕所门前，上有标记。

〔A君捂着肚子，一路哼哼哟哟跑上，见厕所标记，长舒一口气。

A：（操着干部腔调）哎，问题，终于解决了。

〔A君忙进厕所，即在幕后大叫："哎呀，对不起，我走错门了！"A从厕所逃出，捂着肚子，仔细辨认男女厕所标记，确认无误。

A：这是男厕所嘛。（向内喊）喂，老太太，是你走错门了，快出来，快出来。

〔B老太太从容而出。

A：老太太，这是男厕所，那边才是女厕所。

B：男厕所女厕所都是公共厕所，一律归我管！

〔B抖出红袖章，神气地戴上，又从围裙口袋中取出喷洒式空气清新剂，四处喷射。

A：啊，原来是所长老太太！

〔B 朝 A 喷洒清新剂。

A：哎，哎，谢谢，谢谢……（欲进厕所）

B：（大声）站住——进去干吗？

A：问得怪呢，进去能干别的吗？"方便方便"呗。

B：今天这儿不能"方便"，另找厕所去。

A：哎呀，所长老太太，我一连跑了几家厕所，家家关门闭户，都
　　上锁了。

B：对不起，我这儿也要上锁了！（锁门）

A：哎，不能锁，我的情况紧急……

B：我的任务更紧急。（将一串钥匙放入口袋）

A：嘿，什么任务，竟要关闭公共厕所？

B：同志，听我解释一下，奉上级指示，为了迎接检查团，我们突
　　击清扫卫生，保持公共厕所绝对干净，禁止闲人到此拉屎撒尿，
　　只等检查团光临指导。一句话：下午三点整，检查团来了才
　　开门。

　　而下达关闭公共厕所的正是这位急于如厕的干部。在《邪病歪治》
中，退休的老刘患上失眠症，兴奋不已，想睡也睡不着；离休的老张
得了嗜睡症，萎靡不振，整天睡不醒。老张是局长，老刘是他部下，两
人的妻子为之忧心忡忡，想出个精神调剂法，请老张作报告，让老刘听
报告。一听开会了，嗜睡的老张立刻精神抖擞，滔滔不绝地作起了报
告，而失眠的老刘则渐入"困"境，打起了呼噜，构思奇妙绝巧。《手
拉手》、《当务之急》、《真假难辨》都属这样的情境绝招。情境绝招植根
于小品情境诸种构成元素——环境、纠葛、事件、个性和心理的独特

状态。

2. 场面绝招

小品中有一两个非同凡响的必须场面，出现了令人叫绝的情节设置，如《超生游击队》中，夫妻俩议论给三个女儿取名字的场面：

妻：拉倒吧，你那个熊样还能培养出乡长来，给孩子起个名儿都起不好。

夫：我咋起不好啦？

妻：咱就说大丫头吧，一个女孩子叫啥名字不好哇，什么珍呀、玲呀、凤呀的，听着也顺耳呀。你可倒好，憋三天憋个脸通红，起了个海南岛，那叫人名呀？

夫：那不是在海南岛做民工的时候生的吗？

妻：老大没经验，老二呢，你给起了个吐鲁番。

夫：那不是在新疆倒腾葡萄干儿的时候生的吗？都有纪念意义，知道不？

妻：老三更好啦，你给起了个少林寺，一个姑娘家长大之后叫得出口哇？

夫：名儿这个东西就是个记性，我叫狗剩子我找谁了，歪名好养活知道不？

妻：这老四还没生呢，你把歪名起好了，叫什么兴安岭。这回我死活不依你，到了北戴河就生。

夫：那就叫北戴河，这回依你行不？咱们的特点就是走一道生一路，住一站生一户。

《张三其人》中张三数李四篮里的鸡蛋，少了一个，想将自己的鸡蛋放入凑成整数，却心又不甘；《警察与小偷》中小偷穿着警服，一本正经地指挥起交通、搀扶盲人过街、做起了好事，完全忘了自己是个越狱犯，此刻正在为抢劫银行的罪犯望风作帮凶；《英雄母亲的一天》中电视导演教赵大娘讲"司马光砸缸"的故事，赵大娘却说成是"司马缸砸光"，或"司马缸砸缸"，弄得导演狼狈不堪，等等，都属难能可贵的绝招场面。

3. 细节绝招

小品中有若干个令人击节赞叹的细节处理，《人与猴》中，游客"人"戏弄猴，遭到猴子的反抗，拿石子扔他头上：

人：（暴吼如雷）：破猴子也敢反抗！

　　〔他把包里的东西狠狠向笼子内投过去，栗子、花生、糖、手纸、书，等等。而猴则敏捷地闪过攻击，并如法炮制，拣起来回击人。笼里笼外激战着而猴子还不时拣起可吃之物填进嘴里，吐出壳再掷回去。人嘴里头骂骂咧咧，越扔越来劲儿，直到随手把一个硬硬的钱包也扔了进去，猴接过却好奇地扒开看时，他才知道坏了大事！

人：（惊呼）喂！你扔回来！那是我的钱包！

　　〔猴不理他，聚精会神地翻腾着。它掏出一把钱，认真地看看，知道没用，随手扔掉。

人：（心疼地）哎哟，我的钱！（打躬作揖地）我的祖宗，您别乱扔行不行！那是钱哪！

　　〔猴瞟了人一眼，又翻出一张照片，端详着。

112

人：得，我老婆的照片也让它搜出来了！

〔猴看看人，咧咧嘴，用厚嘴唇亲了一下。

人：（一捂脸）天哪！简直是亵渎！

〔猴又掏出一张硬卡片，翻来覆去端详着。

人：（急坏了）喂！那是我的良民证！你还给我！你这个脏猴子！
你他妈还不还，你？！

〔猴用牙咬身份证。

人：（急得直蹦）喂！你他妈的干嘛！可别咬坏了！这了不得，你
扔不扔过来！这管理员都哪儿去了？

〔猴好奇地玩着身份证，屁股下面坐坐，脚爪子下面踩踩。

《主角与配角》中，配角站在主角为他划定的小圈中干扰主角演
戏，不断拍打自己的衣服，并像洗澡一样把毛巾在背上擦个没完。《难
兄难弟》中，为逃避计划生育而四处盲流的姐夫和小舅子两人撩开衣襟
喂奶，相互交换名片，铺开地图分析计划生育形势等细节，都叫人忍俊
不禁。

4. 道具绝招

运用一个小小的道具，使得情节进程显现令人完全意想不到的亮
点。《加急电报》中的新兵通讯员，想家心切，给自己发了封加急电报，
交给连长：

连　长：电报？（看，念）"我家发大水，房屋被冲毁，爹被冲走了，
至今还未回，盼儿速速归。爹。"

通讯员：（蹲下，哭）我的爹……

连　长：你先别哭，先别哭，站起来……我再给你念一遍。"我家发大水……"

通讯员：哗哗的……

连　长："房屋被冲毁……"

通讯员：连猪圈都被淹了！

连　长："爹被冲走了……"

通讯员：我爹连狗刨都不会啊！

连　长："至今还未回，盼儿速速归。"落款是"爹"。

通讯员：是我爹发的。

连　长：这我就看不懂了。

通讯员：你怎么也看不懂了，这多好懂啊！

连　长：你给我解释解释。

通讯员：我们家发大水了，房屋被冲毁了，爹被冲走了，到现在还没找着，就想让我回去看看——明白了吗？

连　长：不明白。

通讯员：（蹲下，哭）我的爹……

连　长：行了，行了，别哭了，你给我站起来！你们家发大水了，大水把你爹冲跑了，到现在还没找着，他在哪儿跟你发的电报？

通讯员：他在哪儿给我发的电报？

连　长：问你呢！

通讯员：（检查电报）没错……没错……（发现错误）嗨，落款！

这封有着致命硬伤的假电报是小品的最大亮点。《电梯上》写一男一女下楼时被困在电梯中，女的内急要小解，男的让女的就地解决，小解在他去买豆浆的铝锅里，等电梯恢复运行，两人走出电梯，一脚踩进电梯的邻居看见置于电梯中的锅子问道，这是谁的锅子？两人都赶忙来接锅子，都说是我的我的。女的说我买个新的还给你，男的说不要紧，洗洗还能用。此铝锅道具的运用真是令人大开眼界。《打扑克》中由名片组成的扑克牌，《张三其人》中的鸡蛋都是运用得出神入化、奇妙无比的道具。

5. 语言绝招

小品人物的语言是人物性格、人物心理和人物行为的重要表白，通过语言句子的内在动势、语言段落的层次转折、语言意蕴的传神感染和语言形象的极致装饰，锻造锦言绣语，为小品情节过程增色添彩。《超生游击队》中夫妻俩一系列的"奇谈怪论"，如"屁超"（B超）、"实在不行了，男女才一样"（"时代不同了，男女都一样"）等等，《红高粱模特队》中的裁缝兼领队把模特猫步走直线诠释为"猫在散步"，"我觉得猫走不走直线，完全取决于耗子，你看耗子如果拐弯了，猫还是走直线，你说是不是瞎猫走直线"等等，都是造成精彩情节的必要元素。尤其是那些人物动作性较弱、人物行为较正、故事较为一般、情节较为松弛的小品，更需在语言创造上下功夫，如电视栏目《综艺大观》小品《融》，前妻又一次婚姻失败，希望能与前夫破镜重圆，两人坐着说话，你一言，我一语，就情节而言，显然缺乏必要的张力，但上乘的语言功夫，大大地弥补了行动的不足：

女：我想问问你，你的心里面，还觉得我是你媳妇吗？

男：是，我一直这么认为，别人问起你来，我就说你出差了，支援

　　　　　灾区去了。

　　女：要是我现在就回到你的身边，你会变吗？

　　男：（百感交集）不会的，我只当是丢了辆自行车，让人骑了一圈
　　　　　又送回来了。

　　用"丢了辆自行车，让人骑了一圈又送回来了"比喻婚姻的离异和修好，真有点闻所未闻，让人捧腹又叫人心酸，成为情节的一个亮点。在春节晚会小品《三鞭子》中，县长的轿车陷入路坑，动弹不得，赶驴的老农以为又是干部下乡吃山货来了，冷嘲热讽不止，当他知道是新来的石县长为农民修路来了，又满腔热情地和乡亲们把轿车抬出路坑。故事的走向十分常规，却因老农幽默风趣的语言（如把司机的大肚腩说成是"腐败的肚子"等）而使剧情不同凡响。

　　6. 绝活绝招

　　多种类型艺术样式的融汇是戏剧小品得以成形的源流之一，从事相声、快书、二人转、拉场戏、独脚戏、戏曲、歌舞、杂技、马戏、魔术等表演形式的演员也常在小品演出中一展身手，这些演员往往身怀绝技，有些小品在构思和创作时，考虑和顾及到演员技能的运用和发挥，如戏曲的唱做念打、演员反串角色、变脸、口技、或某一种特殊的功夫技能，不仅创造出一种新的小品形式，而且成为重要的情节看点。如春节晚会小品《密码》，大妈刷卡取钱忘了密码，一位男青年帮她回忆，密码数字是一首歌的曲谱，男青年就一首歌一首歌地唱，男演员是一位喜剧演员，能把歌声唱得颤抖无比，让大妈觉得像是进了羊圈，又让人听得直哆嗦，"冻"得直起鸡皮疙瘩，观众却因此乐不可支。绝活绝招每每能令人大开眼界，帮助小品情节取得意想不到的

精彩。

尽可能地突破人们对剧情进展的不可能性判断和想象。以"不识庐山真面目"的意料之外和"只缘身在此山中"的情理之中,创造非常态情节进程的惊诧和丰富。

高招,尤其是绝招,是智慧灵光的闪现,写好绝招是写好戏剧小品的一个绝招。

三、否定转折

如果用一根线条来图示情节过程,那么,呈现的是曲折前行的曲线,而不是一条直线,情节的跌宕起伏来自否定转折,用否定的方式形成转折,推进情节。

(一)否定转折的三个层面种类

1. 情境否定

戏剧小品的情节是戏剧小品情境的展现,酝酿制造情境、发展转移情境、改变否定情境,即为情节过程,情境是戏剧冲突的发动机,是戏剧情节的策源地。按照戏剧小品"前弧——交叉——后弧"的构成,戏剧小品的情节相对形成"肯定——否定——否定之否定"的发展过程。戏剧小品在最初时刻开创的局面一定要在最后被彻底否定,《手拉手》开场不久,男青年和女青年的手被胶牢牢地粘在一起,开创了一种见不得离不得的情境,这是前弧,最后,在某一个特定时刻,两人的手分开,后弧必须最终否定前弧,这种否定是不可逆转的,具有制约全剧的根本意义。

2. 场面否定

小品的情节处于不断的转折状态，一个场面接着一个场面，后面一个场面否定前面一个场面，每一次否定都是一次转折。大致形成这么一种进程：怎么办——这样办——不这样办——那样办——不那样办——只能如此这般办，等等。如果只是提出问题而不解决问题，那最后就是"究竟应该怎么办"了。在《全都忙》中，至少有这样几个场面的转折：

（1）电视剧拍摄现场，穿日本军服的男演员举日本战刀追杀扮中国北方农妇的女演员，那女的也是日本人，两人认识，男的演着演着，一时语塞，忘了戏中女角色的名字："你叫什么来着？"女演员大笑。

（2）导演急上，批评男演员，让女演员告诉男演员，她叫什么名字。女演员理直气壮地说："我哪儿知道啊，我又用不着叫自己的名字。"导演让他们再看看剧本，女演员没带剧本，男演员带错了剧本，拍的是《日本兵在中国》，他带的是《中国人在巴黎》，导演压住火气，给他们说戏。

（3）重新排戏，BP机呼声突响，男演员停止演戏，有人呼他拍另外一部电视剧。

（4）导演批评男演员，他们重新开始排戏，BP机呼声突又响起，导演让男演员关机，却是呼女演员的，张老板要她去拍一部广告。

（5）接着排戏，BP机又响，导演大为恼火："关了它，你们两个都关了它！怎么回事啊，这还能工作吗？我知道大家都很忙，我不反对你们忙。可是现在有些人怎么那么浮躁，吃着碗里的看着锅里的，就不能踏下心来认认真真干好一件事……"却不料，这次不是呼男演员，也不是呼女演员，而是呼导演自己的，他开的餐馆出了事，打架把盘子给砸了。

（6）男女演员建议实拍，保证不错词儿，一次过。导演让全剧组关闭所有 BP 机，准备实拍。男女演员非常投入，导演非常满意，但是，男演员在说最后一句台词："你快跑，不然，他们会把你当成中国人杀了的"错说成是"他们会把你当 BP 机杀了的"，导演差点气晕过去。

（7）导演气急败坏，大叫"重拍!"突然，BP 机、大哥大响成一片。

7 次转折，7 次否定，将剧情一层一层向前推进，尺水兴波，真是够精彩的。

3. 动作否定

最基础的否定构成，有三种形式：

（1）一个动作否定另一个动作。正动作和反动作的对抗，属最基础的冲突否定。《大米·红高粱》一开场，演员练美声唱，老乡推自行车吆喝着"换大米"：

演　员：喂! 喂! 喂!

老　乡：哎! 老哥! 换米呀?

演　员：这是歌舞团!

老　乡：歌舞团? 歌舞团咋了? 歌舞团的人也不能一天光"啊!
　　　　啊!"的喝西北风，也得吃粮食。怪事情。
　　　　〔两人一人吆喝"换大米"，一人练声，慢慢地演员也唱出
　　　　"换大米"。

演　员：换大米的! 你换大米可别影响我练声。

老　乡：我换我的! 你练你的声嘛! 就光许你那里"3，3，3"，就
　　　　不许我换我的米吗? 怪事情。

两人之间你干涉我、我反干涉你的动作与反动作，推动了情节发展。《真假难辨》中，一个说你的车票是假的，另一个说，你的人民币是假的；《主角与配角》中主角排演，配角千方百计破坏捣蛋，正是这种一来一往的正反动作对立，构成必须场面，是小品情节最基础的组成。

（2）一种动作否定另一种动作。一种动作是几个动作的合力，《真假难辨》中两人尽释误会，决定一起去赶火车，乙跟着甲跑，突又停下：

乙：你跑先，我跑后，别人还以为我是抢你东西的！

甲：那你快跑先吧！

乙：（跑至甲前，又停下）这样还是不行呀，我跑先，你跑后，别人还以为你是抓我的嘛！

甲：哎呀！那就一起跑吧！

乙：（跑着，又停下）这样还是不行……

甲：又怎么了？

乙：别人会以为我们是一个犯罪团伙！

甲：那怎么办呢？

乙：那……我们只好慢慢走吧……

两人相搀慢慢前行，呜——火车开了！究竟该如何赶车？一次又一次的否定，完成一个场面的情节。

这两类动作否定均属一个场面之内细微层次的转折变化，如《全都忙》的第 2 个场面，就有 3 个小层次的划分：

① 导演批评男演员："拍了八天戏了，你还不知道她叫什么？"男演员辩解："这日本名字不好记。"

② 导演无奈，让女演员："告诉他，你叫什么！"女演员理直气壮地回答道："我哪儿知道啊，我又用不着叫自己的名字。"

③ 导演让他们看剧本，女演员没带剧本，男演员带错了剧本。

又如第 5 个场面，被男演员的 BP 机和女演员的 BP 机干扰之后，继续进入拍戏：

男演员：对不起，来来，拍戏拍戏。（突然进戏）你？

女演员：（马上接戏）你？

男演员：山本太郎！（叫的是自己扮演的角色名字——第 1 层次转折。）

导　演：什么山本太郎？千代惠子！

男演员：（改正）千代惠子？

女演员：山本太郎？

男演员：你怎么穿着衣服？（又说错了词——第 2 小层次转折。）

导　演：胡说！（纠正他）"怎么穿着中国人的衣服？"

男演员：（改正）你怎么穿着中国人的衣服？

女演员：是一个好心的中国老板救了我！（把老人说成了老板——第 3 小层次转折。）

导　演：老板老板，你就知道老板，是中国老人！

女演员：（改正）是一个好心的中国老人救了我！

导　演：（效果配音）"抓住她，花姑娘！"

男演员：你快跑，不然，他们会把你当成中国人杀了的！

［BP机呼声突又响起，男和女同时看BP机。（第4小层次
　转折。）

导　演：（气恼地）关了它，你们两个都关了它！怎么回事啊，这
　　　　还能工作吗？我知道大家都很忙，我不反对你们忙。可是
　　　　现在有些人怎么那么……浮躁，吃着碗里的看着锅里的，
　　　　就不能踏下心来认认真真干好……一件事！

［男女演员欲说什么。

导　演：（继续批评）你们都还年轻，你们好好想想，应该怎样渡
　　　　过自己的……（结巴）

男演员：一生。

导　演：（脱口而出）一生！

男和女：（同时）导演，没呼我！

导　演：嗯？那就是呼我啦！（看BP机）坏了，我那餐馆又出
　　　　事了！

　　　　（第5小层次转折。）

一个场面内，有着5个小层次的转折变化。

（3）一个动作的自我否定。人物的某一个行为动作有着若干次的反
复变化，如《张三其人》中的张三，正煮一个鸡蛋，代李四收下别人送
来的一篮50个鸡蛋。他数了一下，却只有49个：

张　三：少一个！少一个！这人也是，人家买50个鸡蛋，你就给
　　　　他50个么，干吗给49啊，这下我说不清楚了，我张三
　　　　什么时候占过人家小便宜了！得，一个鸡蛋才几毛钱，省

得人家说闲话，是不是。（将自己的鸡蛋放入篮中，却心犹不甘，从篮中取出鸡蛋，一转念）钱算得了什么，做人么！（又将鸡蛋放入篮中，又一转念）我怎么了？我是偷了还是抢了？我心虚什么！ 49 就 49，总不能说我张三偷了人家鸡蛋，对不对！（又从篮里取回自己的鸡蛋）

张三这一个动作包含了把自己的鸡蛋放入篮中，又取出鸡蛋，再放入篮中，再取出鸡蛋的若干层次变化。相比较而言，在同样的时间段内，小品的情节进程要比大型戏剧拥有更为密集的细微曲折变化。

（二）高潮性转折的构成方式

在戏剧小品的若干次转折中，应有一次最具规模、具有根本性变化的突转，也就是说，在终场或终场前，要出现一次高潮性的转折，一次最具张力的动作否定，以形成高潮场面中最具冲击力的关节点，剧情进展中积蓄的巨大能量，在这里得到一次性的释放，有人称之为："震颤点"、"震撼点"或"爆发点"。

高潮性转折的构成有这样几种方式：

1. 事件突转

事件进程改变原先走向，出现一个大转折，《女主角失踪案》中的女主角在电视剧即将拍摄完成前夕失踪，数天之后又悄然出现，一会儿说身体不适，要离开剧组去北京上海做检查，一会儿提出要补贴多少多少酬金，否则就"拜拜"走人，剧组被逼得走投无路，怎么办？导演急中生智，让编剧修改剧本，把女主角演的角色给枪毙了，另请演员继续拍戏，这下轮着女演员追着导演了。道高一尺，魔高一丈，用一个突如其来的总否定，改变事件进程，具有情节终结的意义。

2. 纠葛突变

纠葛指的是人物间较为复杂和涉及某种利益的关系，情节进行中，人物间的相互关系在瞬间发生一次质的变化，《主角与配角》中的配角不甘心总是给别人当陪衬，不愿出演剧中的叛徒，于是他竭尽干扰、捣乱之能事，终于如愿以偿，与主角互换角色，穿上了八路军服，演起了主角，但是演着演着，他又不知不觉露出了叛徒的嘴脸，又回复到原先配角的身份，但是这一回复已不是原有意义的回复，而是在更高层面的否定之否定：配角——主角——配角，从演配角到演主角是逐渐量变，从演主角到演配角是剧烈质变，一次大逆转，将情节推至顶点。

3. 性格凸显

情节进行中，人物性格突然显现其不为人知的一面，《风雨同车》中的人力三轮车工人在风雨中踩车接客，电视台副导演接外地女演员参加抗洪赈灾义演晚会，因路面积水，不得不乘坐三轮车摆渡，三轮车工人趁机抬价，去电视台90元，搬块压车的石头20元，教五句方言25元……动不动就要问："给多少钱？"副导演讥讽他是想钱想疯了，三轮车夫给人的印象是唯利是图、趁"水"打劫，一副可恶可憎的面目；三轮车夫反讥他们走穴扒钱，不斩你们斩谁！当他得知演员是去参加抗洪赈灾义演时，他告诉他们，他今天风雨出车，多多挣钱凑个整数，也是为了抗洪赈灾捐款！至此，对人物行为突然有了另一种截然不同的解释，人物顿时变得可敬可爱了，而对人物的全新认识改变了情节的性质，达到一个新的高度。

4. 心理突泄

人物行为总伴随有相应的心理依据，有些内心动因埋藏得很深，一般不轻易说出，但在某一特殊的场合，人物会倾诉衷肠或宣泄内心的情感。《揭榜》中的养鳖人徐三背一蛇皮袋的钱来揭榜，乡里要修一条公路，向社会征召，他特来接标；负责土建的干部以为他是借转承包发财，却不料养鳖人是自己掏腰包造马路，干部问他，这么多钱要不要先和家里嫂子商议？养鳖人伤感万分：

> **徐三**：嫂子，你别提嫂子，提嫂子我心里难过（抽烟）……赤脚医生说她是难产，要赶快送到公社医院，那个时候哪有什么车啊，路啊，（悲痛）一条两个人都挤不过来的小田埂，四个人抬着七折腾八折腾的，没等到医院就没气了！（悲痛之极）我好命苦啊，我一下子失去了两条人命啦……（大哭）我的亲人啊……打那以后，我下决心，一懵头养鳖赚钱造路。在那圩拐子，我整整蹲了十七八年，好不容易钱攒足了，机会也来了，魏干部，你怎么能不让我揭榜呢？魏干部，我求你了，你让我揭下这个榜吧，我当着死鬼的坟前，发过毒誓的！

心理宣泄往往是一整段一整段的台词，讲一个动情或悲伤的故事，成为人物行动的理由，同时在转折中，成就人物一个强有力的动作，足以将情节带入一个新的境界。

5. 情绪突换

有的小品不描写尖锐的冲突，表现的是情绪的激荡，在情节上不形成高潮，但是有情绪的陡然变化。《嫂子们》写除夕之夜，三位军嫂一起过年，你一言，我一语地思念着在部队的丈夫，等着丈夫打来电话，却总是等不来，丈夫们在基层和战士们一起过年，于是，她们学着男人样，喝起了酒，敞开嗓门划起了酒令：

哥俩好，拳来了，当兵的汉子少不了。

三星照，四喜财，嫁给当兵的不发财。

格尔木，唐古拉，平平安安要回家。

汽车到，站锅台，俺把饭菜端上来。

快喝酒，五魁手，天南地北俺跟你走！

巧七梅，八匹马，别人都说当兵的傻！

傻就傻，傻到头，跟上当兵的不回头！

挥臂划拳，大口喝酒，情绪由思念的缠绵抒情突转为慷慨激昂、豪情万丈，成为全剧的高潮，渐渐，她们一个个醉倒了，而正在此时，电话铃响了……

种种陡然变化，主要是在情境构成范畴内做文章，往往是改变情境状态的最后一击。

思考题：

1. 戏剧小品情节的细节倾向有哪几种表现？

2. 为什么说写好绝招是写好戏剧小品的一个绝招？

3. 戏剧小品的否定转折可分为哪几个层面种类？

第五章　结构模式

结构是文艺作品整体性的组织方式，把方方面面的因素糅合成为一个和谐统一的整体。

戏剧小品的时空短促窄小，要在极其有限的时间和空间内展现情境、铺排冲突、塑造人物、揭示主题，做到既巧妙又自然，既严针密线又游刃有余，功力集中体现在结构上。

小品的结构有一个基础模型——情境张力圈模型：前弧——若干交叉——后弧；开创情境——发展情境——否定情境。但仅仅如此是不够的，小品虽小，由于时空、线索、布局的变化，形成众多戏剧小品的整体结构模式。

一、时空组合

一切存在的基本形式是时间和空间。空间是物质存在的广延性；时间是物质运动过程的持续性和顺序性。时间和空间是运动着的物质存在的基本形式。戏剧小品时空逼仄，但并非凝固板结、一成不变，从时间和空间的角度去结构戏剧小品，至少有如下几种组合类型：

（一）同步型

舞台时空与生活时空对应一致，所截取的只是发生在某一时刻、某一地点的某一件事情，一般都不太复杂，日常生活的点点滴滴，没有前因，也没有后果，《胡椒面》中的"眼镜"和民工，为一个胡椒瓶争夺得难解难分，如此而已，从前不相认，以后也没来往。仿佛按照生活原有的模样和节奏作同步反映，直接"克隆"了一个生活片断，时间、空间、情节三者完整一致，高度集中，一个绝对的"三一律"时空构成。许多戏剧小品都属于这一类时空方式。

（二）压缩型

类似同步型，但质地不一样，这一类作品容纳的生活较之同步型要厚实得多，有前史的介入或未来发展趋向的预示。在《山梁》中，喜子在外面混了三年，回到家乡，他怀疑妻子月秀有外遇："见月一封信，月月寄钱给你的那个男人，是谁？"月秀取出一个小布包，里面是一封封的信：

月　秀：张大喜，你一个男子汉，这样做也算是做到头了……你三年在外混不出来，我不怨你。你不要面子，我要脸……为了家，为了你的名分，我守着这梁子上的几亩地。白天干的是男人活儿，晚上在这棚子里眼不敢眨一下，看水、看牲口、看庄稼，还得撵走那些馋猫似的臭男人……人家做姑娘嫂子，一个赛一个鲜亮，一年赛一年欢火，有人靠有人心疼。我，我就在家里为你守寡，还得笑着、乐着，硬撑着为你挣面子。张大喜，你有种就一封一封看看这些信……

喜　子：（急促看信）这，这都是你自己写的信，自己寄给自己？那，那 100 块钱也是你自己寄给自己的？

这里，融入了一对夫妻、尤其是妻子月秀三年间的生活，时间跨度大大超出了同步时空容量。在《雨打梧桐》中，黄昏时分，一男子等候、盯梢女律师肖敏，给她看一张她丈夫写的纸条，那是下午三点五十二分在捉奸现场，他让她丈夫亲笔所写——这是一段前史；戏结束时，她丈夫来了，女律师从手指上取下结婚戒指，迎向自己的男人，她和她的丈夫将开始另一个故事，结尾预示了未来的冲突。这不是一种平均的、机械的压缩，而是取这段较之同步型长得多的生活进程中最富有戏剧性的一环，将过去和将来有机地组织在其中，现在是以往生活进程的结果，由现在的推进来展现过去和预示未来。消逝的往事不是靠纯叙述的交代，而是在冲突中予以揭示。《山梁》中喜子追问妻子那个男人是谁，月秀反击，于是一五一十，抖出原委。这里，事件的突发往往会引化人物关系的发现和陡转，成为高潮的核心部分。

（三）串联型

一个戏剧小品中先后存在着若干个时空单位，像一出小型的多幕剧，不同的是情节十分单一。《送礼》中，送礼者接连上楼下楼，去赵钱孙李四位局长家送礼，存在着八个不同的时空构成的连续运转。

1. 送礼者上场，打听赵局长家的门牌号；

2. 赵局长家，因赵局长已去国外，送礼者赶紧与赵的丈母娘"拜拜"；

3. 送礼者下楼；

4. 送礼者来到钱局长家，被老保姆认作是前几天上门送黄花鱼的小子，要他把已搁臭的鱼带走；

5. 送礼者上三楼；

6. 敲开孙局长家的门，孙的妻子一见送礼就恼火，犯了心脏病，送礼者赶紧开溜；

7. 送礼者上十六楼；

8. 李局长将送礼者和礼品交至反行贿受贿大会示众。

在《征婚》中，场面间的时空跨度更为长远：

春天的时候，儿子要结婚，住房紧张，儿媳为母亲征婚，把母亲介绍给张师傅。

夏天的时候，母亲准备搬出去和张师傅结婚，儿媳怀孕了，小两口要母亲留下带孩子，母亲和张师傅硬被活活拆散。

第二年的冬天，母亲推着婴儿车，路遇张师傅，两人都有说不出的孤独和心酸……

春、夏、冬三个季节的场面，相间一年有余，串联成小品的时空组合。

（四）双串型

一个戏剧小品中存在着两个串联型的时空单位，如《红雨伞》：

第一串联时空：故事的主系统。

1. 他和她又在最后一班地铁相遇，她下车时忘了带红雨伞，他赶紧抓起红雨伞给她送去，地铁开走了，他送她回家，她撑起了红雨伞；

2. 又是在最后一班地铁，他和她憧憬起婚后的幸福生活；

3. 还是这班地铁，她抱着孩子，数落着他的种种不是，硬逼硕士研究生毕业的他去当饭店总经理；

4. 她特意把他从饭店叫到地铁站，已经是总经理的他许久没回家了，她和他反思着他们的生活。

第二串联时空：故事的次系统。

作为背景衬托时空，由一对男女舞蹈演员持一把红雨伞，用舞姿表现情绪，穿插于前一个故事的 4 个独立的时空之间。

两个并列的串联时空系统交织演绎为一个小品的故事情节。

（五）重复型

两个或若干个独立的故事，先后在一个同一的空间中发生，故事不尽相同，但无论内容、形式和语言都具有相似性和重复对比的意义，如《末班车的故事》，一戴眼镜的青年在公共汽车站目睹一大汉追赶一姑娘，让她把钱拿出来，于是，戴眼镜的青年开始下意识的想象：

1. 意识流场面之一：大汉抢姑娘钱，姑娘向眼镜求救，眼镜胆小，软瘫在地，被大汉绑在站牌柱上。

2. 意识流场面之二：大汉抢姑娘钱，眼镜苦口婆心劝导大汉不要犯罪，做了一回东郭先生。

3. 意识流场面之三：大汉抢姑娘钱，眼镜见义勇为，与大汉搏斗，和姑娘一起，制服大汉。

4. 现实场面：大汉原来是姑娘的丈夫，向她要钱是为了给生病的老王捐钱。

4 个时空重复着一个相似却又不尽相同的故事。

（六）对比型

先后存在两个相同或相似的时空，《爱情角》中的老头子和小伙子由同一演员扮演，老太婆和小媳妇也由同一演员扮演。他们先后来到鸳鸯湖畔的爱情角：

[老太婆手拿一封信匆匆上，绕着爱情角转了一圈。

老太婆：咦？怎么没人？这信上写得明明白白，上午 11 点见面，有要事商量，底下落款是小狗子。哎？这小狗子是谁？约我到这爱情角来干什么？

[老头子悄悄潜上，从背后蒙住老太婆双眼。

老太婆：（一惊）谁？

老头子：（改变声音）你猜猜看。

老太婆：快放手，要不然我就叫人了。

老头子：不要叫。我就是约你的人，你猜猜是谁？

[小媳妇手拿一封信匆匆上，绕着爱情角转了一圈。

小媳妇：咦？怎么没人？这信上写得明明白白，下午 1 点见面，有要事商量，底下落款是小猴子。哎？这小猴子是谁？约我到爱情角来干什么？

[小伙子悄悄潜上，从背后蒙住小媳妇双眼。

小媳妇：（一惊）谁？

小伙子：（改变声音）你猜猜看。

小媳妇：快放手，要不然我就叫人了。

小伙子：你叫吧，大不了判我个性骚扰的罪名！

原来他们都是来参加电台"超越时空"的节目，老夫妇由年老变为年轻，一个奔跑一个追逐；小夫妇由年轻变为年老，屈背躬腰，步履蹒跚。老夫妇和小夫妇的对话近乎于同出一辙，情节走向相逆相成，重复的时空具有对比的意义。

（七）重叠型

一个戏剧小品中同时存在着两个或两个以上的独立时空构造，《时差》的舞台分为左右两个演区，左边为日本老式建筑，右边为上海老式工房单间，墙上都挂着一只大钟，时差一个小时。在日本打工的丈夫和在上海留守的妻子相互不断地打电话：

刘　立：这只钟是她硬让我带到日本来的。人家是对表，我们家是对钟。她说钟面大，看了眼睛不累，看到钟就是看到她。现在是下午 1 点，上海时间是 12 点，她还在上班，打电话过去也没人接，不过反正没人接也不花钱，听听响声也是好的。

〔拨电话，右侧演区电话铃响，连响七、八声。

刘　立：声音倒蛮好听，待会还得打工，不睡不行。

〔挂断电话，拧好闹钟，脱衣躺下，此时右侧房间门开，王芳冲进屋。

王　芳：在下面就听到电话铃响，冲上来已经来不及了。今天上班觉得有点累，就请了半天假回来休息。晚上还要出去。

〔和衣躺上床，两边演区大钟同时转动，左演区为 6 点，右演区为下午 5 点，灯光渐暗，侧旁闹钟响，刘立起身。

刘　立：（指着闹钟）回国时我会一锣头把你敲碎，包回上海做
　　　　纪念。

　　　　〔长长地伸了个懒腰，爬起身穿好衣服下床，欲出门又折
　　　　回身。

刘　立：上海时间是下午 5 点，照理她刚下班还不在家，打一下试
　　　　试，万一提早回家了呢？

　　　　〔拨电话，右演区电话铃响，响了两声，王芳从床上起身
　　　　欲接电话，刘立已把电话挂了。

　　由于时差，更由于种种其他原因，两人阴错阳差地一直未能接到对
方打来的电话，由此相互误会，产生种种疑惑和猜忌。最后，电话终于
接通，两人尽释前嫌。随着剧情的推移、时间的变化，墙上两只大钟同
时转动，两个角色自始至终未曾谋面，日本的住所和上海的家，两个不
同的时空存在却重叠于同一演出时空。

（八）交错型

　　一个戏剧小品中存在着若干个非顺序式的时空单位，生活进程切割
得较为零碎，此取一截、彼取一段，然后将其穿插排列，把过去、现在、
将来交织一体，把现实、回忆、梦境、幻想熔为一炉。如《巫婆的面
包》，原是一篇外国的微型小说，玛莎小姐四十岁了，还未结婚，经营着
一家小小的面包店。有一位中年男子常来小店买两块陈面包，新鲜面包
五分钱一块，陈面包五分钱可买两块。玛莎小姐看见中年男子指头上有
一点红棕色的油渍，断定他是个贫穷的画家。一天，中年男子又来买陈

面包，她偷偷将大量黄油塞进面包里，然后痴痴想象他发现面包中黄油时激动的情景，他一定会跑到店里来找自己……那中年男子果然来找她了，却骂她"是个爱管闲事的老猫"，原来，那个男人是位建筑制图员，苦苦干了三个月，画出一份新市政厅的设计图，准备拿它参加有奖比赛。陈面包是用来擦铅笔画线的，它比橡皮还管用，可黄油把图纸给毁了。

这是一个顺序式的故事，将它改编成戏剧小品时，用了时空交错的形式：

1. 中年男子来小店买陈面包。（现在）

2. 玛莎回忆自己为证实他是位穷画家的猜测，让他看一幅油画的情景。（回忆）

3. 玛莎想象他在小阁楼里忍饥挨饿地作画。（想象）

4. 中年男子又来买陈面包，她偷偷往面包里塞进了黄油。（现在时）

5. 她想象他发现黄油时的激动和喜悦，抑制不住自己的感情，来小店找她表白爱情。（想象）

6. 男子来到小店，狠狠地痛骂她一顿，是她的黄油把设计图给毁了。（现在）

现在——回忆——想象——现在——想象——现在，六个不同质的时空场面交错成一个有机的时空构造。这种剪裁方式有较大的灵活性和伸缩性，它的表现对象是一种更为广泛的生活，不追求高度集中的戏剧性，但那些相互间有着时空间隔的场面却受其内在因素的严格制约——故事情节的连贯完整和思想情感的衔接一致，必定要在某一处完成高潮性的突变。

（九）叙述型

一般来说，戏剧是行动的艺术，由演员扮演角色，当众表演故事情节，有的戏剧小品大量地融入了叙述的因素，演员不只是表演故事，而且主要是在叙述故事。1992 年中央电视台元旦晚会小品《婚礼》写的是一对来自灾区的年轻人举行婚礼，剧中唯一的故事是新郎新娘介绍两人恋爱经过，当时，洪水滔滔，把住在两个省却村挨村的他们俩逼到山尖上去了：

新　郎：……到最后那水就越涨越高，一下子就到她下巴颏儿这儿了，这时候"哗"地又来一股浪。

新　娘：我一下就把他抱住了。

新　郎：……当时我一看她这么主动，我也别客气啦，牙一咬眼一闭，就像那芭蕾舞，王子举小天鹅似地把她托起来了。我把她托到怀中之后，我就使劲控制自己感情。我当时的座右铭是排除杂念，不能浮想联翩，只当是怀中抱了个救生圈。

新　娘：当时我一看完啦，没想到活了二十四岁，最后"交待"在他的怀里了，这不是一朵鲜花插在牛粪上了么？

新　郎：啥叫牛粪，这是缘分。当时我一看她绝望了，我就安慰她：生命诚可贵，爱情价更高，要不是发大水，想抱也抱不着。

新　娘：这个人可损了，说着说着，呱叽给我一口。

新　郎：你知道什么，当时你脸上落了个大蚊子，我抱着你腾不出手来，我想拿嘴给它拱走。

新　娘：蚊子倒是拱走了，可你那口比蚊子叮得还厉害哪。

新　郎：君子动口不动手。

　　与相声不同的是，相声是演员或演员借角色的口叙述故事，而小品是剧中角色叙述角色的故事，是一种时空的平面构成。

二、线索梳理

戏剧小品的纵向结构方式：

纵向地考察戏剧小品的结构，结构呈某种线索走向，线索是贯串整个作品的情节发展脉络，一种纵向的组织方式。

戏剧小品的线索脉络至少有如下几种类型：

（一）单线型

由于戏剧小品的单一特征，大多数作品只有一条线索，剧中的若干人物在某一个点上产生矛盾，引发动作与反动作，相互作用，环环相扣地推进，形成一贯串全剧的轨迹。在《主角与配角》中，配角为争当主角，处处跟主角作对，先是说拿错衣服，然后要求对换角色，在排戏的时候想方设法抢戏，不是上场时跑在主角前头，就是用自己的后脑勺挡住主角的脸。主角无奈，为他划定圈子，不让乱跑乱动，只见他不停地拍打自己的衣服，像洗澡一样把毛巾在背上擦个没完，或是不等主角开枪便先中弹倒地，最后干脆撂挑子罢演，逼得主角不得不和他互换角色，演着演着，角色错位，两人又回复到原先的角色。目的简单明了，线索清晰有力。从纵向的视角看，有了线索也就有了结构，保证了情节的和谐整一。

（二）复线型

这类戏剧小品有两条线索，一条为主线，一条为副线，在《执法如山》中，临时交通安全检查员小环子先是逮住了赶着往火车站接人而乱穿马路、翻跨隔离栅栏的中年知识分子，接着他又扣了辆"红旗"车，拆了轿车的车牌照。在这两条线索中，小环子与中年知识分子的戏是副线，另一条是主线，如果我们把小环子和中年人、小环子和司机之间的戏视作具有头、身、尾意义的同一情节，那么，和中年人的戏恰好分据了头和尾的部分，是开端和结束，而和司机的戏则是中间最为重要的那一部分。终场前，小环子使出一妙招：

小环子：（把轿车的车牌子举到司机面前，看看手表，转对中年人）
　　　　看来你确实晚了。这么着吧，我给你派个车！（转对司机）
　　　　你！先把他送到火车站，完了事，再去给你们杜科长办事。

司　机：哎呀，那么着我就来不及了！

小环子：怎么着？（掏出小脏本）你再读一遍？

司　机：我这就去。不就是火车站吗？几分钟的事儿。

如此这般，两条线索合二为一了，主副线整合为一个统一的故事。

（三）并列型

一个戏剧小品中同时存在着两条并行的线索，它们自成起讫，按自己的逻辑向前发展、互不干扰影响，是两个独立的故事。《无标题对话》中，一对老年夫妇和一对年轻恋人，各自进行着自己的对话：

老　妇：日子过得真快啊。（感慨地摸摸花白头发）没想到我们都
　　　　会这么老了。

老　翁：你说什么？

老　妇：哦，没什么。

老　翁：好像听你嘴里嘀嘀咕咕地说些什么。

老　妇：真的没说。

老　翁：咳，坐了老半天，你一句话也没对我说。

老　妇：谁说的，年轻时都说光了。

　　　　[两位老人又陷入沉默之中。]

女　青：你愿意和我在一起吗?

男　青：愿意。

女　青：在一起时间长了，你就该讨厌我了。

男　青：不! 你总是那么让人喜欢，特别是在一起的最后一分钟。

女　青：为什么?

男　青：因为最后一分钟你对我最慷慨。

女　青：可是最后一分钟只有一次。

男　青：就不能多一些吗?

女　青：旁边有人。

男　青：这我不管。(上前吻女青年)

老　妇：哎，我说。哎，我说老头子，我跟你说句话。

老　翁：难得，难得。

老　妇：明天咱们吃什么菜?

老　翁：嗨，毫无感情色彩。豆腐?

老　妇：又吃豆腐?

老　翁：我这辈子就愿意吃豆腐。瞿秋白说中国的豆腐最好吃。从
　　　　经济上说豆腐价格便宜，从营养上说豆腐中含蛋白质，从
　　　　品味上说，它具有民族风味。

老　妇：好，好。说多少遍了。我明一早去买豆腐。

男　青：天下万物，你最喜欢什么？

女　青：月亮。你呢？

男　青：月亮旁的那颗星。

女　青：我是月亮，你是星星。

男　青：星星绕着月亮转。

女　青：去你的，又来了。

男　青：好，好。哎，说真的，到时候，我们也可以到星空中去。

女　青：到星空中去？

男　青：这有什么不可能的。科学的发展，今天是幻想，明天就是现实。

女　青：到星空去，要是碰到 UFO 怎么办？

男　青：那就太好了！这可是个重大发现哪，拍张照片带回地球，轰动全世界。

女　青：那外星人会不会抓我们当俘虏？

男　青：不会的。他们已经进入高度文明，懂得尊重人，爱和平。

女　青：要是外星人看上我，向我求婚怎么办？

男　青：这个么，一，由你决定；二，在你决定之前得先看看他们的《婚姻法》。啊？（大笑）

女　青：好，你真坏！我不理你了。

　　两条平行的线索各行其是，各得其所。当然，不是任何线索都可随意各行其是的，平行以对比观照为前提，老年夫妇和年轻恋人各自的对话，既是一种比照，也是一种互补。

（四）分段型

一个小品中，存在着一条分成几个阶段的线索，这几个阶段有着相对的独立性。《丢伞》中的李乡长丢了一把伞：

乡长妻写了张寻伞启事："李乡长上班，把雨伞丢了。这伞是尼龙的、自动的、黑色的、折迭的。谁拾见了，就送回来，十分感谢。"——线索第一段；

来了个个体户李二狗，送上把崭新的黑尼龙自动伞，跟李乡长套近乎——线索第二段；

又来个乡政府的女会计，送上一把伞，请李乡长帮忙解决夫妻分居的困难——线索第三段；

最后来了个老婆超生第三胎的王毛小，也送上把伞，求李乡长执行计划生育时高抬贵手——线索第四段。

其实，乡长的伞根本没丢，忘在自己办公室里了——线索第五段。

《丢伞》的几段线索在同一时空中运行，每一段线索既有相对的独立性，又有相似的重复性。有的小品，如《打麻将》，一条线索在不同的时空构造中运行：

第一段：自己家。赌输了的妻子回到家中，逼迫丈夫外出借钱。

第二段：小姨子家。丈夫向小姨子借钱，不料小姨子的丈夫也赌输了钱，小姨子反向他借钱。

第三段：母亲家。丈夫向母亲诉苦，母亲教给儿子治服妻子的"祖传秘方"。

第四段：自己家。丈夫喝得醉醺醺地回来，说自己也赌输了钱，因家贫如洗，无力偿还，现自觉自愿将妻子租给别人当保姆——以毒攻毒，制服妻子。

由于妻子、小姨子和母亲由同一个女演员扮演，因此而显现了某种相似性。

（五）网络型

这类戏剧小品也只有一条线索，但是线索的发展引出若干平行的线头，形成网络状，最后又归于一统。《太阳鸟》中的女兵班收到一封情书："还记得吗？我们共同放飞的那只金色的太阳鸟，它振动着美丽的羽翅在天空中飞翔；还记得吗？太阳鸟带走的我们的誓言，像土地一样真实，如海水一样碧蓝……"班长认为"这封信透露了我们班存在的思想问题，希望大家认真对待。"她巡视、留神着每个人的神情，"太阳鸟"，是属于谁的？女兵们一个个陷入了回忆：

诗　　人："太阳鸟"？会是属于我的吗？自从你上了大学，我当了兵，我们之间就像断了线的风筝，再也没有了消息。大学里有那么多漂亮、骄傲的女大学生，你还会记得我吗？对了，我想起来了，那天……我穿上新军装的那天，你看着我，说"不爱红妆爱武装，这才是我心目中的女神……"多罗曼蒂克的称呼——女神……

小辣椒："太阳鸟"？"太阳鸟"终于飞过来啦。哼，想当初，在新兵连训练的时候，我认识了你，也喜欢上了你，可你就是那么别别扭扭的，说什么"当兵不能谈恋爱，条例规定的……"我就是喜欢你嘛。啊，现在你想通啦，还什么"太阳鸟"、"太阳鸽"，遮遮掩掩的，一点儿都不像男子汉。告诉你吧，本小姐可不一定会给你回信。我也学过条例啦。"当兵不能谈恋爱"。等着吧！

胖　　丫：其实你根本不用写这个神秘信。我们班就我有对象，这叫"青梅竹马"，不是"太阳鸟"，真笨。记得当兵前的那个晚上，俺俩手拉手，走在小河旁，嘿，那模样真像歌子里唱的。月亮弯弯地照着小路，你说啥，舍不得俺走。不就当兵嘛，服役期满了，俺就回家和你一起种果子、守林子。放心，俺不会跑掉的。对啦，还有许多的悄悄话，都写在这信里。（拿信）

小不点儿：不用猜。这信一定不是写给我的。我爸爸让我学习过"条例"，我知道，当兵期间不能谈恋爱。情书，当然与我无缘了。不过我好喜欢"太阳鸟"这个名字，那一定是一只很乖很可爱的小鸟，就像我一样……也许，也许这封名叫"太阳鸟"的信就是写给我的？我是一个漂亮的女战士，我爸爸常这样夸我。肯定是别人看到我穿军装的模样，把我比喻成"太阳鸟"。

　　女兵们的回忆具有平行的性质，撒开了网络，连严肃认真、将此事看得十分严重的女班长也在女兵们的"逼迫"下，情不自禁透露了心声：

班　　长：是到新兵连报到的那一次。我乘车出藏，开车的司机是位老西藏，高原老汽车兵。车过二郎山口，正赶上太阳落山，巨大的火球把天、地、山染得血红血红。我们的车抛

　　　　　　了锚，他一直在修车，我坐在驾驶室里看着他……

女兵们：（意味深长地）啊——

班　长：我觉得他的肩膀真宽，像那山一样。

女兵们：啊！后来呢？太阳鸟出现了吗？

班　长：没有后来。到了目的地，我们就各奔东西了。我连他叫什
　　　　么名字都不知道，只知道他是一名老兵。

　　太阳鸟，究竟是属于谁的呢？她们发现信封里还粘着一张纸："您
是否已经找到了记忆深处的那个'太阳鸟'，您是否愿意与我共同拥有
它？欢迎您使用'太阳鸟'牌电脑打字机。"误把一份广告当作一封情
书，一只美丽的"太阳鸟"飞进了一群爱意朦胧的少女心中，撒开的网
状线索，遂又归集回一点，戛然而止。

三、格式布局

　　戏剧小品的横向结构方式。

　　横向地考察戏剧小品的结构，结构呈某种格式布局，格式布局将作
品分为若干层次，是一种横向的组织方式。

　　戏剧小品的格式至少有如下六种类型：

（一）点线推进型

　　由一个矛盾的点开始，故事情节沿着一条线索，经历若干阶段，层
层推进至顶点，完成冲突，每一个阶段，即是一个层次。《主角与配角》
一开场，配角手拿绸子中式上衣，跟穿八路军服的主角争执起来：

配　角：这不对吧！

主　角：怎么不对呀？

配　角：这服装不是我的。

主　角：是你的。

配　角：你肯定拿错了吧。

主　角：什么拿错了？

配　角：大概你穿的——

主　角：你别看，这个是你的。

配　角：不是我的。

主　角：你是"叛徒"！

配　角：我是"叛徒"？

　　从配角不愿演叛徒，力争做主角开始，先是抢戏，接着如电线杆子般戳着不配合，经过几个回合的纠缠，如愿以偿地穿上主角八路军衣服，演着演着，最终又回到了叛徒的角色。《全都忙》从拍戏时演员叫不出角色的名字开始，一回又一回，排戏被打断：男演员的 BP 机响，女演员的 BP 机响，导演的 BP 机响，最后实拍时，整个儿把戏拍砸，差点没把导演气疯。按照矛盾冲突的逻辑进程横剖为若干阶段，一步一步推向高潮点，这是小品创作最常见的布局方式。

（二）点面倒置型

　　这类戏剧小品的结构步骤不是从前到后、按事物的发展过程依次布局，而是先发现一个最精彩的点（戏眼或称戏胆、戏扣），使之成为凝聚整体的核心。然后围绕着这个点逆向地去组织情节，以这个点为轴心，扩充成一个面，这种扩充有一个指向，就是沿着"戏眼"的表层围绕着内核作铺垫的外延。如《朋友》，戴局长刚上任，人们一改从前对他的疏远，争相上门攀附。戴局长的夫人苦于应酬，颇有微词："哼，人这玩艺就是怪，看你没能耐他谁也不来，我们老戴前些日子当上局长了，这哥们朋友就像雨后春笋似的，忽一下子都冒出来了。"这不，又来了位老王大哥，戴着狗皮帽子，肩头搭串红辣椒，挎筐背包装着野味和山货，他将老戴家当作自己家，局长夫人让他进屋换鞋，他大大咧咧地："不用，不冻脚。"将山货放在沙发上，摘下狗皮帽子拍打，抖落灰尘，兴致勃勃地套近乎："我们哥俩就睡到一铺炕上。""那时候穿一条裤子还嫌肥哪！""来了最低住他十天八天的，若掏把火似地就走，那老戴不也得对我有意见吗？"他喝水，水撒在沙发上，吃苹果，打个喷嚏，喷了一地：

女：没事没事，我扫。

男：（欲掏手绢擦手，却在衣兜掏出个鼓囊囊的手绢包）对了，弟妹，这钱是给你们的。（将钱放茶几上，用手绢擦手）

女：钱？你拿钱干什么？不行不行，这钱我们不能要，快揣起来。（拿钱往男衣兜揣）

男：（躲闪着）弟妹，你别撕巴，你听我说。前些日子，老戴那局长不是被一刀给切下来了吗？

女：（莫明其妙）切下来了？

男：是啊。听说切下来后他又得了脑血栓。弟妹呀，我这当朋友的也帮不了别的忙，给他拿三千块钱，让他好好看看病。

女：（懵懵懂懂）这……

男：你也劝劝他，权势、钱财都是身外之物，体格要紧哪。

女：（突然恍然大悟）哎呀大哥，你说的是五楼的老戴吧？

男：五楼也姓戴？

女：啊，叫戴景文。

男：戴景文？对，我找的就是他呀！这扯不扯，整了半天，我狗逮黄瓜差屎了。弟妹啊，大妹子，对不起，实在对不起。（拎东西欲下）

女：（受震动）大哥，大哥……

男：嗯？

女：大哥。（敬佩地）这些年，他当权时你不来，他没权没势了，你还来看他……（递钱）

男：大妹子，话不能这么说，朋友，咋叫朋友呢？朋友就是……得了，有空咱哥俩再唠，我得上五楼看老戴去。（欲下）

这段走错门的场面即是全剧的轴心。在情节上，它是最精彩的一点，制约全局的一个枢纽；在情绪上，它形成兴趣和兴奋高潮。前面那些零零碎碎的情节，从过门到掏钱全部都是铺垫和外延，它们彼此间并无环环相扣、层层推进的因果逻辑关系，而是相对独立，各自逆向地对应着"走错门"这个最为精彩的点，扩充部分包裹着内核，漫成一个面，一个完整的结构就成形了。

（三）相声包袱型

相声是一种以说为主、以包袱为主要表现手段、幽默风趣的曲艺形式。相声的结构一般由"瓢把儿"——"活"——"底"也就是开头——正话——结尾三部分组成：

"瓢把儿"（开头）是相声的开端部分，是联结正话，转入正题的引子。一般来说，相声的开端部分是一个"包袱"的构成。

"活"（正话）是相声的主要叙述部分，出人物、出情节；提出矛盾、展开矛盾、解决矛盾。正话可分为若干个小部分，若干小部分以若干个"包袱"的形式出现。

"底"（结尾）：相声的结尾，也叫包袱底，实际上是全篇最后一个包袱。

开头——正话——结尾都离不开"包袱"。所谓"包袱"就是能引发人们笑声的材料，"包袱"是个形象的比喻，把能引人发笑的东西像包裹一样把它包起来，然后在适当的时机，出其不意地将它抖露出来，叫抖包袱。"包袱"是一种能构成笑料的矛盾，制造"包袱"，一般有这么三个过程：系包袱、抖包袱、丢包袱。

系包袱——提出矛盾，组织、酝酿笑料；

抖包袱——用一种出人意料的方式解决矛盾，抖出笑料，制造喜剧性效果。

丢包袱——矛盾解决了，交代结果如何。

如表现中国工程技术人员在非洲援建铁路的相声《友谊颂》中遇到野牛的一段：

甲：这时候，一位非洲朋友迎面跑过来，要与野牛搏斗。我说，马尔丁，不行，你快躲开，木辛加到我后面去。（提出矛盾——系包袱）

148

乙：你怎么办？

甲：我藏起来。（用出人意料的方式解决矛盾——抖包袱）

乙：啊，藏起来呀！

甲：我藏到一个有利的地形，端起猎枪，啪啪啪就是三枪。（交代结果——丢包袱，但同时又是系包袱。）

乙：把野牛打死了？

甲：我吓唬吓唬它！（再一次用出人意料的方式解决矛盾——再一次抖包袱）

乙：野牛是非洲人民的宝贵财富，不到万不得已不能轻易伤害它。（交代结果——彻底丢掉包袱）

有些戏剧小品，如《超生游击队》、《英雄母亲的一天》、《手拉手》等，大致是相声包袱型的结构。《英雄母亲的一天》中导演采访赵大娘：

赵：你是哪儿的？

导：我是电视台的。

赵：贵姓？

导：我姓侯。

赵：咋称呼呀？

导：导演。

赵：导演？也是倒……导演，倒爷……

导：不不不，不是倒爷，是导演。

赵：导（倒）啥呀？导（倒）豆腐吗？

导：不导（倒）豆腐！导什么电视片、新闻片、纪录片什么的！

一开场，就用"谐音"的手法，把导演称为"倒爷"，抖了一个包袱。紧接着，一个包袱挨着一个包袱，构成全剧。最精彩的是那个用"打岔"手法制造的"司马光砸缸"的高潮场面包袱：

导：好学，一学就会。这么说：孩子呀，听话，奶奶给你讲故事。

赵：（学舌）孩子呀，听话，奶奶给你讲故事。

导：故事的名字叫呀"司马光砸缸"。

赵：故事的名字叫呀"司马缸砸缸"。

导：（纠正）司马光砸缸。

赵：司马缸砸缸。

导：（大声）司马光！

赵：你嚷啥呀？不就是司马光吗？

导：对，往下，往下。

赵：砸光。

导：司马光砸缸。

赵：司马缸砸缸。

导：司马光砸缸。

赵：司马光砸光。

导：（大声）司马光砸缸。

赵：司马缸砸缸。

导：司马缸——

赵：错了！你错了！

这简直就是一段相声段子。最后赵大娘佯作犯病，让导演去拿药。导演说要去叫车，赵大娘甩出个小包袱收底："买豆腐还用叫车？"《手拉手》中卖鞋的男青年和买鞋的女青年两只手被胶水粘在一起之后，也尽是你一言我一语地说，甩出一个又一个的包袱，这些包袱并不推动剧情的发展，跟演化妆相声似地。由于是以角色身份"制造"包袱，关节点形成"肯定——否定——否定之否定"的格局，如《手拉手》开端时两只手被粘住，中间开开合合，最后彻底分开，靠包袱的抖露吸引观众，包袱的设置也就具有了情节的意义。

（四）叙述模拟型

类似曲艺的演出，演员担当两重任务：讲述故事和表演故事。讲故事时，演员不扮演角色，以客观的视点叙述情节；演故事时，以角色的身份进入规定情境，表演情节。《世纪末回旋》中两位中国学生和一位美籍华裔学生一起唱起《我的中国心》，回忆起中华民族五千年的文明史，讲解历史的同时，三人扮演众多历史人物：黄帝、炎帝、刘邦、项羽以及表演中国古代的四大发明，不需换服装，在剧情中钻进跳出，具有极大的假定性自由度。又如阿根廷奥斯瓦尔多·德拉贡的《潘奇托·贡萨莱斯的故事》的开场：

女演员：这个故事讲的是我们的朋友潘……

演员甲：潘奇托。

女演员：对了，潘奇托·贡萨莱斯。讲他怎么会觉得南非洲发生黑死病应该由他负责。

演员甲：我们好几年没见到潘奇托了。昨天，我们像往常那样，正在闲逛，收集故事……

演员乙：（过场）号外！……号外！……南非洲发生了可怕的黑死病！

演员甲：黑死病！……

演员乙：（又过场）南非洲发生黑死病！号外……

女演员：南非洲？

演员甲：这不是巴西……

女演员：也不是乌拉圭……

演员甲：离这儿远着呢。没有传染的危险。

女演员：因此我们继续逛，突然……

潘奇托：（上场，说话声音阴沉）喂！

女演员和演员甲：潘奇托！你好啊，老家伙！多么久没有见啦！……

女演员：我们去喝杯咖啡吧！咖啡……

演员甲：喝咖啡！

潘奇托：吃镇痛片。

演员乙：（过场）号外！号外！南非洲发生了黑死病！……

潘奇托：走吧！这些报贩嚷得我心里发烦。

女演员：潘奇托，怎么了！什么不对头？干活太累了？

潘奇托：不是。

女演员：欠债了？

潘奇托：不是。

女演员：病了？

潘奇托：是的。黑死病！

女演员和演员甲：（跳起来）你得了……黑死病？

152

潘奇托：不，不是我！是南非洲得了黑死病！那是我的过失……

女演员：于是潘奇托就把这个故事讲给我们听……

这是剧的开端部分，有叙述时空也有场面时空，在以后的部分，也是时而叙述故事，时而表演故事，除主角潘奇托外，其他演员在其他角色中时进时出，叙述时空占有极大的比重，这也是一种时空剪裁类型。

（五）起承转合型

这类小品的布局与独幕剧或小戏十分相像，也可清晰地分解为开端、发展、高潮、结局这样几个部分，是小品结构中最具规模的类型，却又似压缩了的独幕剧，不同的是，小品只有一个片段，而独幕剧则有若干个片段。

和其他类型的小品相比，"起承转合"型小品有如下几点不同：

1. "开端"起铺垫作用

其他类型小品的开场几乎都是开门见山，直截了当地打破平衡，开创情境，而这类小品至少从表面上看还不急于造成冲突态势，非常从容地为冲突作铺垫介绍，如《红气球》写的是母亲大义灭亲，教育犯罪的儿子前去投案自首，开场在天亮的时候，警车呼啸，儿子从外面回到家中：

母　亲：根儿！

儿　子：妈，这么晚了，你还没睡啊？

母　亲：妈在等你。

儿　子：妈，我都这么大了，你……

母　亲：可你在妈心里永远是个孩子。手脏了，妈给你弄点水洗洗。

[母亲端来脸盆，儿子洗手。

母　亲：根儿，这两天怎么没见你穿妈给你做的那件浅咖啡的坎肩啊？

儿　子：穿的，昨天我还穿的。

母　亲：你昨天当真穿了？

儿　子：真的穿了，今天早上起来，发现掉了一颗扣子，我才换的。

母　亲：那扣子呢？为什么不拿回来让妈给你缝上？

儿　子：找不着了，没事，改天再配一颗去吧。

母　亲：配不着了，那是以前才有的扣子，是妈从你爸衣服上拆下来的。

儿　子：妈，不就是一颗扣子，你干吗那么伤心？

母　亲：妈想起你爸爸来了。

[儿子去倒水。母亲向窗外扔出一只红气球。]

儿　子：妈，怎么这么多红气球啊？

母　亲：根儿，今天是什么日子？

儿　子：噢，我的生日！

母　亲：妈给你买了整整20个红气球。

儿　子：是吗，妈，你真好！妈，你听——红气球挂屋檐儿，辣椒茄子挂两边，要学辣椒红到老，莫……

母　亲：这是你小时候妈教你唱的歌，怎么忘了？莫学茄子——

儿　子：黑半截。哦，妈，我今天来的时候，听说前面几个商店被撬了，丢了好几万元钱的东西呢。

母　亲：是吗。

儿　子：犯罪现场有没有发现什么证据啊？

母　亲：也许……谁知道啊。

儿　子：（腰间 BP 机响）不行，妈，我马上得走！

母　亲：你不是明天才走吗？

儿　子：单位领导说，事情临时有变化，（取出一包钱）哦对了，
　　　　妈，这是三千块钱，你不要节省，只管用……

这个"开端"与其他类型的小品不同，一是篇幅较长，有四个场
面；二是没有矛盾冲突，主要任务是在作介绍交代：a. 那件浅咖啡坎肩
上掉落的扣子；b. 过生日的红气球；c. 附近好几家商店遭撬窃。但平静
的水面下潜流湍急：a. 那粒扣子掉落在犯罪现场了；b. 红气球不仅是母
亲和公安人员联系的暗号，而且是高潮回忆的契机；c. 儿子正是撬窃商
店的犯罪一员。处处在为高潮的激荡作准备，但在表象上判断，却是
"过渡场面"。

2."高潮"是布局的一个阶段

在其他类型小品中，高潮性转折只是一个点，而在这类小品中，高
潮是一个场面，占据的是整整一个布局的阶段。再以《红气球》为例，
母亲告诉儿子，她认出了那颗扣子，而且向公安老魏伯伯说了这颗扣
子，将剧情推向高潮：

儿　子：（绝望地）妈，我要让你后悔的！（掏出手榴弹）按我们立
　　　　下的规矩，谁要是暴露了，就拉响这根绳，妈，我毁了我
　　　　自己，我欠你的下辈子再还吧。（欲冲下）

母　亲：（挡住他）站住根儿！你这是在跟妈结算吗？儿子，你欠
　　　　妈的这辈子还不清，下辈子也还不清，你还得出一个母亲

一生的苦吗？你还得出一个母亲一生的泪吗？你还得出一颗做母亲的心吗？拉响吧！你就在这儿拉响吧，今天我倒想看看我的心还是不是红的，要不我怎么养了你这么个黑心肠的儿子！

儿　子：妈，你就让我走！让我走吧！我已经不配做妈的儿子，也没有脸活在这个世上，你就让我去了吧！

儿子欲逃走，被母亲狠狠一个耳光揍倒在地，母亲抱着儿子痛哭，回忆起儿子小时候迷路丢失了，是母亲高高举起红气球，找回了儿子，将全剧情绪推向顶点。这时候远处升起了红气球，那是老魏伯告诉母亲，罪犯都抓住了。"妈跟老魏伯说了扣子，也说了红气球，老魏伯说他不来这儿带你走，他相信你会朝着红气球的方向跑去的！"儿子跪倒在母亲跟前。就篇幅而言，这个小品的高潮约占全剧三分之一，高潮结束，全剧随之终结，结局和高潮合二为一，这也是这类小品布局的特点之一。有的小品即便有结局，也极为短促，决不拖泥带水。

在戏剧小品的整体情境架构之中，多种多样的时间空间组合、多种多样的纵向线索脉络梳理、多种多样的横向格局布局变化，其所能融汇创造的结构模式具有无限的可能性。

思考题：

1. 戏剧小品结构的时空剪裁有哪几种类型？

2. 戏剧小品的线索脉络有哪几种类型？

3. 戏剧小品的布局格式有哪几种类型？

第六章　形象造型

戏剧是由演员当众扮演角色表演故事的艺术，这里所说的形象造型包括了所有由演员扮演的角色。

与多幕剧和独幕剧不同，戏剧小品的主要任务可以是塑造人物形象，也可以仅仅是展示生活现象。戏剧小品篇幅短促，容量有限，难以挥洒足够的笔墨为人物增色添彩。尽管如此，也并不排斥戏剧小品在展示生活现象的同时能突现人物的形象，一幅小小的"速写"照样可精彩传神。戏剧小品也有成功塑造人物形象的范例，如《张三其人》、《姐夫与小舅子》、《小九老乐》、《三鞭子》、《昨天·今天·明天》等，剧目不在少数。真正上品的小品，还得看形象物造型的高深。

一、样式品种

说的是人物与小品样式的关系，按照剧中人物的多寡，戏剧小品可以有这样几种样式：

（一）单人样式

只有一个角色登台表演的"独角戏"，大型戏剧也有"独角戏"，但是极少，在戏剧小品中是一种常见样式。"独角戏"有几种形式：

1. 讲述一个故事

由演员扮演一个角色讲故事，如《太监自白》，演员扮演一个太监，叙述加表演，展示了一个太监的内心独白：

太　监：唉，你们都说太监一肚子坏水，有谁知道太监一肚子苦水啊？唉，做人难，做官也难，做宦官就更难喽！我在孙子面前装主子，在主子面前装孙子，最难伺候是主子啊！甭说别的，就说这笑、哭、睡、走吧，笑有笑的规矩，哭有哭的艺术；睡有睡的时辰，走有走的分寸！就连玩，也得提着脑袋玩啊！……记得前天咱跟太后推牌九，一开盘，太后地牌咱天牌。太后问咱："猴崽子，是天大还是地大呀？"骨牌规矩，天牌当然大于地牌，可能说吗？奴才哪能大于主子呀？当时我灵机一动，说："老祖宗！当然是地大呀！大地托天，如果没地托天，天岂不要塌下来了？地比天大，老祖宗赢啦！老祖宗赢啦！"太后乐了，赏了咱十两银子。真邪门！第二回儿呀，太后天牌咱地牌，这骨牌也存心跟奴才过不去啦！太后不乐意了，拉长着脸说："猴崽子！这回儿该你赢了！"当时我急得一身汗，冷得直哆嗦！奴才能赢吗？我还要脑袋不要呀？幸亏我急中生计，笑着禀道："老祖宗，还是您赢了，奴才输了。刚才是地大如天，可如今老祖宗一动手，扭转乾坤，苍天覆地，如果没天罩着，地岂不要蹦出去了？老祖宗赢了，老祖宗赢了！"刚才赏的十两银子又物归原主啦！列位！你说这是玩牌吗？这可是玩命啊！

叙述部分是抑扬顿挫说出来的，与太后推牌九部分是惟妙惟肖模拟出来的，充分体现了"独角戏"挥洒自如的独特魅力。

2. 表演一个故事

没有叙述，全部是在想象环境中的模拟表演。如《单间浴室》，一个浴室里的擦背工接待一位客人，虚拟表演从客人进门开始的一条龙全套服务：递烟、端茶、解衣、洗浴、按摩、拍背、扦脚……外加说笑聊天，收费时，他狠狠"斩"了客人一刀，连客人给他、他又给了客人抽的那支烟都要算高价，"你给我是自愿的，我给你是收费的"，他看中了客人的两条"万宝路"，砍价买下，客人走后，他揭开烟盒包装，里面是两卷旧报纸。若按真实的生活进程估算，客人从进门到出门，起码花费一个小时左右的时间，但小品的演出不超过 15 分钟，演出时空明显小于生活时空。虚拟表演极大地省略了实际生活程序的重复琐碎过程，而且只搬演那些具有形象特征的关键性行为动作，甚至是夸张变形的表演，传神大于传真。

3. 表现一个故事

戏剧小品的演出时空完全等同于生活时空，不像在演戏，而是在同步生活。如谐剧小品《狗的问题》的演出，假定剧场是某乡政府礼堂，舞台则是讲台，王乡长左手托茶杯，右手拿夹着一叠讲稿的笔记本，卷起半截裤腿，露出包着伤口的白纱布，一瘸一拐地从侧幕走出来，边走边点头招呼前来开会的人：

王乡长：都来齐了哈？……唔，唔，好好！随便坐嘛，不要客气。

　　　　　（走到会议桌后坐下，呷了一口茶，打开笔记本取出讲稿，

戏剧小品剧作教程　第六章　形象造型

干咳了两声，照例先来几句不看讲稿的开场白）同志们！今天，把你们各位村长请来，是打算开一个狗的会议……（发现村长们的神色有异，意识到自己说话"走火"，忙作改正）呵，没对哈，没对。是开一个关于狗的问题的会议。（照读讲稿）主要是传达落实匡副县长的指示，迅速地消灭狂犬病！

消灭狂犬病就要杀狗，讲着讲着，有人喊乡长接电话，是王副县长打来的，接电话后他开始传达王副县长的指示，不仅不杀狗，而且要养狗，大量地养狗，发展养狗事业……电话铃又响，是匡副县长打来的，于是，他又传达解决杀狗问题……情节进程仿佛不是在演戏，而是真的在开一个会议，演剧和生活合二为一了。

（二）双人样式

戏剧小品的基本式样之一。有两个角色，一般来说，两个人物的戏通常为对手戏，有几种形式：

1. 表现人物之间的冲突

两个角色围着一个点展开矛盾，直至终结，早期春节晚会小品《吃面条》中的导演让演员拍吃面条的戏，戏未开拍，演员已迫不及待地一碗接一碗吃了起来，至正式开拍，人已撑得不断打嗝，直翻白眼。也是演《吃面条》的两位演员出演的《拍电影》《卖羊肉串》《胡椒面》等都是这一类作品。

2. 表现人物关系的纠缠

相比两个角色之间的直接对抗，人物相互间关系的纠缠就有点说不清理还乱了，《姐夫与小舅子》中，警察铐住了聚众播放黄色录像的犯罪嫌疑人，如果仅仅是警察和犯罪嫌疑人的关系，逮着直接送派出所就完事了，偏偏后者是前者的小舅子，事情就不那么好办了，当警察教育小二时，小二反唇相讥：

小　　二：你别废话了，家里等着过年，你快给我打开！

警　　察：要是别人，我就给你打开了，因为你是我的小舅子……

小　　二：对呀！

警　　察：打开不等于徇私情了吗！

小　　二：你这人是不是有病啊！

警　　察：怎么有病？

小　　二：你和我姐，不是还没登记吗。

警　　察：是啊。

小　　二：咱们在法律上说不是亲戚关系。

警　　察：法律是法律，我们要尊重事实……

小　　二：怎么着，你和我姐有事实了？

警　　察：不是不是，我是说我跟你姐事实上……

小　　二：这不还是有事实了吗！

警　　察：哎，你怎么往这儿想呢？

小　　二：你跟我走！

警　　察：干什么？

小　　二：上派出所去，找你们领导把事实说清楚！走！

犯罪的比警察还"横"，这就是双层人物关系纠缠的结果。事实上，胡搅蛮缠的人物纠葛比直截了当的对抗更具戏味。

3. 表现人物和环境的对抗

剧中的两个角色相互间不存在对抗和纠缠关系，甚至和谐一致，但和他们所处的环境不能和谐相处，人物与环境产生对抗，或是环境压迫人物。《难兄难弟》中两个拖儿带女的超生游击队惺惺惜惺惺，互相交流如何逃避计划生育的"经验"，最后发现双方是亲戚，自己的老婆在对方家里又生了个女儿！戏剧性产生于人物和他生活的环境格格不入之中。

（三）多人样式

有几个角色的小品，一般是三、四个人，冲突的基本方式有两种：

1. 双人为主方式

戏主要在剧中的两个角色之间展开，表现人物之间的矛盾、纠缠，或人物与环境的对抗，第三第四个角色或参与冲突，或作陪衬，或起穿针引线作用，往往成为一种变数，使得冲突进程变得难以捉摸，如《卖拐》中，外号"大呼悠"的卖拐者骗得厨师一愣一愣，真以为自己双腿得了重病，"大呼悠"的妻子于心不忍，帮着厨师说话，又为丈夫曲解利用，情节展现既清晰又多变化。

2. 主副线方式

有两条线索，主线和副线，《执法如山》中纠察处罚不走人行道穿马路的知识分子为副线，训斥蛮不讲理乱停轿车的司机为主线。

（四）群体样式

一群人的戏，五、六个人，七、八个人，甚至十几个、二十几个人，剧中的基本方式还是双人样式，两个角色之间的矛盾、纠葛或人物与环境的对抗。戏剧小品容量有限，双人样式是最基本存在方式，《红高粱模特队》里有一个人数众多的模特表演队伍，但冲突主要还是兼领队的裁缝和模特教练之间展开。或为多人样式，除了双人为主方式，还可有主副线方式或分段型方式。一般来说，小品中的人物宜少不宜多，平白无故拉上一批龙套角色是创作大忌，之所以会有群体样式的小品，还是为了适应特定演出的需要，或渲染环境、或营造气氛，或催发气势，《红高粱模特队》中模特们载歌载舞的表演把春节晚会的情绪推向一个鼎沸高潮。

（五）一人多角

由同一位演员先后扮演不同的角色，如《无题》中，一人在绿化地的长椅上睡觉，先后来打扰他的人有来约会的大龄青年、赶火车的老大爷、凡事特较真的知识分子和扫地人，四个角色由同一位演员扮演。《丢伞》中，乡长丢了一把伞，乡镇个体户李二狗、乡政府女会计和"超生"的农民王毛小先后前来送伞，三个角色由同一演员扮演。一人多角是戏剧小品人物设置的一大特色，从表象上看，一个小品中出现多个角色，如在《无题》中，若真有四个演员来扮演打扰别人睡觉的四个角色，每段戏都占据一小块篇幅，戏难免显得散落，不集中，给人仓促生涩之感，但是，若由同一个演员扮演，给人的感觉还是双人对手戏，情节既统一又孕有变化，给观众以一种奇妙的视觉感受。

戏剧小品剧作教程　第六章　形象造型

二、形象种类

人是世界上最为复杂的动物，每一个体都以其独一无二的风采彰显一个只属于他自己的小宇宙。戏剧小品囿于篇幅，无法像大型戏剧那样多侧面全方位淋漓尽致地描绘人物多姿多彩的丰满个性，甚至难以像独幕剧那样，就人物性格的某一侧面或某一层面进行深入地开掘，戏剧小品所能捕捉的只是人物性格在某一时刻闪烁的迷人火花，这种框范烙有印象、个性、类型、意象和符号等方面的标记。

（一）印象人物

在某些方面显示了某一种特点的人物。《胡椒面》中的两个角色来到饮食店吃点心，戴眼镜者用自带的餐巾纸仔细地抹椅擦桌，一丝不苟，顺手将纸巾扔于地上，坐定之后，又开始擦拭自备的调羹，他甚至还自备了一瓶调味的胡椒粉，处处显示出人物是个把自己照顾得很好，不占别人便宜但也不让自己吃半点亏的角色；而那个民工模样的却是大大咧咧、咋咋呼呼，抓起桌上的胡椒瓶就往面碗里浇洒，当眼镜把胡椒瓶拿回时，他不乐意了，斤斤计较起来，划定一条三八线，将胡椒瓶放在两人桌面中间，或抓起胡椒瓶猛力往自己碗里倾洒，甚至将筷子伸进瓶内将残粉刮个一干二净，他容不得别人和他一起占便宜，也是个吃不得半点亏的角色。这两个人物在胡椒瓶的争夺中，显示了人物塑造的几个特点：

1. 动机单纯

人物行为的出发点极其简单，不需深思熟虑，更谈不上苦心预谋，只是在某时某刻对某件事所作的即兴反应，民工对眼镜拿去胡椒瓶的回答是坚决夺回，你倒我也倒，比你倒得更多。

2. 行为直白

这种反应是直截了当的，明白无误地告诉对方他的目的和意图，他所采取的一系列动作属于同一水平运动，民工一而再、再而三的动作属同一种性质的重复。

3. 形象浅显

对形象的描摹是平面的，具有不深入性，点到为止，归于直观印象。《吃面条》、《拍电影》、《卖羊肉串》、《找焦点》、《手拉手》等中的人物都可归至这一类。印象人物大量存在于展示生活风情的戏剧小品中，表现的是日常生活的点点滴滴，出没其间的芸芸众生各具一抹属于自己的色调，融汇交织成戏剧小品情节多姿多彩的图案。

（二）个性人物

揭示了某一性格特征的人物，相比印象人物，个性人物触及到人物的性格内核。所谓性格是人物"在对人、对事的态度和行为方式上所表现出来的心理特点"，（1）每个人都以自己的性格方式存在着，具有个体性——个性。戏剧小品中的个性人物可分为两种：

1. 单一深入的个性人物

突出人物性格的某一个侧面，塑造人物时攻其一点，不及其余，抓住人物个性的某一特征，写深写透，予以浓墨重彩的表现。这种深入有两个层次：a. 性格的递进性深入，b. 性格的转折性深入。《主角与配角》中的配角，自视甚高，聪敏张扬，却对自己缺乏实事求是的客观评价，为争演主演，他使出浑身解数刁难主角，主角无奈只得同意互换角色——配角的步步进逼即为递进的深入，具有量变的意义；正当配角换上主角的服饰踌躇满志地扮演起主角之时，却又得意忘形地回到了配角的地位——这种角色身份的重新互换即为转折深入，具有质变的意义。不管怎样折腾，配角还是不可逆转地回到了配角的位置，归根结底，还是人物个性使然。

具有量变意义的递进深入和具有质变意义的转折深入互动共进，尤其是后者的发力，使人物性格开掘至全新深度，完成一个单一个性人物的塑造。

2. 对立统一的个性人物

突出人物性格内核中两个对立否定侧面，攻其两点，较为平衡的两个侧面，予以对立统一的表现。这种表现可有两个步骤，a. 设置两种对立的人物性格特征；b. 统一在一个人物身上。《温暖》中的"贤内助"阿开，为妻子被评为科技英模却没有拿到奖金而大发牢骚，说研究所的钱所长不配姓钱，可是当妻子真拿到三万元奖金，他又把奖金分给了帮助过他们和更需要帮助的人，在阿开这个人物身上，"小气"和"大方"的特点同时存在着，成为人物个性的对比色彩。

人物性格的两个对立侧面可有多种存在方式：

a. 可以先后存在着，如《温暖》中的阿开先"小气"，后"大方"。

b. 可以同时存在着，如《姐夫与小舅子》中的警察姐夫，作为警察，他要与犯罪现象作斗争，正气凛然，不徇私情；作为姐夫，他投鼠忌器，在小二面前难免低声下气，两种特征同时交融在一个人物身上。

c. 可以平衡地存在着，如《又是秋风落叶时》中的铁柱爷爷和玉凤奶奶，50年前的一对恋人被"父母之命"的封建礼教活活拆散，而50年后，他们却要对自己的孙子孙女实行包办婚姻。

d. 也可以不平衡地存在着，如《警察与小偷》中的小偷，恶习难改，参与偷盗望风，这是性格主导面；却又良知未泯，因罪孽感而惶惶不可终日，还在路中央指挥交通，给盲人带路，甚至一脚踹翻作案的主犯，作为次侧面与主侧面衬映成趣。

在戏剧小品人物的形象系列中，单一的个性人物，如果人物性格的刻画能达到一定深度，形象相对较为鲜明；对立的个性人物，如果人物性格的多方侧面能得到恰当的显示，形象相对较为立体、丰满。这种方法适用于以塑造人物形象为主的小品。

（三）类型人物

个性和共性和谐一致的人物，既有着自己独特的个性，同时又具有高度概括意义的共性特征，是创作者对社会众相进行观察认识、加以艺术提炼概括，使之具有广泛涵盖意义的类型化形象。一个类型人物代表着一种类别的人。平时，我们习惯于把张三、李四、王五这样的称谓来代指日常生活中最为平常的那一种人，真有《张三其人》这么一个小品：

张三是工厂的门卫，厂里贴出告示，不能在上班时间外出买菜，女职工买菜回来，和张三碰个正着，"我什么也没看见！"他从地上捡起女职工掉落的韭芽，偏偏又撞见新上任的厂长，厂长以为张三对厂里的制度有意见，女职工以为张三在向厂长告她的状；张三在给自己煮鸡蛋的时候，有人送来一篮五十只鸡蛋，托他交给李四，他认真数了数，只有四十九只，思想斗争再三，决定把自己的鸡蛋凑成整数放进篮中，却心有不甘："我偷人家还是抢人家了？"又把鸡蛋从篮里拿出，正好李四上场撞个正着，他还要再三解释表白："这个鸡蛋确确实实是我的……"

女职工晾晒的被服掉落地上，张三捡起，女职工责怪张三故意拿衣服撒气，张三说是风吹的，大风来了，却没把被服吹落……

回避矛盾却又偏偏身陷矛盾之中，一切都源自他个性的犹豫，究其实质是不讲原则，尴尬人难免尴尬事，无原则必定导致犹豫不决，必将陷于两难尴尬境地而难以自拔。张三代表着一类人物，许多人能在张三身上看到自己的影子，人物形象突破了纯个体的局限，具有了共性的意义，成为一种类型。

（四）意象人物

从意念出发创造的人物形象，换言之，这类人物在实际生活中并不存在，或者说，不存在这类人物的所作所为，这类人物是创作者根据自己观察认识生活所感悟到的一种理性意念，重新创造的人物形象。在《照相》中，一个干部模样的照相者走进照相室，手中提着一个公文包，板着面孔，看上去不像来照相，倒像是来视察工作的；他要照一张一尺二的标准像，面带笑容："都说我没有笑脸，我就非要照一张笑的照片给他们看看！"可是他不会笑，面部呆板，没有笑容。无论照相师怎么哄他、逗他、启发他，他丝毫不为所动。照相师无奈，只得请经理出马。

经　理：注意啦！您往前——钱看（拿出一叠"大团结"）

　　　　　［照相者向前探了探头。

经　理：（对照相师）有门儿，开始动了。您是领导干部吧？

照相者：什么领导不领导！

经　理：您具体负点什么责任？

照相者：在处里负点责任。

照相师：处长！

经　理：处长，您是老资格了。

照相者：（摇着头）哪里，哪里。

经　理：就凭您这资格，您这身体，您这年龄，还得往上升。（挥身向前，热诚地）您能升局长！

照相者：嗯？

经　理：局长！

照相者：局长？

经　理：嗯！

照相者：嘿嘿！（笑）哈哈哈！（大笑）

经　理：好！（拍照）

照相师：您还会笑啊？

这个不会笑的照相者即为意象人物，成为某一种品质、某一种道德、某一种意念的化身。实际生活中可能不存在像小品中照相者这样的人物，但绝对存在类似这类人的人物。

（五）符号形象

从理性概念或物质形式出发创造的形象，不是人物具像，而是由演员扮演的一种符号，代指一种理性概念或一种物质形式。

1. 理性概念代指

比如天使、魔鬼、爱神、死神、精灵等精神概念；比如勇敢、懦弱、宽容、嫉妒等品质概念；比如快乐、痛苦、爱恋、仇恨等情绪概念；比如温暖、寒冷、光明、黑暗等感觉概念；比如春夏秋冬等认知概念……有个《人·灵魂·影子》的小品：

〔人、灵魂、影子三位一体舞上。

人：（自报家门）我！我是——人！

〔灵魂出列舞蹈造型

人：你！你是谁呀？

灵魂：我——是你呀！

人：你是我？我是谁？

灵魂：我是你的灵魂！

人：那我是？

灵魂：你是我的外形！

〔影子出列。

人：你又是谁？

影子：我是你呀！

人：又来一个我？

影子：我是你的影子！

　　他们来到十字路口，灵魂不愿前行，影子紧随人过险桥、攀高峰，坠下悬崖，灵魂责怪影子，为什么不拉人一把，影子说，这叫忠贞不二。灵魂和影子都由演员扮演，演绎着故事情节。

　2. 物质形式代指

　　比如太阳、月亮、星星、宇宙等天体形式；比如大海、高山、河流、草地等地理形式；比如花草树木等植物形式；比如虫鱼鸟兽等动

170

物形式……《垃圾千金》中，由A、B、C三位演员扮演绿色、黄色、红色三只垃圾桶，身上分别写着"有机垃圾"、"无机垃圾"和"有害垃圾"：

A：我是有机垃圾！

B：我是无机垃圾！

C：我是有害垃圾！

A：从前，我们三个在同一只垃圾箱里过日子。

B：现在分门别类，各自独立发展。

C：黄牛角、水牛角，各归各！

A：我是垃圾千金！

B：我也是垃圾千金！

C：我是——

A：
（同时）千斤垃圾——一千斤垃圾！
B：

C：（不服）为什么你们都是垃圾千金，我只好做千斤垃圾？从前，我们可都是脚碰脚的好朋友！

A：从前是从前，现在是现在，现在我们能化废为宝，资源再利用！

B：你有毒有害，不是挖个坑，填埋起来，就是放把火，焚烧处理！

C：（伤心地）我命好苦啊……

世事万念，从思想到想象；世间万物，从天体到细胞，都能被戏剧外化或具化为一种符号。在戏剧小品中，这种指代的运用尤为活跃顺畅，因为戏剧小品篇幅简短，人物简单，指代更为简略直接，相对大型戏剧，不是件非常困难的事。

三、人物塑造

事实上，所有关于戏剧创作的理念、企图和操作都与人物塑造有关，包括特征认识，情境概括、纠葛设置、情节结构、主题呈现、语言运用等等，甚至起决定性的作用，当各个部分融汇成一个整体时，人物也就自然而然地浮现，展现各自的风貌。尽管如此，戏剧小品的人物塑造有其相对的独特方法和技巧。

（一）凸显造型特征

小品的形象塑造，归根结底在于凸显形象的造型特征，切忌四面出击，处处用力，只要抓住只属于这一个个性形象、这一个类型形象、这一个意象形象和这一个符号形象的特征，哪怕是点点滴滴的描绘，也就完成了这个角色的基本造型。曾有旅游者记录了在埃及尼罗河游轮上的一场小品演出：

演员都是业余的，是船上的员工。其中有两个穿阿拉伯长袍的汉子最受欢迎，他们含笑说，各位注意了，让我们介绍一下，各国人民平常是怎样见面的。

先演日本人，大和民族讲礼貌，至少看上去讲礼貌，两人相见鞠躬，你脑袋弄得挺低，我比你还低，低到一定程度扑通跪下，跪下仍比谁的脑袋低，比着比着屁股撅起，下巴着地，最后全趴下了仍然较劲，看谁趴得更礼貌。

意大利人：热烈拥抱，亲如一家，亲一会就不老实了，食指中指一并，镊子般插进对方口袋，你插我，我也插你，都不闲着。亚平宁一带似乎盛产小偷，当然也盛产电影，举世闻名的好电影，比如《警察与小偷》，比如《偷自行车的人》。

西班牙人：见面就往一块冲，眼瞅要撞上了，一人一猫腰，往另一人胳肢窝底下钻去，被钻的人敏捷闪身，猛然亮出一块布，那布一晃，对方眼珠子一瞪，"哞"的一声变牛了。

英国人：文雅，谦逊，恭恭敬敬交换名片，认真阅读，赞叹不已，惊喜不已。然后依依惜别，确信走出对方视线之后，立即掏出刚得到的名片，轻蔑地撕碎、丢掉。

美国人：美国人就是与众不同，两人相逢不说话，只是嘶嘶尖叫，像导弹在空中飞，胳膊就不由自主地比划起来，仿佛要比划出飞行轨迹。你的轨迹往左，我的轨迹也往左，你往右，我也往右，千方百计想把你截住，却怎么也截不住，轰隆一声，你在那边得意洋洋爆炸了，我在这边无事可做，只好垂头丧气，也一爆了之。爆的是什么？大家自然都猜是导弹，是最先进的拦截导弹的试验。试验没成功，亿万美金只换来两响儿。一个中国游客说，老美正忙着筹划两大系统：国家导弹防御系统（NMD），战区导弹防御系统（TMD），两个名都挺绕嘴。同伴笑说，哪里绕嘴？TMD 叫"他妈的"，NMD 呢，就叫"你妈的"。

巴勒斯坦人：也跟武器有关，不是大武器，是小武器，见面就卧

倒，双目炯炯，掷出一物，粗看是桔子，细一想，可
　　能象征炸弹。

以色列人：军事素质尤其高，两人操着正步走向对方，立正，甲举
　　手敬礼，乙见甲腋下空虚，趁机伸手搜身，从上搜到
　　下，一丝不苟，聚精会神，连鞋底也要扳过来闻闻。全
　　场哄堂大笑，尼罗河平静无言。各国游客大多从以色列
　　转道而来，出入境时对该国密不透风的检查深有体会，
　　每人护照上皮箱上这会儿还贴有检查小标签呢。小标签
　　胶力强，责任心大，怎么撕也撕不下来。

　　埃及人把他们心目中的老外演了一通，终于轮到演自己了。法老的
后代一碗水端平，对自己并不美化，同样揶揄打趣：两人不见面则已，
一见面二话不说，直奔主题，拿出耳环项链之类的小工艺品，一串一
串，嘀哩嘟噜，拼命推销，恨不得一股脑塞给对方……①

　　这些尼罗河上聪敏绝顶的民间艺术家们真正是抓造型特征的高手，
他们独具慧眼，出手不凡，就那么寥寥数笔，将每个民族的某一造型特
征透视得如此准确生动、淋漓尽致、入木三分。

　　提炼、提炼、再提炼，在行动和语言两个方面下功夫——

　　1. 行动的独树一帜

　　小品中的人物只有通过真正属于自己的独特行为才能凸显自己，戏
剧小品的人物行动决不摆开架势正面出击，而是短兵相接、旁敲侧击、
巧打智闹、出奇制胜，以非常规思维操控人物行动。想想《主角与配

---

① 刘齐：《埃及小品》，载《南方周末》，2000 年 8 月 24 日。

角》中配角耍的招，《卖拐》、《卖车》中行骗者施的计，《红高粱模特队》中的裁缝领队对模特教练匪夷所思的回应，如把模特走"猫步"理解为"猫在散步"，把模特的基本训练视作为果树喷农药等等，无一不独辟蹊径、灵光闪现、四两拨千斤。这在前面《情节过程》的章节中已有论述，人物行为必定是异想离奇、逆行出奇、平中求奇的产物。

2. 语言的不同凡响

语言也是人物的一种行为。小品人物的语言决不能四平八稳，人云亦云，仅仅以叙事述理为最高任务，而是要竭尽所能、最大限度地提供揭示自己造型特征的信息，看看《执法如山》中的临时交通安全检查员小环子是怎么教训乱穿马路的中年人和乱停车的司机：

小环子：（上下打量着中年人）行啊你！够忙的！连蹿带蹦的，打
　　　　了鸡血了你？又跳栏杆，又不走人行横道线，跟头把式
　　　　的，可找着宽绰地方了！家里等你换煤气哪；外边处理夹
　　　　克，里边该洗的小衣褂……

中年人：（压低嗓门）请您别嚷！一嚷围观的人会多起来……

小环子：噢，不嚷？就咱俩？在这儿嘀嘀咕咕？知道的，是我在教
　　　　育你；不知道的，以为我给你介绍对象呢！

中年人：师傅，我确实有点急事……

小环子：有急事就跳栏杆？汽车还有急事呢！娶媳妇的，上火葬场
　　　　的，都是一辈子就一回的事……

司　机：（口音有点河北定县味道）知道这是谁的车吗？（大拇指往
　　　　肩上一翘）杜科长！认识我们杜科长不？全县的粮油肉蛋
　　　　实际他个人儿说了算！你是买点"咯窝儿"，买点猪耳朵

大肠头，买点五花肉，非他批条不中！

小环子：杜科长？杜科长他爸爸的车我也敢给你扣下！你唬我？小
环子蒙人的时候你还他妈吃奶呢！

司　机：（大拇指又往肩上一翘）你看清了这是什么牌子的车不？
（一字一顿的）这是红旗！

小环子：（口音马上也成了定县味儿）红旗！甭说你是红旗，你就
是绿旗儿今儿也得顺着我这股风飘！

三个人物的语言描绘出三个人物的个性。当"教训"完毕，小环子
让司机开车送中年人上火车站，人物的行为和人物的语言把小环子这个
嘴上不饶人却又心地善良的形象刻画得栩栩如生。

（二）整体技巧操作

戏剧创作离不开技巧的运用，这些技能方法适用于各种样式各种规
模的戏剧创作。不同的是，在大型戏剧创作中，技巧只是局部操作时的
一种手段，而在戏剧小品创作中，技巧是制约全剧的一种战略方式。具
有整体效应的技巧至少有如下几种：

1. 对比反衬

用对比衬托的方法塑造人物。

a. 人物与人物的对比反衬：一个人物和另一个人物作对比相互衬
托，具有同时双向塑造两个人物形象的共振功能。在《将军与士兵》
中，当年叱咤风云的将军沉疴在身，只能坐在轮椅里由士兵照顾，将军
的女儿只想着将军的存款，要士兵帮着做工作，让将军拿出钱来送她出
国，遭拒绝，女儿诬陷士兵假传圣旨，要他复员回老家，士兵吐露心声

只想得到一张将军在老区拍的照片。士兵和女儿是对比反衬、一正一邪的形象。电视屏幕上诸对黄金搭档出演的《主角与配角》、《姐夫与小舅子》、《警察与小偷》、《王爷与邮差》、《大米·红高粱》、《手拉手》、《打麻将》……大都为对比反衬人物：一庄一谐、一文一武、一聪一愚、一俊一丑、一正一邪……在相对比较中，各自的形象更为突出鲜明。

b. 人物自身性格内部两种因素的对比。具有对立统一性格特征的人物，其形象往往比一般角色来得丰满，《小九老乐》中的老乐，平时对妻子处处赔着小心，被人视作"怕老婆"，妻子因他私下瞒着她把钱借给从前的对象而大发脾气，老乐百般忍耐，当妻子要上门追讨借款时，老乐终于雷霆震怒，一番掏心窝子话震住妻子。"惧内"和大丈夫磊落胸怀互为映衬，人物形象顿时高大生动起来。

2. 抑扬之变

先扬后抑或先抑后扬地塑造人物。

a. 欲抑先扬。欲贬一个人，先褒他。欲打压一个人，先让他得逞，《人与猴》中的人，变着法子捉弄动物园里的猴子，不小心把钱包扔进笼内，猴子掏出人的女朋友照片一阵狂吻，又将人的身份证坐屁股底下，当人进笼夺物时，猴将人关于笼内，自己扬长而去。捉弄猴的人最终被猴捉弄。《主角与配角》中的配角向主角发难，占尽风头，最后还是逆转为叛徒角色。

b. 欲扬先抑。欲褒一个人，先贬他。欲赞美一个人，先损谪他。《寻找男子汉》中的男青年，瘦小羸弱，细胳膊细腿，难为姑娘青睐。这次跟他约会的是一个高头大马的姑娘，无论他怎样在外表上将自己"酷"成银幕上的硬汉，姑娘始终未曾正眼瞧他。他大度地伸手与姑娘告别，姑娘看见他手臂上的疤痕，他曾在风景区挺身而出营救一位遭歹徒抢劫调戏的姑娘，搏斗中被歹徒刺伤，而那位被救的姑娘就是眼前这位。姑娘双眼放光盯着他，他要走了，姑娘一把把他抱了起来……一个毫不起眼的小个子青年顿时成为姑娘心目中高大的男子汉形象。

3. 自嘲反讥

自我嘲弄，揶揄自己。相互讥讽，揭露别人。

a. 自我嘲弄。自己嘲弄自己，《太监自白》中的太监对自己的剖析极尽刻薄之能事："哭，那可是奴才的大忌！鞭子抽得生疼，哭声得憋在喉头，眼泪得流进肚里，脸上是堆上不掺假的媚笑：嘿嘿，老爷，奴才做错了事，招您生气，您只管抽，抽得好！抽得好！哈哈哈！演员技艺精湛的表演把一个太监的形象刻画得入木三分。

b. 相互讥讽。《超生游击队》中的盲流夫妇相互嘲讽，我们才看清他们是啥样的人。《昨天·今天·明天》中的一对农村大伯大妈形象也是靠相互"揭"老底，什么"暗送秋'菠'"、"耗社会主义羊毛"等等抖露出来的。后者借用了电视谈话节目的形式，通过语言，通过相互间的讥嘲讽喻，塑造了当今中国农村两个活生生的老农夫妇形象。

思考题：

1. 按照剧中人物的多寡区分，戏剧小品有哪几种形式？

2. 戏剧小品的形象塑造有哪些种类？

3. 戏剧小品如何塑造人物形象？

第七章　意蕴内涵

　　所谓意蕴内涵，指的是作品所蕴含的内在理念，主要是指主题意义，还包括象征寓意和游戏精神。小品虽小，却也是创作主体审美体验的描述，这种描述的表层是直观的、经验性的、形而下的，内涵是蕴藉的、理念的、形而上的。

一、主题理念

　　主题理念，亦即我们通常理解的主题思想。主题是创作者对作品所展现的生活图景的一种态度、一种判断、一种评价。

（一）主题的意义

　　主题的重要性在于：

　　1. 主题是决定作品社会价值首要和起决定作用的因素，主题越深刻，作品便越有社会价值和意义，反之，作品便少有或没有社会价值和意义。

　　2. 主题是灵魂，是主宰，之所以创作一部作品的理由所在，对生活感受的悟析能将感受到的生活形象熔铸为一个有机整体。只有在确定无疑把握住主题时，创作才能进入实质阶段，总体定局。

对一部内容浩繁的大型作品，主题的提炼和确定，远比我们想象的要复杂，用一句或几句明白无误的语言概述主题是一件困难的事，而对戏剧小品这样的小作品，却是可能的，也是可行的。

戏剧小品已拥有一大批上品精品乃至极品绝品之作，但毋庸讳言，更多数量的作品存在着程度不同的意蕴缺憾，这种缺憾主要表现在两个方面：素材化倾向和图解式倾向。

素材化倾向——展现的是原生态生活现象，松散、拖沓、凌乱、无序、无意义，仿佛是随意截取的某一生活片断，缺乏提炼、开掘，源于生活有余，概括生活不足，严格地说，这类作品还不成形，只是"毛坯"或"半成品"。

图解式倾向——多幕剧的容量较大，毕竟要靠比较丰富的情节和场面才能充实故事内容，毕竟要依仗人物形象自身的力量才能表述其自身的意义，而戏剧小品则比独幕剧还要容易通过对立面双方各自阐发自己的观点来图解主题，连篇累牍地说教，成为名符其实的化妆讲演，或是就事论事，就问题论问题，仅在事物的表象作文章，而不能深入到事物的本质，提炼出新颖、深刻的意义。

造成这两种缺憾的主要原因是主题意义不明确和主题意义不精当。每当举行戏剧小品征稿、会演或比赛，总能看到成批成拨这样的作品，以至于有人断言，戏剧小品难以上品，算不得纯粹意义上的戏剧，而只能是亚戏剧或准戏剧。对这种现象应作具体的定位分析。有三种层面的戏剧小品：

自娱层面——为自娱自乐而创作、演出的戏剧小品，它的出发点和归宿只是娱乐于某一特定的群体，纯属社区文化、乡镇文化、企业文化、校园文化、军营文化的一个组成部分。在这个层面上，生产出"毛坏"和"半成品",完全是一种正常现象,工人演小品,农民演小品,学生演小品,战士演小品,还有什么能比这更能证明生命对戏剧的渴求以及戏剧自身张扬的顽强生命力呢!

功利层面——各种各样的电视栏目节目的主题小品,如普及某一种法规,宣传某一类典型,纪念某一个节日,这类小品的最高任务不是审美,而是审法,审某一种理念意义或是审别的什么东西,主题先行,一个功利性的立意把戏剧小品的表现对象圈于一个规定的有限范围之内,这类小品也有存在的价值,而且大量存在着,但是,由于过分强调直接的功利性,往往难以达到审美的高度。

审美层面——这类小品既给观众以极大的娱乐刺激,同时又赋予形而上的精神抚慰,目标始终指向艺术的终极追求——表现人生,从某种意义上看,具有审美品质的戏剧小品,是一帧帧充满活力的生命切片,其实质在于对小品情境——一种独一无二的人类生存状态及其内在精神的把握和阐发,戏剧小品追求审美的升华,不仅应该,而且是可能的。《超生游击队》、《大米·红高粱》、《温暖》等即是作出这种超越的典范。晚会小品《超生游击队》脍炙人口,原先叫《游击队》,有三个人物,多一个搞计划生育的街道主任,将两个作品作比较,前面三分之二左右的篇幅,内容大致相同:夫妻俩打暗号上场——男用帽子给孩子把尿——比大葱和水果的营养价值——说给孩子起海南岛、吐鲁番和少林寺的名……等等,不同的是:

《超生游击队》	《游击队》
〔夫生气地举起手。	〔街道主任挟一床被套上。
妻: 干啥?还想打我!	**主 任:** 弹棉花的,给我弹个被。
(举铁锄头)	**大 哥:** 坏了,坏了。(对大嫂耳语)就是

夫：你要打我吗？

妻：我打他（用锒头击腹部）！

夫：（赶紧抓住）算我错了！（跪下）我求求你行吗？我求求你行吗？

妻：（住手，深情地看着丈夫）她爹，起来吧，起来！咱俩也交交心！

［夫起来，坐下。

妻：她爹，你还记得当年不？咱俩恩恩爱爱，欢欢笑笑，比翼双飞，郎才女貌，白天你下地干活，我在家做饭，到了晚上一吹灯，你给我讲故事。

夫：讲的啥？我忘了。

妻：啥吓人你讲啥，尽讲些鬼呀神呀，吓得我直往你怀里钻。

刚才那个老太太，快把少林寺装起来，分头行动。（对主任）你老弹套子？

主任：你们不是本地人吧？

大哥：不，是二婚，啊不，俺不认识她。

主任：不认识？那你俩拉拉扯扯地干什么呢？

大嫂：哎呀，可臊死俺了。你瞎说什么呀，那大哥看我是孕妇，人家学雷锋呢。

大哥：（旁白）编得真快，这几年跟我练出来了。（对主任）应该做的，应该做的。

主任：（对大嫂）你背一个怀一个，也超标了。

大嫂：什么怀着一个！俺这是病。

大哥：对，气臌。

大嫂：告诉你，可别气俺，一气就鼓。

主任：（旁白）瞪着两眼说瞎话，我搞这么多年计划生育工作，怀孕和气臌我还分不开？（假装地）哎呀，我还打算给你掐算掐算，看看是丫头小子，闹了半天是气臌哇，这扯不扯。（欲走）

夫：那时候你也特别温柔。

妻：可自打有了这几个孩子，咱的生活水平就急转直下，一日千里。你看人家城里人看咱们的眼神都不对，说实在的，咱自己就觉得影响市容。白天还好些，到了晚上连个住的地方都没有，成天钻水泥管子，看着孩子们冻得直哆嗦，我这个心都碎了。她爹，咱回去吧，行不？

夫：孩儿她妈，我有时也想回去。可回到村里咋整呀？小二、小三儿把家里东西都罚得差不多了，剩下小四儿罚啥呀？

大 哥：（对大嫂耳语）她能看出丫头、小子。

大 嫂：省了做屁超了。哎，这丫头、小子怎么看哪？

主 任：看手相呗，一看一个准。

大 嫂：你这街道干部也信这个？

主 任：啥街道干部，我是专门看这个的。（拍大嫂肚子）

大 嫂：那，你能给俺看看吗？

主 任：看丫头、小子还行。气臌看不了，我这也不是医院。

大 嫂：俺就是看丫头、小子。

主 任：这是生命线，这是事业线，这是爱情线。

　　　〔孩子哭声。

大 嫂：（对大哥）你没听见哭吗？海南岛饿了。

主 任：海南岛饿了？

大 哥：她说海南岛热了，都几月份了还不热？（往背后递地瓜）吃，地瓜。

主 任：（继续看手相）你这手相吧——

　　　〔孩子哭声。

大 哥：（对大嫂）你没听见吗？吐鲁番哭了。

主 任：啥？吐鲁番哭了？

大 嫂：啊，他说吐鲁番秃了。都到那倒腾

妻：可总算也有个家呀！咱跟村长主动承认错误，这也算咱坦白交待，投案自首，总得给咱宽大处理呀！他要是不给咱宽大处理，还要罚咱，咱就给他打个欠条，不管是男是女不再生了，咱们好好干活，多多挣钱，把这几个孩子培养成人，咱两人幸幸福福、快快乐乐地寻找咱从前的影子，她爹，你说好吗？

夫：好，孩儿她妈，我也不只一次在想，人生地不熟的，要被抓着不就麻烦了吗？

妻：可不咋的！

夫：尤其城市人多，走

葡萄干儿，能不秃吗？

主　任：哎呀，又是海南岛，又是吐鲁番，这地方真没少走。我也站累了，得坐会儿。

大　哥：（同时）别坐！少林寺！
大　嫂：

主　任：少林寺？有武当拳没有？

大　哥：不，西红柿，怕压——

大　嫂：一压就扁了。哎哟大娘，快给俺看看吧。

主　任：看手相得说实话，心诚则灵。你这是第几胎？

大　嫂：第——（犹豫地）

大　哥：（抢先地）三胎。（低声）少一胎算一胎。

主　任：有你啥事，一边站着去。第三胎，挺能生啊。你是属猪的吧？

大　嫂：俺真是属猪的。

大　哥：我属狗。

主　任：你老跟着掺和什么！

大　哥：我掺和什么？那不是俺的孩子吗？

主　任：你俩不认识，这孩子是你的？你俩啥关系？

大　哥：哎呀大娘，实说吧，俺俩是两口子。

到街上……（突然发现前方有情况）孩儿她妈，小脚侦缉队上来了！

妻：她爹，撤！

夫：你先撤，我掩护！

[妻下，夫随即下场。

主　任：我早看出你俩是两口子，一对夫妻三个——（听到提兜内传出的哭声，拉开拉锁）哎呀妈也，这还一个呢！你们这样大量游动生产，直接导致人口比例失调，尤其是……

大　哥：哎呀大娘，你放了俺吧。实在不行，把这少林寺送给你吧！（跪下）

主　任：喂，快起来。

大　嫂：哎哟，哎哟……

大　哥：哎呀大娘，要生了，快帮帮忙吧。

主　任：快把被子铺上，我去要车。（下）

大　嫂：孩子爹，撤！

大　哥：你先撤，我掩护。（欲跑）

大　嫂：喂，少林寺！（先跑下）

大　哥：交给我了。（拎起旅行袋跑下）

[街道主任上，左右寻找。

主　任：车来了。喂，站住！站住！（追下）

　　两稿相比，新稿删除了街道主任的角色和由她带来的戏，增加了夫妻俩的吵架和对往事的甜蜜回忆；为什么删节？街道主任的出场并未给小品增加新的信息，只是原有情节的重复。为什么增加？主题使然："不管男是女不再生了，咱们好好干活，多多挣钱，把这几个孩子培养成人，咱两人幸幸福福、快快乐乐地寻找咱从前的影子……"旧稿中的情节是对原有情节的重复，而新稿中增加的情节是对原有情节的一种否定，两者的情节意义不可同日而语，这里，起点石成金作用的是主题思想，主题是戏剧小品生命价值所在。

"讲小道理，或没道理，而又不是长篇的，才可谓之小品。"[①] 有人将鲁迅先生对小品文的论述延伸至戏剧小品创作，认为戏剧小品也可以是"没道理的"，这种说法未免过于绝对，失之偏颇，一出戏剧小品的演出时间大约为十五分钟左右，文学本字数大约在三千至五千字左右，如此篇幅如此容量却不讲什么道理，于情于理都说不过去。不过，在某种特定的场合，戏剧小品也可以"没道理"，比如在自娱自乐的层面。

（二）戏剧小品主题的特点

尽管看一出戏剧小品要比看一出多幕剧甚至比看一出独幕剧更容易抓住它的主题，可是要把戏剧小品的主题和多幕剧、独幕剧的主题像区分题材那样区分开来，硬性规定这是戏剧小品的主题，这是多幕剧和独幕剧的主题，实在是一件难以想象的事情，对思想的把握远比对形象的把握要空灵、虚幻得多。虽然如此，戏剧小品对主题理念的把握和揭示还是有其独到之处：

单纯性：多幕剧占有时空的优势，足以展开多种争斗，有的戏能表现多个主题，除了正主题外，还有副主题，但大型戏剧揭示多个主题也不是件容易的事，常常只集中表现一个主题，而戏剧小品篇幅短、容量有限，只能营建一个单一的情境，揭示一种单一的争斗，因此，只能表现一个单一的主题。许多小品的理念能用剧中人物的一句话予以清晰的

---

① 鲁迅《杂谈小品文》，《且介亭杂文二集》，人民文学出版社1958年版，第167页。

表现，如像《主角与配角》中最后那句台词：该干吗干吗去吧；《红高粱模特队》里裁缝兼领队的大声疾呼：劳动着的人是最美的；《打扑克》那种概括性的总结：小小一把牌，社会大舞台。生旦净末丑，是谁谁明白。等等。也有不说主题的，全由情节形象自己显示自己的意义，有一个《文凭》的小品，一人报名参加一考文凭班，招考的老师出题考察水平，那人三下五除二便答题完毕，老师又从一本专业书中挑出几道难题让他做，那人立马又全答对，老师惊讶万分，那人说，那本专业书就是他写的，个中道理，观者自明。

世俗性：戏剧小品不负荷宏大的思想教义，只体现精微的一得之见，如鲁迅先生说的小品说"小道理"。决不高台教化，决不故作深沉，戏剧小品的主题烙有世俗的印记，平民视点、市井情感、百姓立场，宣泄着劳动大众的喜怒哀乐，昭示着芸芸众生的欲望追求，是对普通日常生存"状态"所作的一种感悟、一种态度、一种评判、一种思索、一种抉择。

思索性：戏剧小品可以提出问题，同时回答问题，由于思考的深刻、精辟或隽永，激荡起观众的思绪涟漪，小品就能以小见大了。还有的小品只提出问题，而不解决问题，《全都忙》中最后实拍时，男演员把"他们会把你当成中国人杀了的"说成"他们会把你当BP机杀了的"，彻底把戏拍砸：

导　演：（气急败坏）重拍！重拍！

　　　　〔突然，BP机声、大哥大声响成一片。

导　演：谁的BP机没关？谁的又响了？我真不明白，这到底是怎么啦？

[随着 BP 机一片响声，迪斯科音乐加进来，导演气急地竟随着迪斯科节奏急步下场——他同样摆脱不了这浮躁喧嚣世风的困扰。

观众哄堂大笑，继而会感悟到一些什么，或慢慢咀嚼个中意味。每个人有每个人的感受，一类人有一类人的解读，理解和思考的差异，决定了主题的多义性，若真能让观众思索或感悟到一点什么，对小品而言，可算是功德圆满了。

二、象征寓意

戏剧小品不以内蕴的宏大深邃作为主要追求目标，但这并不意味戏剧小品不能达到意蕴的深刻性，借助象征寓意的手法，小品也能突破自身外壳的包裹，进入具有巨大概括性和表现力的境界象征。所谓象征，简单地说，即是用某一具体的事物来表现某种特殊的意义，这一具体事物所蕴寓的丰富内涵已最大限度地突破了这一具体事物原来固有的意思。象征寓意的小品是一个"能指——所指"系统，能指是事物的表面意思，而所指是指事物蕴涵的意思，亦即象征的意义，有一出《信不信由你》的小品，男女青年人约黄昏后，男青年吻了女青年，女青年大惊失色，"咱们的生命，咱们的爱情，都短命了！"原来她看了报上登载的一篇文章，云："最新科学研究成果证明，一个吻能减去 3 分钟寿命。因接吻时脉搏跳动加速，给心脏造成很大的压力，根据精确计算，1752 个吻可减寿一年……"两人紧张万分，用飞吻、拥抱、嗑瓜子代替接吻。男青年发现包瓜子的报纸上登有一篇《接吻有助长寿》的文章:"据最新科学研究成果证明,接吻有助于长寿,有益于牙齿的保健,又能帮助产生唾液,使人减少瘟疫,特别是有助于减肥,每一个吻能消耗 3 个卡路里……"这两篇文章都登在"信不信由你"的专栏中,一篇说能吻,一篇说不能吻,究竟是吻还是不吻?究竟信还是不信?"咱们是得把握自己,不能随波逐流。"至此,小品的意念已突破固有的藩篱,进入一更高的认识层面,具有了某种象征意味。戏剧小品的象征寓意主要有四种形式:

(一)人物个性的共性象征

小品中设置的是一个类型人物,个性具有高度的概括意义,是一类人的共性代表,人物所透析的意义具有普遍意义,这个人物便成为一种象征。最典型的是《张三其人》,对张三来说,那篮鸡蛋只有四十九个,而那只鸡蛋确确实实是他的;女职工晾晒的被服也不是他碰落的,而是风吹落的;这是他必须坚持的一个原则。原则是一种法则或标准,具有绝对的排他性,非此即彼或非彼即此,排斥另一个截然相反的对立面;或者说,任何一种原则都具有两极性:正极和负极,正极是对原则的肯定,负极是对原则的否定,两者必居其一。少一个鸡蛋,可行的处理方式是,要么坚持原先就少一个的前提,这个鸡蛋是我的;要么把自己的鸡蛋放进别人的篮里,补足五十个。可是他偏偏要证明篮里确实少了一个鸡蛋,而这个鸡蛋又确实是自己的,始终动摇于原则的"此"极与"彼"极之间,或者说,他同时坚持了原则的两极,一次又一次地将自己置于自相矛盾、进退维谷和遭人误解的尴尬境地。从表象上看是张三犹豫不决的性格使然,在本质上则是无原则性的必然后果。张三是无原则的象征,小品的意义就不仅仅局限于如何处理那个鸡蛋的归属和被服究竟如何落地等具体琐事或个人原因了。

（二）意念人物的意象象征

小品中设置的是一个意念人物，意念人物是某种意念的化身，意念是对于某种共性现象的理性概括，意念人物的意象具有一定的象征意义。如果说，《照相》中那个没有笑脸的干部形象是某一类"一脸官司"的干部的化身，那么《高度统一》中的五个表里不一的研究人员就是知识者某种恶习或品质的代表。一个研究室里的五个研究人员，穿着一个款式的白衬衣和黑裤子，捧着一样的茶缸，扇着一样的扇子，一样地正襟危坐，一样地跷着二郎腿，一样地拿腔拿调，研究室有一个出国考察名额，派谁去呢？每个人嘴上都说得冠冕堂皇，私底下却各做小动作，无记名投票选一个，个个都写上自己的名字，结果是人人得一票；写两个名字，个个写上自己的名字，再写上泡水的勤杂工大爷，结果是勤杂工大爷获全票。表里不一的虚伪意象是一类知识者的共同脸谱。

（三）情节进程的哲理象征

有些小品描述的是一个写实的故事，但其情节自身就是一个象征体。如《无题》，一男子在街心花园的长椅上睡觉，一个大龄青年与姑娘约会，怕误时，将他推醒，问现在几点了？一老大爷背着行李赶火车，腕上的手表停了，将他推醒，问现在几点了？男人烦别人打扰，写了张"我不知道现在几点"的纸条挂在椅子上，一位凡事都讲顶真的知识分子路过，又将他推醒，告诉他现在几点了。人人都有充足的理由把他叫醒，而他只能无可奈何地接受一次又一次被打扰的事实，这就是一种象征，象征着一种无奈的生存状态。这里要提出一个问题，还有一种

"睡觉"，却不能进入象征。同是由《无题》中的两位演员演出的《门铃声声》，还是这个男子在家中睡觉，一小贩上门兜售伪劣菜刀，打扰了他睡觉；居委会大妈上门了解治安情况，干扰了他睡觉；派出所警察上门调查小贩兜售的菜刀，他更睡不成觉。小品提供了一种具体生活境遇的感叹：有时，想要睡个安稳觉也真是不容易啊！甚至，我们可以将它的关注扩大到一个更广泛的领域，但无论如何，总不及《无题》的意义来得更为超越。为什么这个小品不具备或不更具备象征的意味呢？象征是对元意义的突破，小品的元意义即小品的主题，它是小品情节意义的直接透显，而象征是小品情节意义的超越升华。在《门铃声声》中，每个人对睡觉者的打扰有着与对方有关的充分理由：小贩卖刀给你；大妈为了你的安全提醒你；警察调查还是为了你。三者是完全相同的重复，一次次走向实在，形成故事情节链，意义便随之依附，透显为一种具体的意思——主题。而在《无题》中，每个人对睡觉者的打扰没有与对方有关的充分理由：我要准时约会；我要准时赶车；我认为我要告诉你现在几点。三者是近乎相似的重复，一次次走向抽象，形成哲理思考，意义便随之脱颖，升华为一种普遍的意味——象征。

（四）寓言故事的比喻象征

有些小品描述的是一个假托的故事，用比喻的方法寄托或隐含某种讽刺或劝诫的意念，具有相对普遍的泛指意义，故事情节也就成为一个象征体。如《求诀》，一个胖子和一个瘦子倾其所有，请山鸟国大师传授"经四十八年苦想、曾有一千二百八十人做过临水实验"的"永免溺死"的秘诀，大师用毛笔在胖子大腿上划了一道圈，又在瘦子的小腿上划了一道圈："下水之时，水深勿过此线！"两人面面相觑。胖子觉得自己上当了，瘦子却觉得大师所言很有道理："水不过线，怎么会淹死呢？"胖子见腿上的线比瘦子高出少许，顿时十分得意："我花钱比你少，下水可以比你深！"瘦子却认为自己腿上的线是"会说听不懂的话的山鸟国的大师画的，值！"这是一个寓言故事，说明某种道理和教训，胖子、瘦子和大师的所指意义已突破胖子、瘦子和大师自身的形象意义，寓言代指的隐喻提升为一种象征。

由于戏剧小品篇幅短，容量小，追求象征体现，应该说不是件太难的事。

三、游戏意识

主题是剧作故事情节意义的彰显，象征是对主题单纯理念的提升，和大型戏剧相比，戏剧小品更具民间性，从来是大众百姓自娱自乐的主要品种，漫漫岁月，无论日子过得多么不易、多么艰辛、多么无奈，生活总要继续下去，让戏剧小品来愉悦一下、释放一下、抚慰一下自己吧。农民的老婆被牧师勾引了，怎么办？德国民间世俗短剧让牧师躲进炉灶，让农民升把火，弄得牧师满脸满身是黑灰，狼狈不堪地被当作魔鬼驱赶出屋去。（《驱魔记》）旱灾水灾怎么办？让天上的雷公跌落地上，让一个医生给他治疗跌折的腰伤，我们人类给你治好了病，你还不得保佑我们风调雨顺过上太平日子。（日本狂言《雷公》）

这是一种游戏，戏剧小品用游戏的方式和生活直接对话，主题理念的概括和象征寓意的实现无不洋溢着与生俱来的乐观主义人生态度。

什么是游戏？

游戏是一种非常普通非常普遍的现象，却又是一个非常复杂非常难以给它下一个明确定义的现象，游戏具有生理的、心理的、社会的和文化的意义。

这里，我们仅仅是从最为常规的认知去理解游戏：

【游戏】（1）娱乐活动，如捉迷藏、猜灯谜等。某些非正式比赛项目的体育活动如康乐球等也叫游戏。（2）玩耍：几个孩子正在大树底下玩耍。（3）游戏是娱乐和玩耍。①

【娱乐】（1）使人快乐；消遣。（2）快乐有趣的活动。②

【玩耍】做使自己精神愉快的活动；游戏。③

我们可以最简单最直接地把游戏理解为能使人愉快、得到消遣、快乐而有趣的活动。

游戏在英文中用词为"Play"。

戏剧在英文中的一种用词也为"Play"。

戏剧有两个直接源头：一为仪式，一为游戏。仪式和游戏跨过一步，即成戏剧。戏剧在本质上是一种仪式，也是一种游戏。在一切艺术种类中，戏剧与游戏最具有本体同构性：

游　　戏	戏　　剧
对生活的模拟 娱乐和玩耍 非正式的竞争比赛 按游戏规则游戏	对生活的模拟 娱乐和玩耍 情境性的矛盾冲突 按演剧规律演戏

有人称戏剧是成人的游戏，这是就戏剧的本质层面而言，戏剧在本质上是一种使人愉快的娱乐和玩耍；如果考察戏剧的内容层面和形式层面，那么，有的戏的内容和形式具有游戏性、有的则未必，像《雷雨》、

---

① 《现代汉语词典》，商务印书馆 1998 年版，第 1525 页。
② 《现代汉语词典》，商务印书馆 1998 年版，第 1535 页。
③ 同上，第 1297 页。

《日出》、《茶馆》这样的正剧和悲剧，其内容层面和形式层面并非是娱乐和玩耍。如果把讨论的范围局限于戏剧小品，那么我们所见到的绝大多数的戏剧小品具有内容层面和形式层面的游戏意义。

游戏的内容可包括令人愉快的娱乐、玩耍、逗趣、搞笑、胡闹、误会、出丑、圈套、恶作剧等等。

游戏的形式以表现过程往返重复的来回运动为主要特征。

但也并非所有的小品都如此，也就是说，有游戏内容的小品，也有非游戏内容的小品；有游戏形式的小品，也有非游戏形式的小品：

可把戏剧小品的内容层面和形式层面的游戏性质和非游戏性质作如下组合辨认：

一、游戏内容和游戏形式的小品；

二、游戏内容和非游戏形式的小品；

三、非游戏内容和游戏形式的小品；

四、非游戏内容和非游戏形式的小品。

（一）具有游戏内容和游戏形式的小品

内容和形式都具有游戏性，《末班车的故事》中，戴眼镜的男子目睹一大汉在车站拦截一女子，要她拿出钱来，这引起他对事情起因和后果的种种猜测，然而他所以为的抢劫只是一场大大的误会，内容具有游戏的性质；而存在于他脑海中的多种猜测——化为具体的画面，形成意识流之一、之二、之三等场面，以及用类似放像机快速倒带的画面联结往返重复的场面，都极具形式感。误会的内容和联想的形式融汇为双重游戏小品。《爱情角》中的小夫妻超越时空进入耄耋之年，老夫妻超越时空返回青春少年——这是内容的游戏；两个时空的重复对比存在——

这是形式的游戏。

（二）具有游戏内容和非游戏形式的小品

人们熟知的《警察与小偷》、《姐夫与小舅子》、《大米·红高粱》、《钟点工》等都属于这一类，内容的游戏特征鲜明突出，但比较前一类小品的外包装，在形式上较为朴实，展现的是情节自然进程，但只要在结构上具有往返重复的来回运动，如配角对主角再二再三地刁难捣乱，小舅子对姐夫不依不饶地胡搅蛮缠，《张三其人》中的张三接二连三地陷入尴尬，《卖拐》、《卖车》中的受骗人一会儿清醒一会儿糊涂……真真假假、是是非非、对对错错、正正反反、进进退退、冷冷热热……情节在两极间游移不定，也就在情节的自然形态层面上具有了游戏的品格。

（三）具有非游戏内容和游戏形式的小品

有些小品的内容十分严肃，毫无游戏性而言，《又是秋叶飘落时》中的铁柱爷爷和玉凤奶奶在村口老槐树下不期而遇，当年，玉凤爹嫌两人生肖不合龙虎斗，硬将两人活活拆散，五十年后，两个深受封建礼教迫害的老人开始像当年的糊涂父母一样，包办起孙子孙女的婚姻……故事沉重得让人透不过气来。可是在处理老人们回忆当年情景时，却用了十分游戏化的形式：

铁　柱：玉凤，记得你我分手那天，好像也是这个时候吧？

玉　凤：是啊，也是树叶落的时候。

铁　柱：记得当时我就站在这儿。

玉　凤：没错。我是抄小路赶来的，就在这儿见着了你。

铁　柱：（坐下）记得你当时梳着一条乌黑的大辫子。

玉　凤：（解下头巾，松开发髻，抖落出大辫子；又从口袋里取出
　　　　一朵绢花）当时是你把这朵绢花别在我的头上的！

铁　柱：对，是我给你别上的。（接过绢花别在玉凤的鬓角，然后
　　　　指指头上的羊肚手巾）这条头巾是你给我系上的！

玉　凤：是，是我系的！（为铁柱的头巾打个英雄结）当时你穿着
　　　　一件白褂子。

铁　柱：对！（脱下破旧的军大衣，露出白褂）就是这一件，你给
　　　　我缝的。记得当时你穿着一件小红袄。

玉　凤：是啊！（脱去蓝色褂子，露出红袄）是你给我买的，我一
　　　　直不舍得穿。

　　　　〔两个老人似返老还童，突然间焕发出青春。

玉　凤：（奔上斜坡，猛地回首）铁柱哥？

铁　柱：是你？

玉　凤：铁柱哥！（扑进铁柱怀里）

　　接着演绎了一段生离死别的悲剧，在古老欢快的《迎亲曲》中，两
人呼喊着四处寻觅，走过了五十年的坎坷历程，扎上原来的头巾，穿上
原来的破旧军大衣，两人又回到迟暮之年。角色当众变换年龄，具有十
分强烈的游戏形式感。

（四）具有非游戏内容和非游戏形式的小品

　　这类"双非"的戏剧小品往往内容十分严肃形式也十分"规矩"，

如《当洪水到来的时候》歌颂了一位为抗洪救灾而以身殉职的好干部：抗洪指挥部的炊事员准备了一顿"丰盛"的饭菜，犒劳在抗洪第一线数天未回的领导，这引起了农村老大爷极大的不满，正在此时，传来好干部被洪水卷走的噩耗……真人真事，演出十分感人，无论内容和形式都不拥有游戏的成分，这类小品有其存在的理由和价值，但就小品本性而言，除非为表现特定的题材和特定的主题，一般来说，艺术效果不会十分出色。处理这一类小品，特定情况除外，希望尽可能化非游戏内容为游戏内容，至少要注入游戏性元素。面对表现非游戏内容的小品而言，如何找到游戏的形式就尤为重要了。比如宣传"可持续发展"理论的电视专题晚会小品《垃圾千金》，内容是扔垃圾须分类，分为有机垃圾、无机垃圾和有毒垃圾；主题是环境保护。内容再怎么着总是这样了，在形式上由三位女演员分别扮演三个分类垃圾桶，垃圾桶之间有对话有舞蹈有和居民大嫂的交流和冲突，当居民大嫂乱扔垃圾时，"垃圾桶"就可以拒绝，甚至逃逸，这样，严肃的内容就游戏化了。

　　游戏精神自身并不等同于主题和象征，但却能感染主题和象征，催生主题和象征。正是《又是秋叶飘落时》那段由老年返回青春的游戏性华彩形式，多多少少化解了些许浓烈的苦涩，给那么沉重的题材带来一抹对比色。而有时，游戏精神还能直接地揭示主题，《欠债》中的总经理阿银赖账，债主找镇长评理，镇长叫长阿银；找法官告状，法官叫官阿银；来了个警察和前面三个阿银一鼻孔出气：

　　警　察：……限你两小时之内离开子虚镇，否则，别说我抓你！
　　　　　　（拿出手铐）
　　债　主：你徇私枉法！你敢告诉我你叫什么名字吗？

警　察：（摘下大盖帽，改为普通话，活脱脱又是一个经理阿银）

　　　　大丈夫行不更名，坐不改姓，我是——

债　主：什么？

警　察：子虚镇乌有街派出所的警阿银。

债　主：又是一个阿银！你们到底有多少阿银啊？

阿　银：告诉你，要账的时候，就是一个阿银，欠账的时候，我们

　　　　都是阿银！

债　主：啊！（几乎晕倒）

　　四个角色都叫阿银，并且由阿银一人扮演，批判地方保护主义的主题昭然若揭。有时，游戏精神则能点化象征，《卖拐》、《卖车》在中央电视台的春节晚会播出后，名声大噪，观者击节赞叹，但仍有人心存疑惑，怎么也闹不明白，眼看着行骗者骗人得逞，怎么还叫人那般开怀畅快？殊不知正是游戏的点化使得题材的意义超越对行骗和被骗的道德裁判，进入更广阔的象征天地。

　　受制于戏剧小品的规模，游戏精神对戏剧小品创作的影响是全方位、整体性的，它能极大地激活思维活动，不仅在于意蕴内涵的开掘深化，更能开拓选材视野，丰富表现手段，所谓绝招，游戏精灵使然。从根本上说，游戏精神的自由驰骋，是小品创作的精髓所在。戏剧小品实在是戏剧品种中最肩负游戏使命的样式，尤其是在内容层面方面。戏剧小品以游戏的方式欢愉、调剂着芸芸众生的日常生活，告别昨天，面向明天。

　　四种变化，只要具有了游戏的内容或是游戏的形式，小品也就具有了游戏的意味，在上述四种小品中，游戏性组合占了三种，这就是为什

么戏剧小品大多为游戏之作的缘由。

思考题：

1. 戏剧小品的主题确立有哪些特点？

2. 戏剧小品的象征寓意有哪几种形式？

3. 简述戏剧小品的游戏形式。

第八章　审美途径

这里所说的审美途径指的是戏剧小品反映生活的根本方法，可以粗略地概括为两种形态："写实再现"和"写意表现"。

之所以把林林总总题材、样式、风格迥然不同的戏剧小品划分为"写实再现"和"写意表现"两种类型，探讨它们的审美特征，是基于这些戏剧小品外观上的差别：

一类建立在我们的日常生活经验之上，停留在我们习惯性的视野之内；

另一类则超乎常规的想象，提供了为我们所不熟悉，甚至完全陌生的面孔和形象。

也就是说，"写实再现"的戏剧小品，它们的原型和作品具有同构关系，两者同质同形；"写意表现"的戏剧小品则相反，原型和作品不具有同构关系，后者是前者的变形或幻影。需要说明的是，这里对"写实再现"和"写意表现"的理解，不完全遵循一些文艺理论对这两种概念、本体所作的定义，只是两类审美特征的归纳。仅仅作"写实"和"写意"、"再现"和"表现"的划分，可能过于简单了，但简单也有简单的好处，往往比较实用，戏剧小品避开或远离审美研究中过于理论的理论，也许是明智之举。

一、写实再现

"写实再现"小品的表现对象是客观存在的现实生活，按照实际生活的原有模样和逻辑进程描摹生活，重现生活。在这类小品中，艺术形象与生活原型有着同质同形的同构关系，这个世界建筑在我们的日常经验之上。

"写实再现"小品在中国戏剧小品的创作数量中，占据绝对的最大比重，它们是客观生活中实际存在、可能存在或是应该存在着的人和事：

这些小品在生活中实际存在着——如《小九老乐》中的老乐背着妻子小九借钱给从前的对象解难；《芙蓉树下》的女青年为使参军服兵役的对象不忘记自己，特地给他缝制一件红肚兜，让他穿着去照张相片寄给她；《三鞭子》中县长的轿车陷入坑中，赶驴的老大爷以为他们是进山吃山货来了，对之冷嘲热讽一番，当知道是县长为修路进山时，他甩响鞭子，召集乡亲，抬出小车；《主角与配角》里的配角演员争演主角；《胡椒面》里的知识分子和民工争抢一瓶胡椒面……多多少少的故事，曾在我们身边发生扮演，多多少少的人物，我们似曾熟悉相识，这样的小品在我们实际生活中，真是太多太多……

这些小品在生活中可能存在着——如《大米·红高粱》，卖大米的老乡能用破嗓子唱电影《红高粱》插曲，而歌唱演员只能用美声唱意大利语《我的太阳》，于是歌舞团团长让老乡上台唱《红高粱》，让演员去帮老乡换大米。实际生活中这样的事例可能不存在，但也可能存在。如《卖拐》，一个外号"大忽悠"的行骗者，活生生地让一个四肢健全的骑车人深信自己的腿有病，扔了车，拄上双拐离去。天底下有这样傻的人吗？可能没有，也可能有。又如《打扑克》、《真假难辨》，虽说有着极大的夸张成分，但从象征的层面来看，诸如此类的故事更具普遍意义和真实的概括性。

这些小品在生活中应该存在着——如《当务之急》中的干部，为保持公共厕所绝对干净以迎接检查团，特下文件突击清扫卫生，并关闭厕所，禁止闲人到此拉屎撒尿，只等检查团光临才开门；偏偏这个下文的干部内急，管理厕所的老太太却忠实执行上级指示，不开厕所门，这位干部实在憋不住，只得自作自受方便在裤子里。如此批判形式主义，是能让平民百姓出气的一种方式。如《鞋钉》，一青年向修鞋的老人买钉子，老人守着修鞋的"道"，死活不卖钉子，气得青年用锤子砸坏了脚下的名牌皮鞋：

老　人：我在这儿修了三十年鞋，今天是最后一天了。我没跟人说，明天这儿就变成交易市场啦……让我挪地方，我这心里不是个滋味，对不起，大喜的日子给你找别扭了……

青　年：不，是我给您找别扭！

老　人：不，是我给你找别扭！

青　年：是我给您找别扭！！

老　人：小伙子，不是你给我找别扭，也不是我给你找别扭，是因为汽车交易市场，我心里别扭。

青　年：大爷，那汽车交易市场……是我开的。

　　　　〔老人无语，盯了青年片刻，又接着钉鞋。

青　年：大爷，您别难受，我这汽车交易市场一开张，我就聘请您到我这儿来给汽车补胎，这就等于给汽车修鞋。

老　人：这不胡扯吗？你那是往外拔钉子，我这是往里钉钉子，你把我弄去，等于给你撒气。

青　年：不用您老干活，您帮我守着摊，有您这样的人我心里踏实。

老　人：小伙子，别为我担心，坐车的再多，也有来修鞋的。来，穿上，你还得走道呢。

青　年：（穿上鞋）谢谢您大爷。再见。

老　人：等等，小伙子，（拿起钉子）我这个人也是太固执，这仨钉子我卖给你啦！

青　年：不，不，大爷，您还是送给我吧。

老　人：好！（把钉子交给青年）

青　年：老大爷，从这三个钉子，我看到了您老的职业道德。

老　人：德谈不上，我守的是这个道。小伙子，要想守好你的摊，首先守好你的道呀！我走啦！

　　　　〔老人下，青年若有所思，目送老人，向他深深鞠躬。

　　一位修鞋老人和一位汽车交易市场老板间的冲突就这样被化解了，现实生活存有这样的可能吗？如果没有的话，也许应该有。

　　无论有着怎样的差异，这些小品都与真实存在的物象世界对应，"写实再现"的小品呈现如下审美特点：

（一）生活质感的原生态

"写实再现"小品保持着与生活最为质朴直接的血肉联系，有些小品似乎是不经意间对生活断片的直录和搬演，某些电视栏目小品，如社教类节目和服务类节目中的小品，为重现某一个案，更是想方设法地摹拟或复原某种生活场景的原有模样，以至有评论者断言，正是这种原生态的粗糙性，决定了戏剧小品还算不得是真正意义上的艺术品种，而只能是一种"准戏剧"或"类戏剧"。其实，可以从两个方面来理解"写实再现"小品的原生态现象：

其一，确有一部分"写实再现"小品相当粗糙，不那么像人们想象中的戏剧，它们是平民百姓日常生活始初意义上自娱自乐的产物，一个人扮演成另一个人，在众人面前走过，这就足以构成最为原始意义上的戏剧了，说它是"准戏剧"或"类戏剧"也未尝不可，就像《三国志·蜀志·许慈传》记录的刘备让两个艺人出演《许胡克伐》，装扮成许慈与胡潜的模样吵架那样，和真实的生活融为一体，类似我们现在的"社会教育"类节目中的小品，这原本就是戏剧小品艺术使命的一部分；对某些电视栏目小品，表现生活原生态更是节目内容的需要使然。

其二，即使是以追求艺术审美为目标的"写实再现"小品，可能不那么"粗糙"，但保持原生态的生活质感仍是第一选择。戏剧小品规模有限，概括、提炼生活的能力也相对有限，与其说"写实再现"小品面对的"原生态"是指"原始的生活状态"，还不如说是指"原始的生存状态"。如果我们把人的需要像某些理论概括的那样划分为三个层次：生存需要、享受需要和发展需要，那么"写实再现"小品关注的对象大都为这个需要系统中的最底层面——人的生存需要，唯其如此我们才能理解，为什么会有那么多表现求职谋生、婚恋嫁娶、衣食住行、甚至吃喝拉撒的小品。多幕剧、独幕剧和戏剧小品对生活材料的选择，有一个大致的分工，生活原生态的质感是"写实再现"小品生长的土壤。

（二）平民视点的世俗相

对原生态生活质感的定性。"写实再现"小品以平民视点描绘一幅幅真切的市井风情画，勾勒芸芸众生的音容笑貌。一般不考虑厚实的社会、政治、经济、历史、文化的诸种背景负荷，而仅仅是社会、政治、经济、历史、文化的神经末梢外延和微光折射，进入社会架构最底层的日常生活领域，三教九流五行八作均能登台，凡夫俗事人生百态皆可入戏，写的是老百姓自己的事，他们最为熟悉的事、最为关心的事、最为感兴趣的事、最为能设身处地为之体验的事；为了生存，为了过上好一点的日子，为了一点实惠和利益，而矛盾冲突、而摩擦纠纷、而磕绊碰撞……宁可低首下心，也决不高台教化，与寻常百姓的意愿息息相通。写的是老百姓自己的心、自己的情：他们的幸福、他们的痛苦；他们的快乐、他们的烦恼；他们的欢笑、他们的泪水；他们的成功、他们的挫折；他们的潇洒、他们的无奈；他们的热情、他们的冷漠；他们的感激、他们的愤懑；他们的忠厚、他们的狡黠；他们的聪慧、他们的愚昧；他们的慷慨、他们的吝啬；他们的乖巧、他们的洋相；他们的高尚、他们的卑微……"写实再现"小品以它的平民情怀关心着普通老百姓的日常生活，保持着与生活最为质朴的血肉联系，这是一个绝对平民化世俗化的领地。

（三）时代气息的现时性

"写实再现"小品对已经逝去的岁月不感兴趣，瞄准的是刚刚发生、正在发生和即将发生的各种社会热门话题和流行现象，针砭时弊，褒贬善恶，发布着形形色色当今社会日常生活的最新"新闻"信息，合时代脉搏，作同步反映，具有极鲜明的现时性即时感，展现一片鲜活的生活。也有表现历史生活的，如抗日战争题材、红军长征题材等，那是因为这段历史与现实有着某种特殊的联系，如纪念反法西斯胜利××周年、纪念长征胜利××周年，纪念……等等，历史直接融入了现实。"写实再现"小品的情节发生于一个永远的现在时——这一点，和其他戏剧体裁没什么不同——而且，情节所对应的生活也发生在一个永远的现在时。犹如刚摘下的红果，带着浆汁的清香；犹如刚采撷的野花，载着晶莹的露珠；犹如刚出笼的蒸包，冒着腾腾的热气。信实、趋实、求实、务实，宁可牺牲形式也不牺牲真实，成为"写实再现"小品矢志不渝的根本价值取向和主流审美追求。

中国的老百姓特别钟爱"写实再现"的戏剧小品，图的就是看个实在、看个新鲜、看个真切、看个痛快，这是他们日常生活不可或缺的一个组成部分。

"写实再现"小品的优势在于与现实生活保持着最为直接的密切关系，生活永远是文艺创作的唯一源泉，"写实再现"小品尤为如此，戏剧小品红火至今，缺憾也不少，观众最不满意的是，一些小品的情境设置大同小异，故事情节陈旧老套，人物形象苍白失血，究其原因，都是缺乏对生活质感的把握所致，闭门造车，凭空想象，用纯熟的技巧替代对生活材料的真切占有和真情实感，难免捉襟见肘。戏剧小品是一个"点"的艺术，只要保持与生活的血肉联系，生活原生态无可比拟的新鲜度和生活质感自然天成的生动性，就足以保证"写实再现"小品立于不败之地，但这只是底线设定，仅仅是最低标准。戏剧小品离不开想象，这在很大程度上取决于创作者的审美态度和方法，从理论的层面考察"写实再现"小品与生活的联系，同样是描摹实际生活中存在着的人和事或可能存在着的人和事的模样，两者之间的渠道，决不笼而统之只是一条，至少还存在着如下不同通道——

现实主义的通道：提倡客观地观察现实生活，严格按照生活本来的逻辑样式客观地再现生活，包括细节的真实，通过准确精细的艺术提炼，塑造典型环境中的典型人物。对以追求逼真地反映生活、塑造栩栩如生艺术形象的小品，类似大多数中央电视台春节晚会小品、戏剧小品大赛参赛剧目那样的小品，这条通道绝对是一条康庄大道。

自然主义的通道：主张以忠实记录观察到的事实的方式再现生活片断，并要求精确地分析环境和生理遗传对人物性格形成的影响。对于以借用小品的形式再现生活原貌的一些电视栏目小品，如法制类节目、教育类节目、科技类节目、健康保健类节目、医药卫生类节目等，用小品如实搬演某个个案，以分析案情，演示服务内容，阐述某种意念，其参考价值不言而喻。

浪漫主义的通道：崇尚主观，强调艺术家的激情、想象和灵感，重现生活却不受生活真实的局限，追求可以存在和可能的理想真实，美的更美，丑的更丑，或美丑集于一体，强烈对比。对于那些以创造理想境界和理想人物为己任的小品，不失为一种可行的方法。

古典主义的通道：崇尚理性、蔑视情欲，理智和情感的矛盾构成戏剧冲突的基本内容，最终以理智战胜情感为结局，历史上古典主义推崇的理智，多为对中央王权的拥戴。对于那些以主流文化为背景的各种主题晚会小品，不乏借鉴价值。

等等。肯定还存在着其他的通道。

"写实再现"小品若想获得持久发展、保持强劲上扬势头，直接间接地接受艺术史上的各种"写实再现"理论的滋养是必不可少的。

二、写意表现

好比滴滴水珠汇成涓涓细流，在戏剧小品多姿多彩的溪流中，一点一滴都独立在运动，有着多种可能性的存在，套用一句专业术语，即有着无穷多个"自由度"。如果只有一种审美标准，如果只有一种审美角度，如果只有一种审美距离，如果只有一种审美途径，久而久之，会因审美的单一而产生审美的疲倦。再鲜美可口的食品，吃多了也会倒胃口的。

还需要另一种审美标准，另一种审美角度，另一种审美距离，另一种审美途径，那就是与"写实再现"相对立的另一翼——"写意表现"。

"写意表现"性小品关注的不是那个客观存在的物象世界，而是创作者用心（头脑）重新创造的一个主观想象的意象世界：

之一：一苦恼收购员胸前挂着"收购苦恼"的大牌子走街串巷，嘴里喊着"收购苦恼，收购苦恼！苦恼苦恼是又苦又恼，本人收购，一收没了。欢乐幸福，伴你到老……"（《收购苦恼》）

之二：一人奇丑无比，去美容诊所整容，惊吓得医生当场晕死过去；一演员英俊潇洒，只因丑星走红当道，为拍戏，要把容貌往丑里整。丑男和俊男互把对方作为自己整容的模样，从屏风两侧下，稍顷复上，已互换面容……（《整容》）

之三：孔乙己上街视察，食品商店里写着各种食品的名称："九牙"（韭芽）、"王牙才"（黄芽菜）、"反加"（番茄）、"六头高"（绿豆糕）……看得他莫明其妙，不知为何物；"猪肉松"、"牛肉松"、"鱼肉松"、"儿童肉松"、"老年肉松"、"孕妇肉松"……看得他心惊胆颤："吓死我哉！"

最令他不能容忍的是以他为形象大使的酒店招牌把"咸亨酒店"写成"咸享酒店"。(《孔乙己巡街》)

之四：环球贸易公司的女经理酒席间谈生意，一杯接一杯对灌，被酒精夺去生命，来到黄泉路上奈何桥，遇见在抗美援朝战争中光荣牺牲的父亲……(《两个死者的对话》)

之五：猴子是养鸡场的场长，靠着鸡蛋做猫腻，走私套汇、贪污腐败，鸡秘书向动物纪律检查委员会举报，这天廉政检查团的虎主任来到养鸡场……(《无题》)

之六：武松在景阳冈打死老虎，为斩草除根，将虎洞里的虎崽一并抓获，献给阳谷县知县。谁知山中无老虎，野狼称大王，狼咬了羊，吃了鸡，伤了牛，武松一人对付不了群狼，为维护生态平衡，县令特令将虎崽放归还山。(《送虎还山》)

之七：两家店面相邻的服装店，店门前站立两具按照男女店主塑制的衣架模特。男店主和女店主为争抢顾客明争暗斗，还把气撒在男女模特身上，男模特问，为什么他们不能像我们这样和睦相处？女模特答：大概因为他们是人吧。男店主和女店主大打出手，双双晕倒在地，男女模特扶他们坐起，为他们整理服饰，两店主苏醒，以为是对方所为，遂相互握手致歉。(《模特的烦恼》)

之八：莘莘学子的故事，场面一，清朝的国子监，两监生迂腐不堪，沉湎于文字游戏；场面二，民国时代，"五四"青年演讲宣传，外争国权，内惩国贼；场面三，新中国成立，穿"列宁装"和"工装裤"的女毕业生争相到祖国最需要的地方去；场面四，"文化大革命"，着军装戴红袖章的革命小将造反游行；场面五，新世纪的大学生办起了公司，清朝监生、"五四"青年、"工装裤"和"列宁装"、造反小将一起

来到公司办公室，发表着各自的意见……（《相册》）

之九：两位演员，一人拿桃枝，一人举柳枝，他们是桃树和柳树，有人来练功，打击树的身体；有人来玩春，在树身上刻字；男女青年谈恋爱，拉柳枝，摘桃花；有人将绳子挂在树上晾衣被；有人拿刀砍树枝做拖把杆儿……桃树柳树大喊救命逃下。（《桃红柳绿》）

……

等等等等，这些小品描写的都是实际生活中不存在或根本不可能存在的人和事。它们是创作者按照自己对生活理解的意念重新创造的一个世界——"写意表现"的世界。

看惯了"写实再现"的戏剧小品，每一出"写意表现"性小品的问世，都会给观赏者带来一份意外的感觉，因为呈现在他们面前的，是一个前所未知的世界，从而享受到一份前所未有的体验和乐趣。

"写意表现"的小品呈现如下审美特征：

（一）理念的直接外化

"写实再现"小品是对客观世界的经验性描摹，创造的是生活常态的具象；"写意表现"小品是对客观世界的思辨性勾勒，凸现的是非生活常态的意象。意象是思辨的产物，思辨具有纯理论纯概念的思考特征，创作者把对生活现象的理性思辨提炼概括为主观的理念、意向、概念，再外化为一种直观形象——意象，在"写实再现"的小品中也有意象的存在，如《照相》中那个没有笑脸的干部，如《高度统一》中五个表里不一的研究人员，虽然从严格意义上讲，这些形象似乎并不存在于我们的实际生活中，但夸张不失其人类模样之真，他们的思维和行为还基本遵循着常规的逻辑准则，可以称之为是意念的间接外化。而"写意表现"小品中的形象并不存在于我们的实际生活之中，它们是作者理念、思想、概念等抽象思维的直接外化。《夜审金瓶梅》中的兽医站长认定新来的大学生有花花思想，迷上了黄色小说《金瓶梅》，于是，他要审查这本书，大学生取来的古典名著《金瓶梅》是由一位女演员扮演的拟人化的书，站长用放大镜上上下下细看金瓶梅：

站　长：喂，你就是那个金瓶梅吗？

金瓶梅：（戏曲念白）正是金瓶梅。

站　长：这小味就够燎烧人的。（上前拍了拍金瓶梅的肩膀，贱声贱气地）瓶梅……

金瓶梅：有话说话，别动手动脚的。

站　长：（遭到拒绝把脸一绷）早听说过你，风流人物和我装啥呀，把你那点事抖搂抖搂吧。

金瓶梅：（戏曲念白）你想问什么？

站　长：你生在何方？家住何方？出溜到俺这疙瘩干啥来了？

金瓶梅：（戏曲念白）你问我么？

站　长：问的就是你。

金瓶梅：（戏曲念白）上面写着，自己看来。

站　长：我不认识字，讲！

金瓶梅：（叫板）看官，你听啊。

站　长：我听呢，一个字也漏不掉。

金瓶梅：（唱）五百年前我生在兰陵。

站　长：五百多岁了还这么年轻。

金瓶梅：（唱）几回生气叹飘零。

站　长：你还挺苦的。

金瓶梅：（唱）也不知谁是我的生身母。

站　长：什么根出什么苗，"月巴"葫芦开歪瓢，连自己亲妈都找不着。你想，她还能学好？

金瓶梅：（唱）多少人给我手术又整容。

站　长：要不她能长这么好。

金瓶梅：（唱）从海外到香港洒下多少思乡泪。

站　长：这位还是爱国华侨。

金瓶梅：（唱）叹只叹在故乡没有好名声。

站　长：人就是这么回事，吃不着枣说枣酸。

金瓶梅：（唱）有人赞美有人骂，

有人恨来有人疼。

我自身美丑难言尽，

是非曲直分也分不清。

小品中的金瓶梅不仅是一本书，而且是一种观念，同理，审书的站长也是一个理念的化身。实际生活中并不存在这种形象，由理念、意向、概念直接外化的意象是人类主观意志的伟大创造。

（二）变形的叙事系统

"写实再现"小品的故事情节再曲折离奇，都有着合乎生活常规的逻辑合理性，而"写意表现"小品的故事情节则改变了日常生活的固有形状，如《两尊雕像》中的老雕塑家创作了两尊雕像，一尊"五四"青年和一尊现代青年，两尊雕像和老雕塑家三者之间展开了对话：

五四青年：你从哪来？

现代学生：一九八八。你从哪来？

五四青年：一九一九。

现代青年：我们相隔这么遥远。

五四青年：六十九年的风风雨雨。

老雕塑家：噢，六十九年了！六十九年的道路坎坷不平！（来到五四青年跟前）是你点燃了旧中国第一颗革命的火种，你交给了我……（又来到现代学生跟前）我又将它传给了后代，它没有灭。看！它把天地照得通明！

这是一个非现实的情节呈现，创造了一个另类逻辑的叙事系统，无论是《送虎还山》中武松对付不了群狼，县令将虎崽放归还山，以维护生态平衡，还是《相册》中清朝监生、"五四"青年、50年代的大学生和文革的造反小将共同出现在现代大学生创办的公司里，都是对原生活态的解构和反构——一种变形的叙事结构。

（三）炫丽的包装形式

写实再现的小品情节，具有自然态的形式感，内容就是它的形式，形式就是它的内容，浑然天成；而写意表现的小品情节经刻意修饰，其形式往往表现出非生活常态的面貌：如《末班车的故事》，夜晚在车站候车的"眼镜"男青年，目睹一大汉拉姑娘挎包，以为是抢劫，脑海里浮现出一幅幅"意识流"场景，这种重复变化的想象成为情节的形式；"意识流"想象和想象之间，演员们在录音机声效配合下，作快速"倒带"的印象表演，退回原处。这种别出心裁的场面间连接极具装饰性。如《一根棍子和一个男人的一生》，是个独角戏，表现了一个男人在10岁、20岁、30岁、40岁、50岁、60岁时的六个片段生活，男演员在一块屏幕前表演，其他角色（不同时期的母亲、同学、妻子、儿子、情人等）只是屏幕上的影子，相互交流表演。一根棍子贯穿全剧，棍子是玩具、是工具、是男性的象征、是拐杖，最后，60岁的男人死了，屏幕后是棍子的影子，缓慢地长出一片片叶子，那是一棵树，精心设计的形式感赋予小品写意的韵味。有的小品如《午夜十三点》，三对男女分立舞台上，一戴墨镜展披风的精灵穿梭其间，三对夫妻又不时交换地位，其形式变幻令人目不暇接。

我国的戏剧小品创作兴旺发达，每年要涌现成千上万个新剧目，和银河般璀璨的"写实再现"小品群体相比，"写意表现"小品真有点寥若晨星，就中央电视台春节晚会播出的小品而言，"写意表现"小品屈指可数，处于非主流状态，无论是数量还是质量都难以和"写实再现"小品媲美，佳作屈指可数，多数作品给人以生硬、牵强、不伦不类的感觉。究其原委，有两方面的原因：

一是缺乏足够的思辨力度。戏剧小品是创作者对生活感悟的结晶。对"写实再现"小品而言，"感"比"悟"更为重要；对"写意表现"小品而言，"悟"比"感"更为迫切，后者更为需要强有力的理性思维，见常人之未见，思常人之不思，只有当作者对生活的感受开掘到一个理性的深度，意象才有存在的价值，在《桃红柳绿》中，与其说是由人扮演桃树和柳树，不如说是把桃树和柳树看作是和我们一样的生命，它们也有痛苦，它们也会愤怒。在《无花果》中，从日本打工归来的妻子战战兢兢，顺从无比，无异于一架机器（不是精神病患者），形象的变更是出于对人性异化的理性思考。

再就是缺乏形象改变的内在另类逻辑转化的合理性。变形最需要奇思妙想，从一个系统进入另一个系统，在起点和终点之间找到顺畅的逻辑转化过程。《桃红柳绿》一开场，两演员登场，一人拿桃枝，一人举柳条，介绍自己是桃树和柳树，便完成了逻辑的转换交代。

"写意表现"是中国戏剧小品创作的弱项，相对于"写实再现"性小品的花团锦簇，"写意表现"小品的园地是过于凋零肃杀了。也许，我们可以借鉴一点西方微型戏剧的创作经验，如同"写实再现"小品与生活之间有着多种联系一样，"写意表现"小品与生活之间也存在着不止一条通道——

象征主义的通道：反对客观真实地再现生活，主张表现直觉和幻想，追求内心的真实，用看得见的世界和看得见的人作为看不见的世界和看不见的人的象征——人类各种精神和观念的象征。梅特林克在他类似小品的短剧《盲人》中，用深夜、大海、悬崖、森林和沉重的脚步声，象征着死神的逼临。

表现主义的通道：不满对客观事物作形象的描绘，主张表现主观自我，突破事物的表象，直接表现内在的本质——人的主观感觉、意念和潜意识，作品出现主观经验、想象和梦境等外化形象。

未来主义的通道：反对平面地像照相机一般纤毫不失地再现生活，认为追求真实性是"愚蠢的行径"，强调戏剧应像多棱镜一样折射生活。代表作有马利奈蒂的《他们来了》、基蒂的《黄与黑》等，都是小品规模的短剧。

超现实主义的通道：超越现实，如何超越？当人想模仿行走的动作时，没有发明机械腿，而是发明了车轮，轮子就是脚的超现实主义表现——非模仿的想象。

　　荒诞派的通道……

　　意识流的通道……

　　等等。肯定还存在着其他的通道。

　　在欧美，在拉美，微型戏剧的主流是"表现"。奇谲的想象和强劲的理性或非理性力量，常常使得作品具有令人眼花缭乱的形式感和意味深长的形而上品味。这主要是文化背景不同所致，相比之下，我们较少"表现"戏剧的思维、意识、传统、经验、准备，还有欣赏习惯的差别。事实上，西方同类作品中的非理性思维和意识很难为中国戏剧小品所照搬，也难以为习惯于欣赏"写实再现"性小品的中国观众所理解，过深的探索实验可能有悖于戏剧小品的世俗本性，但在中国戏剧小品发展的宏观前景下，这些都不能成为否定借鉴他山之石、探索"表现"审美新途径的理由，因为中国式的"写意表现"性戏剧小品不是太多，而是太少。

　　三、假定形态

　　应该说，在中国戏剧小品创作领域里，在戏剧小品思维运作和实际操作过程中，"写实"和"写意"，"再现"和"表现"不是两种绝对对立的审美标准，在坚守各自审美理想的同时，两者之间还存在着种种相互影响、相互借鉴的互补关系：

　　"写实再现"小品的演出，对舞台的需求和常规话剧不同，不追求绝对物质化的环境，往往一桌两椅足矣，甚至什么也没有，环境体现在演员的表演中，这种中国戏曲式的演剧方式渗透了"写意表现"精神。

再写实的戏剧小品也不受"第四堵墙"的阻碍,《小九老乐》演出时,角色走下台去,和在场的观众闲聊交流起来,这种自由度在正统写实话剧中是难以想象的。《红雨伞》中一对青年男女从相识、相恋、争吵至反思,原本是一个自然形态的写实故事,而演出时,在这四大块画面之间插入另一对青年男女的"红雨伞之舞",给小品注入了写意表现的因素。所以说,中国"写实再现"戏剧小品具有"写意"本体的形式感,浸淫了"表现"审美的神韵。

再反观为数不少的"写意表现"小品,虽属于"写实再现"完全不同的形态,但由于其内在理性精神的制约,变形后的意象仍不同程度地具有常规思维的逻辑轨迹,《桃红柳绿》中的桃树和柳树有着和常人一模一样的喜怒哀乐;《酒吧风波》用戏曲武功加现代舞加霹雳舞的表演方式,表现了一个年轻人和一个大款抢夺一张椅子的争斗,其情节还是脱不开日常生活的规定性;如果撇开《末班车的故事》中"定格"、"画外音"以及如同电视快速倒带的画面,单就具体场面而言,无论是现实的故事还是想象的故事,全部都是"写实再现"情境的故事。中国的"写意表现"性小品往往在一个"写意表现"性大框架中,时不时地出入于"写实再现"和"写意表现"本体之间,游刃有余。

由于戏剧小品自身的灵巧和开放,使得它极其善于借鉴和吸纳话剧之外各种艺术门类的表现形式和手段,"写实"极易走向"写意","表现"也极易走向"再现"。

还需要从审美的方法上进行梳理。相对于一个自然形态的世界,无论"写实再现"的小品,还是"写意表现"的小品,都是一个人造的世界,有悖于自然形态的生活,显示了一种"假",却又对应着实际存在的真实世界,显示了一种"真",艺术创造和生活实际,相互间存在着多种亦真亦假、似真似假的假定关系：

（一）"真——真"的假定性

用生活中可能出现的方式表现生活中真实出现、或可能出现的事物，用真实的方法制造真实的物象，"克隆"生活，翻版生活，作品形象和生活原型同构同质同形，直逼自然形态的生活真实。难计其数的"写实再现"小品采用的即这种"真——真"的对应关系，用艺术的真实表现真实的生活。

（二）"真——假"的假定性

用生活中可能出现的方式表现生活中不可能出现的事物，用真实的方式制造非真实的物象。中国古典戏曲经典《西厢记》中崔莺莺与张生自由恋爱遭到老夫人的坚决反对和干涉，故事情节脍炙人口。小品《现代西厢记》反其道行之，写老夫人和老仆人的黄昏恋遭到崔莺莺和张生的坚决反对和干涉，剧中女主角身穿现代时髦套装，老仆人着传统中山装，张生则西装革履，现实生活中不可能发生的事，在小品中却具备了生活逻辑的合理性，采用"真——假"的对应关系，用艺术的真实表现假定的生活。

（三）"假——真"的假定性

用生活中不可能出现的方式表现生活中可能出现的事物，用非真实的方式摹拟真实的物象。如独角小品《单间浴室》，一切"向钱看"的服务员乱收费，"斩"前来浴室洗澡的顾客，谁知"黑吃黑"，临了反被顾客"斩"了一刀。那位顾客并不出现，演员作无对象交流表演，递烟、端茶、解衣、洗浴、按摩、拍背、扦脚等等，采用"假——真"的对应关系，用艺术假定方式表现真实的生活。中央电视台春节晚会小品《送礼》，送礼者在一幢楼里上上下下的虚拟上楼下楼，以及"一人多角"由同一位演员扮演四位局长家的不同角色，都具有非真实的假定意义。

（四）"假——假"的假定性

用生活中不可能出现的方式表现生活中不可能出现的事物，用非真实的方式摹拟非真实的物象。《一条大河》中的水龙头哗哗流水，一老头在一旁等着看着有谁会来关一下水龙头；来了位姑娘洗瓜，洗完一走了之；来了位小贩洗菜，洗毕自顾自离去；水哗哗泛滥成一条滔滔大河，来了位姑娘穿着泳衣游泳；老头家的水龙头没拧紧滴水，老头着急着游泳回家去关水龙头。表现全是不可能发生的事，采用"假——假"的对应关系，用艺术的假定方法，表现假定的生活。

（五）对比的假定性

同时采用两种以上的假定对应关系，成为一种对比存在的形式，如《末班车的故事》，由五个时空组成：

1. 现实：戴眼镜的男子目睹大汉让姑娘把钱交出来。真实的时空，"真——真"对应关系。

2. 意识流之一：大汉抢钱，"眼镜"胆小，不敢反抗，被绑在站牌杆上。想象时空，"真——假"对应关系；

3. 意识流之二：大汉抢钱，"眼镜"劝导大汉迷途知返，反被大汉抢去他身上钱财。想象时空，"真——假"对应关系；

4. 意识流之三：大汉抢钱，"眼镜"奋起反抗，和姑娘一起，制服大汉。想象时空，"真——假"对应关系。

5. 现实：大汉和姑娘是一对夫妻，大汉要钱给生病的同事捐款。真实的时空，"真——真"对应关系。

这五个时空形成对比的假定关系，不同的假定对应关系的同时存在，产生了新的审美组合。又如《卖猪》有四个角色，一买猪者、一卖猪者、一头拟人化的猪、一台拟人化的公平秤：

公平秤：我这叫公平秤，如果你做买卖怕个缺斤少两的请到我这儿来，保证让你买者不亏，卖者不赔，秤杆儿不撅，秤砣不低，绝对公平。说这话我自己都不好意思，真公平我吃谁去！我这个中间环节……

　　　　〔买猪者和卖猪者一前一后用扁担抬着猪上场，猪四脚朝天攀在扁担上，尖叫着。

买猪者：我买他猪，怕他分量不足。

卖猪者：我卖他猪，怕他少算斤数。

两　人：这才来找公平秤。

猪　　：（敞开前胸，标有二百五十斤）其实我心中有数。

　　　　〔买猪者、卖猪者二人放下猪，殷勤地上前和公平秤打招呼。

卖猪者：师傅，抽烟，大生产。

买猪者：抽我的，万宝路。

公平秤：（庄重地）别来这个，也不看看这是什么地方？都啥年月啦，还上烟呢！？

公平秤不公平，两边受贿，激起了猪的反击，最后在猪的指挥下，买猪者和卖猪者将公平秤捆绑起来，绳之以法，公平秤像猪一样发出尖叫声。单看台词，纯粹"真——真"假定性，但是连公平秤和猪都开口说话，四个角色产生夸张变形的矛盾冲突，这就是"假——假"的假定性，巧思奇想的假定形态运用令人叫绝。

（六）形态的假定性

创造一种非现实的整体呈现形态，既是一种形式表现，同时又是一种内容张显。如采用"进进出出"的形态，在《世纪末的回旋》中，三位演员扮演了众多的角色，其中有人物形象：黄帝、炎帝、蚩尤、燕太子丹、荆轲、秦王、刘邦、项羽、虞姬、旅行者、路人、炼丹方士、印刷操作工、华侨老人等；有非人物的形象：指南针、印刷机、雄狮、病狮、帝国主义列强等。和"一人多角"的假定性不同的是，演员在剧中的进出不是剧中某几个角色由同一位演员担当，而是所有的出演者在所有的角色中灵活自如地进进出出，类似曲艺叙述加表演的呈现方式，成为一种根本性的机制。如采用"虚虚实实"的形态，而《一个男人和一条棍子》则采用了"虚虚实实"的假定形态，演员的真实表演和屏幕后影子们的虚拟映象交流，融汇为一种别致的假定形态。

假定形态是游戏精神的具体存在方式。

戏剧小品是一个"点"的艺术，时空的轻盈灵巧决定了这种体裁比多幕剧和独幕剧更适宜进行多种"假定性"呈现，假定形态的对应关系，有助于"写实再现"和"写意表现"在充分舒展各自审美特征的同时，推进两者的功能互补，以拓展戏剧小品的题材选择视野和艺术表现力度。

思考题：

1. "写实再现"的戏剧小品有哪些审美特点？

2. "写意表现"的戏剧小品有哪些审美特征？

3. 戏剧小品的假定形态有哪些变化？

第九章　语境语言

这里所说的戏剧小品的语言有其特指的对象——戏剧小品中人物所说的语言——台词。

就写一个小品剧本而言，它的文字语言包括了三个方面的内容：

1. 人物的台词：对话——人物与人物之间的语言；独白——人物内心的自言自语；旁白——人物跳出规定情境、直接对观众说的话。

2. 画外音：不是由画面中的人或物体发出的声音。有很少一部分小品使用这种手法。

3. 舞台指示：对小品故事发生时间、地点的交代，对环境的渲染，对人物表情、行动和心理的描绘。

其中，人物的台词，亦即剧中人物与人物间的对话、人物的独白和旁白，尤其是人物的对话，是戏剧小品最为重要的表现形式和手段，也是语言章节的探讨对象。

能不能辨别戏剧小品语言和大型戏剧、独幕剧语言之间的差异？换言之，戏剧小品的语言有哪些不同于大型戏剧和独幕剧的特点？

先了解一下戏剧创作对语言的一般要求。

一、一般要求

戏剧的实践家和理论家们曾详尽地探讨过戏剧对语言的一般要求：

……那么怎样才可以写出好的对话来呢？

（一）须流利　这便是说，语气要自然。有许多剧本，我们看来是很通顺的，但一上口便觉得"佶屈聱牙"。中国的翻译剧本十有八九都有这个毛病。他们只以为是在译文章而不知道这是活人的说话。

（二）不可过长　剧中人在舞台上滔滔不绝地说话，这是对话的大病。对话不比音乐，听长了自然要生厌倦；常人对于太啰嗦的演说，尚且觉得干燥无味，何况是戏剧中的对话？创作剧本如田汉的《咖啡店之一夜》，白姑娘和林泽奇这两个角色，动不动就是两页以上的对话，所以无怪它在舞台上总是不容易成功的了。

（三）须经济　上面说的"不可太长"是指一个人的话在一段对话中不可说得过长，虽然那些话是应该说的。这里的所谓"经济"，是指不必要的对话而言。我们常在剧本里可以看见，作家因为要凑长篇幅，尽使剧中人在台上说些与剧本毫不相关的废话，这不但易使观众生厌，且常破坏了全剧的力量。

（四）须清晰　这一点是专指"说明过去"的。过去的事在剧中丝毫不紊，并且观众听了，并不觉得勉强。有许多剧本，因为要使观众知道过去的事，便硬使剧中人一件一件地指告出来，这种技术是最拙劣的。

（五）编剧者须处于客观地位　在对话中最容易犯的毛病便是将那

"编剧者的说白"混到"剧中人的说白"里去。日本的武者小路实笃剧本中类此的短处最多。这都是因为编剧者把戏剧认为宣传的东西，所以尽量地将自己的意见借剧中人的声音讲解给观众听，但结果剧中人所说的都不是各人自己的话。更不必说表现个性了。[1]

戏剧语言的第一个作用是叙述说明。一部戏里总有许多事实在戏开场前发生的，在幕与幕之间发生的，必须在戏里交代。这种叙述说明一般放在第一幕的开场里……有时叙述说明的语言分散在全剧各幕里……以上两种叙述说明的语言都必须和戏剧动作结合起来，不是为叙述说明而说这些话，而是戏在向前运动中自然而然地捎带出来的。叙述说明的语言不但不把戏剧进展停顿下来，并且还要能对剧情起推动作用，才是最好的叙述说明的语言。叙述说明的语言在一般剧本里占的比重比较大，用得好与不好会影响剧情进展的速度；用得不好，观众只觉得台上的人物老在说明情况，回忆往事，解释这，交代那，啰啰嗦嗦，喋喋不休，戏的进展非常缓慢，甚至于停滞不前，观众立刻会感到厌烦而失却兴趣。戏必须时时刻刻在进展中，有时快一些，有时慢一些，但必须不断地前进，不断地紧张，才能吸引住观众看下去。剧作者必须懂得如何把说明性的台词和危机结合起来，并把这些台词组织到戏剧的动作中去，这需要高度的熟练技巧和长期的锻炼，才能得心应手，把说明性的台词写成富于戏剧性的台词。

戏剧语言的第二个作用是过场连接。一出戏总是由许多戏剧情境组织而成的。这些戏剧性场面是各自独立的而又有密切联系的，但从一个场面转到另一场面必须用语言把它们连结起来，连接得好可以天衣无缝，

---

[1]　马彦祥：《戏剧概论》，大光书局1935年版，第120—122页。

自然地一场场发展下去，浑然整体；连接得不好就有断续折裂之痕，戏就断断续续，气势中阻，流水梗塞。大家知道过场戏最难写好，而过场戏一般都用语言来交代。中国戏曲里往往由戏中人到二道幕前来说明、交代一下，立即二道幕开，戏也就接到下一场去。这当然是最简单最朴素的方法，但往往因为缺乏戏剧性、紧张性，演员走出舞台画框来直接和观众说话，使戏中断下来，影响到戏的连贯性和紧张的持续性……

戏剧语言的第三个作用是推动剧情向前进展。有时在戏里无法用动作来推动剧情，而只能用语言来推动剧情向前进展，并且达到规定的效果。这种语言的动作性非常强，不但能推动当前的剧情向前进展，并且推动今后一系列的剧情进展，而为最后结果作好了充分准备。这种语言是真正戏剧性的语言……

戏剧语言的第四个重要作用是揭示人物性格，并在戏剧大小危机中展现出他们的思想和感情。这种语言总是在剧本的大小高潮（危机）中出现的，和大小高潮结合在一起的。一个人总是在最危急的时候，显露出他性格的本质，展示出他最深藏的思想和强烈的感情。这种语言在戏剧里是最富于戏剧性的语言，是戏剧语言的主要形式，是感动观众最深刻的语言。这种语言不仅说的内容重要，并且如何说法，用什么语调，都是非常重要的……

以上四种作用是戏剧语言必须要达到的目的，任何戏剧语言决不能成为情节结构和人物塑造的障碍，也不能作为装饰品或外衣而存在。戏剧语言是同主题思想、戏剧冲突、人物形象和情节结构有机地结合起来，成为有机的整体。每一句台词在剧本里必须有它存在的理由，起到叙述说明、过场连接、剧情推动、性格揭示和思想感情表达等作用。最好的剧本里找不到一句多余的台词或一段可有可无的对话。剧作者在写每一句台词的时候，必须心中有数，要它起什么样的作用，并且记住最好的台词总是同时能起好几个作用，一方面揭示性格，一方面推动剧情和表达思想和感情……①

关于戏剧语言的具体要求和达到这些要求的有效方法，一般有以下五个方面的要求，可作为我们写好戏剧语言的努力方向。它们是（一）贵真实；（二）宜浅显；（三）务含蓄；（四）重机趣；（五）易上口。②

文学的基本材料是语言。剧本，作为一种文学形式，它的语言又是被限定了范围的，它被限定在剧中人物的语言，即台词、人物间的对话上面。不但剧本中的故事无法由作者出面叙述，它也只能通过剧中人的台词来交代情况，通过人物间的对话来推进剧情的发展；而且人物的性格也无法用作者的话来介绍和描写，它也只能用剧中人物的台词、对话来表现。台词、对话是剧作者唯一的手段。大家常说，剧本是比较难掌握的一种文学形式，我想除了指结构上还必须受时间空间的限制外，主要恐怕就是指的这一点了。

我们应该把台词的这种性质视为创作剧本必须遵守的规律。即：台词推进事件发展；台词表现人物性格。③

前辈们对戏剧语言的论述，最值得小品创作重视的是：语言推动剧情；语言揭示性格。

① 顾仲彝：《编剧理论与技巧》，中国戏剧出版社 1981 年版，第 369—372 页。
② 同上，第 393 页。
③ 胡可：《习剧笔记》，解放军文艺社 1962 年版，第 37 页。

概括而言，对戏剧语言可有如下三个最为基本的要求：

（一）戏剧语言作为动作参与冲突

在戏剧中，人物的语言是一种动作，戏剧中人物的动作可分为三类：

1. 语言动作——人物以语言参与冲突，语言成为一种动作；

2. 行为动作——人物的作为，采取的行动。

3. 表情动作——表情是人物行为动作的一部分。

即使在生活中，语言的交际模式中也含有一个语言行为，被称为言语行为（Speechacts）、语言行为（Languageacts）或语言性的行为（Linguisticacts），戏剧语言的动作须激发戏剧语言的反动作，酿就矛盾和冲突，才能推动剧情进程。

（二）戏剧语言的造型取决于人物的个性或意志

戏剧语言具有人物性格或意志的特点。有的戏剧作品中的人物具有个性，有的不具有个性，是一种意志人物，人物个性和意志都作用于人物的行为，意志更多地决定人物做什么，个性更多地决定人物怎么做：

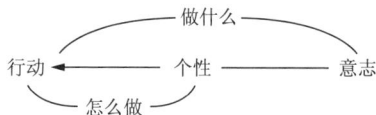

（三）戏剧语言用口语的方式表现

除了诗剧以外，戏剧语言用的是口语，口语，相对于书面语而言，指人们实际生活中运用的语言，其特点为：

1. 自然态——符合生活常态的用语，流利上口、直白简练、朴实通畅。

2. 生动性——经过提炼和修辞的口头语，准确、精炼、鲜明、形象，已不是自然形态的口头用语，而是经过选择提取、运用各种修辞方式（比喻、对偶、排比等）加以凸显的艺术用语。

3. 潜台词——语言深层的动作性和丰富性，话中有话，话外有话，包含有台词之外或未能由台词完全表达出来的言外之意、弦外之音，正话反说、明话暗说、实话虚说、反之亦然、耐人琢磨、意味深长。

对语言的一般性要求大体如此了。

那么，戏剧小品创作对语言有哪些特殊要求呢？

有没有戏剧小品的语言？

似乎很难区别什么是戏剧小品的语言，什么是独幕剧的语言，什么是大型戏剧的语言。

也许，可以从语境的角度去考察戏剧小品的语言。

二、小品语境

什么是语境？语境即是使用语言时所处的实际环境。从根本上说，是使用语言时的实际环境决定了语言的使用状态。

对常规的戏剧演出而言，至少存在着两种语境：

（一）剧作语境——第一语境

或称规定语境。戏剧中的人物身处剧中设置的具体情境，所谓情境即是由人物采取一种动作打破平衡、引发反动作与动作抗衡的冲突性环境，人物的语言（台词）作为人物动作与反动作的一种方式，它能开创情境，还能发展情境、改变情境、最终否定情境。语言动作与情境具有一致性，语言受情境的制约，在这一情境中，角色之间形成一定的语言关系——发话人和受话人的关系，剧中人物依照着规定的角色身份使用语言参与冲突——开创、发展、改变和否定情境，角色只能说符合剧作规定情境的语言，不符合规定情境的语言则无论如何都不应该说，不能说。

对戏剧小品来说，在一个单一的规定情境中，剧中人物的语言首要和最重要的任务是参与冲突，甚至是唯一的任务。尽量少说，最好不说那些纯属交代、介绍、铺垫性质的话，尽量减少形成过渡场面的可能，而要以语言动作和语言反动作的方式参与冲突，竭尽全力创造必须场面，以推动剧情进程。

这在有关章节说得已经很多了。角色的语言（台词）同时也是角色造型的重要手段。

小品语言特点之一：人物语言在第一语境中的首要任务是作为动作参与冲突，创造和改变规定情境。

（二）演出语境——第二语境

或称现场语境、观众语境。戏剧的语境不仅具有剧作情境的规定性，还须顾及观众的存在，戏剧演出面对现场观众，剧中人物的台词不仅是角色说给角色听的，同时也是说给观众听的，在演出现场的观众同样是"受话人"，剧中的角色是第一受话人，而现场观众是第二受话人：

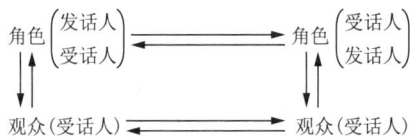

双极双向的刺激和反馈，鼓荡起演员和演员之间、演员和观众之间、观众与观众之间的演剧和观剧情绪，是戏剧演出最本体的特色。

剧作情境和演出情境重叠，戏剧语言具有剧作语境和演出语境的双重性。对大型戏剧和独幕剧，第一语境和第二语境高度统一，人物的语言，既是说给第一受话人——角色听的，同时也是说给第二受话人——观众听的，总的倾向是，第二语境受制于第一语境。

对戏剧小品，尤其是一部分比较纯粹的话剧小品和有着较为鲜明特征的教学小品，第一语境和第二语境同样高度统一。而有些小品的第一语境和第二语境则不完全一致，第二语境往往会突破第一语境的制约，也就是说，为活跃气氛，人物有时会脱离规定情境说一些在此情此景不该说或根本不可能说的话，这些话主要不是说给第一受话人——角色听的，而是直接说给第二受话人——现场观众听的了。《小九老乐》中的老乐被妻子赶出家门，他干脆跑到观众席，与看演出的观众闲聊起来；《主角与配角》中的两个角色都争取现场观众对他支持：

配　角：我演正面人物，怎么着？

主　角：（指观众）咱问问在座的朋友也通不过呀！

配　角：你问问！（拱手向观众请求支持）嘻嘻！

　　　　［观众起哄，支持配角。

主　角：哎哎！你别发动群众呀！

配　角：我怎么发动群众！群众的眼睛自然是雪亮的嘛？

主　角：行行！我今天看在大家的面子上，我让他过这么一回瘾。

　　　　［脱下身上的军服。

配　角：真换？真换？

主　　角：我主要是让你看看，我是怎么演配角的。

配　　角：啊，不不不，我今天让你看看我能不能演主角。

主　　角：（穿上配角递过来的中式上衣）你说像我这样的，穿上这样的衣服，也是个地下工作者呀！你们再瞧瞧这位（指着换穿了八路军服装之后的配角），他只像打入我军内部的一个特务。

至于开场与结尾时，演员与观众直接交流的台词就更多了。

小品语言特点之二：人物语言可突破第一语境对第二语境的制约，直接与观众沟通交流。

作为在电视屏幕播出的戏剧小品，还可有第三、第四、第五语境的存在：

（三）节目语境——第三语境

或称受众语境。电视节目中的小品是播出给电视机前的受众看的，于是产生了小品语言的第三种语境，受众是第三受话人：

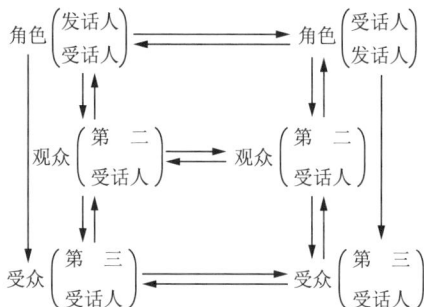

为了刺激电视机前的受众，增强收视效果，人物常常会说一些脱离

规定情境和人物性格的话，一般来说，这些话都非常出彩：

> 夫：咱们整不着护照，咱要有护照到外国生去！没准起个外国名字
> 　　才好呢！
>
> 妻：叫啥呀？
>
> 夫：叫"萨约那拉"！
>
> 妻：唉哟，你真没知识，还"萨约那拉"呢！"萨约那拉"是啥意
> 　　思？那是"再见"的意思，知道吧？你还跟我"萨约那拉"，
> 　　孩子让我一个人养活啊！（《超生游击队》）

按说，把"B超"理解为"屁超"的这对盲流夫妻，大致上也不会
懂什么"萨约那拉"，从他们的嘴里说出来多少有点生硬，但观众不会
追究，他们得到了某种满足。《难兄难弟》中孙满堂和满堂孙把包孩子
的包布翻过来，上面画着地图，两人研究计划生育形势：

> 满堂孙：哎呀，还带着地图呢，这上面咋尽是小红旗呢？
>
> 孙满堂：那是禁区，都是计划生育的模范地带。
>
> 满堂孙：他们越模范，咱不越麻烦吗？
>
> 孙满堂：过去我们经常在少数民族地区流动，现在我们只能在沿海
> 　　　　地带穿梭徘徊。
>
> 满堂孙：哎，这边没有红旗看着挺宽阔。
>
> 孙满堂：那是外国了。
>
> 满堂孙：那咱到外国去吧，到——日本。
>
> 孙满堂：不行，太远了。

满堂孙：不远，（指地图）这不才一巴掌远吗？

孙满堂：地图上看着一巴掌，走路要好几天哪，而且都是山。

　　这些台词真正是生动精彩，可设身处地细抠，作为常规戏剧语言，话都说得有些过分，言过其实，不自然，不符合规定情境，由于传送的方法不同，电视机前的受众接受小品演出是间接的，中间隔了一层，为刺激受众，第三语境的小品语言采取了类似相声语言直接作用于观众的表现方法，在相声的语言交流方式中，逗哏与捧哏间的语言关系是第二位的，最为重要的是演员与观众间的交流。在第三语境中，角色的语言和现场观众的反应都直接作用于电视受众。

　　小品语言特点之三：人物语言突破第一语境和第二语境的制约，直接煽动电视受众的情绪。

（四）时代语境——第四语境

　　我们处在一个大变革的时代，一个日新月异的时代，一个信息快捷、全面传递的时代，深刻地影响着我们的思维方式、生活方式和行为方式。作为平民艺术，戏剧小品是最为直接、敏感反映时代和社会变化的演艺样式，《昨天·今天·明天》中的老农夫妇一上场就念起了自己的顺口溜，从世界风云扯到国内形势，烙有鲜明的时代社会生活烙印，是小品语言一大特色：

　　1. 时代新名词的密集播发

　　新时代变化快，新生事物层出不穷，新名词也就挂在了小品人物的嘴上：改革、开放、脱贫、发家、致富、国企、资产重组、反腐、反贪、下海、承包、广告、公关、超市、下岗、上岗、跳槽、炒鱿鱼、伪劣产品、打假、离休、经理、老板、董事长、董事会、CEO、个体户、白领、民工、钟点工、模特、形象大使、老外、护照、签证、海归、炒股、股指、大户、散户、大款、大腕、大师、安定、团结、申奥、火炬手、申博、投资、装修、考研、博士、博士后、托福、WTO、MBA、迪斯科、摇滚、追星、偶像、上网、网恋、伊妹儿、网站、博客、零距离、彩票、密码、刷卡、数字化、取款机、自助餐、自驾游、驴友、蹦极、泡吧、休闲、时尚、健美、瘦身、减肥、美发、整容、美食、希望工程、志愿者、慈善、污染、环保、智商、情商、绿色食品、春晚、小品、主持人、名片、大哥大、BP机、手机、短消息、彩铃、世界杯、可乐、汉堡包、大片、立交、高速公路、KTV、CD、VCD、DVD、PK、海选、超女、超男、玉米、粉丝、宠物、作秀、真人秀、忽悠、盗版、知识产权、审美疲劳、心理治疗、金融海啸，等等，出现频率之高，居各艺术种类之首，成为戏剧小品的常规用语，更为重要的是，带入的不仅仅是一个新词汇，而且还有与之相关的题材——一个语言的展示系统。《密码》写的就是一大妈刷卡上取款机取钱忘了密码，和一老板间发生的误会。《红高粱模特队》更是以崭新的视点演绎了一个精彩的农民模特队的故事。

2. 社会流行语的市井定位

语言具有系统的归属性，每个系统都有自己的专门用语，有些语汇使用频率较高，为人们所关注、所使用，成为一种社会流行语，戏剧小品极其敏捷地吸收这些流行语，而且创造性地跨系统地使用这些流行语，如"下岗"原意是指原本有工作的人失去了工作，而在《昨天·今天·明天》中形容的是牙齿的掉落："两颗洁白的门牙也光荣下岗了。"又如"版权"，原意指的是著作权，在《鞋钉》中却把版权说成自己的脸相。

各种政治用语、政策用语、社会用语、广告用语、流行歌曲歌词等等的市井定位，成为小品语言的重要特色：

小　高：我的特点是三中全会型的……

李秘书：三中全会？

小　高：李秘书你可千万别误会，我说的是三盅全会呢，是一盅白酒、一盅啤酒、一盅果酒——三盅全会呀！（《招聘》）

大　妈：你一天到晚瞅都不瞅我一眼，天天搁电视跟前等着盼着见倪萍，我不说你，拉倒了吧！

大　叔：说了咋的，赵忠祥一出来，你眼不也直吗！

大　妈：赵忠祥怎么的，赵忠祥是我的心中偶像！

大　叔：那倪萍就是我梦中情人！（《昨天·今天·明天》）

这种定位往往是一种错位使用，从表象上看风马牛不相及，两下不符，毫不对头，却又似是而非，移花接木，改变了内容的原本解释，细细琢磨，却还真有点那么一回事。

小品语言特点之四：人物语言烙有时代社会新名词和流行语的市井烙印。

（五）地域语境——第五语境

一方水土养一方人，戏剧小品扎根民间，地方语言自然而然地介入小品语言，这种介入不仅仅是语音层面的，而且具有内涵和文化的意义。成为小品语言的一抹色彩。表现为三个层面：

1. 小品中的某个人物使用带有地域色彩的语言

小品语言的整体基调是普通话，因剧情需要，某个角色使用表明身份、带有地方口音的普通话，比如广东普通话、上海普通话，是小品中经常使用的语言，目的是为了突出人物的地域类型特征。《密码》中的东北大妈上取款机取钱，忘了刷卡的密码，一位热情的广东籍老板帮她回忆密码号码，由于地方语言的差异，闹出了不少笑话。

2. 小品中的人物语言整体性具有地方口音倾向

我国小品创作有几大重镇：北京、西安、东北、武汉……生于斯、长于斯的小品语言渗透了与生俱来的地方特色，演员们一口唐山普通话、一口关东普通话或一口陕西普通话已为全国人民所熟悉，中央电视台 1996 年春节晚会的三地小品《一个钱包》，由北京、上海和西安各表演一个以一个钱包失而复得为题材的小品，语言的地域色彩成为刻画不同地域人的风貌、气质和心理的重要因素和手段。

3. 小品中的人物语言完全地域化

彻头彻尾的地方性小品，如上海的独角戏、四川的谐剧、东北的二人转小品。

当然，还有的小品语言相当"纯正"，不带有任何地方色彩。

随着方言进入小品语言的不仅是语言，更是一方地域的风土人情神韵。

小品语言特点之五：人物语言带有不同程度的地域色彩。

大型戏剧和独幕剧的语言受制于第一和第二语境，戏剧小品的语言受制于第一、二、三、四、五语境，至少是前四个语境中的产物。语境的多重性和多重语境对第一语境的突破是戏剧小品语言运用的两大特征。

三、小品语言

理想状态的小品语言应是一种精炼、精悍、精湛、精彩的语言系统。

精炼，不仅在遣字造句的准确，更在语言句子的内在动势；

精悍，不仅在言语动作的强化，更在语言段落的层次转折；

精湛，不仅在感性生动的表述，更在语言意涵的传神感染；

精彩，不仅在常规修辞的润色，更在语言形象的极致装饰。

真正做到很难，但心向往之，力追求之，不仅应该，而且可以。作如下四个方面的张力考虑是必须的。

（一）语言句子的内在动势

语句是语言运用的基本单位，仅仅明白无误地传递发话人想说的内容，对戏剧小品来说是不够的，一句话要说得引人入胜，表述的方式必须具有内在张力，这种张力来自语句的"正——反"否定结构。《狗的问题》中的王乡长召集会议：

王乡长：同志们！今天，把你各位村长请来，是打算开一个狗的会议……呵，没对哈，没对。是开一个关于狗的问题的会议……我们全乡有一半以上的人家养得有狗……也就是说在我们十个人中间就有一条狗！噢，没对头，没对头哈，这个，就是说在十个人当中就养得有一条狗……

"开一个狗的会议"和"开一个关于狗的问题的会议","十个人中间就有一条狗"和"在十个人当中就养得有一条狗",两者一正一反,形成否定张力,语句的生动性不言而喻。这种手法在小品创作中屡见不鲜,如《昨天·今天·明天》中的老夫妇俩夸奖主持人:

大　妈：都夸你,说你那节目主持可好了。

主持人：怎么说的?

大　妈：就是人长得可磕碜。

大　叔：(责怪)你咋那样!

大　妈：说实话么!

大　叔：瞎说啥实话。对不起,她不是那意思,我老伴说那意思是都喜欢你主持的那节目,全村最爱看哪,那家伙,说你主持有特点,说你一笑哭似地。

演出时,观众对这段戏的反应异常热烈,作个假设,只表现"正"的内容,或只表现"反"的内容,单一表述的语言效果是可以预想的,其原因不言自明。

(二)语言段落的层次转折

小品的语言段落表现为人物的一组连续对话,你有来言,我有去语,唇枪舌剑,对话具有冲突性,但还须有变化,一个语言段落要演示得有声有色,对话的冲突进程须有转折的层次递进,《手拉手》中的女青年一手拿着掉了跟的鞋,一手拽着男青年的脖领子上场,两人的对话组合有三个层次的否定变化:

女青年：走！

男青年：有话说话，你别拽哇！

女青年：我问你，这双鞋你给不给退？

男青年：你退给我，我退给谁去？再者说，好容易折腾出去一双，你一退我不白折腾了。[第一层否定]

女青年：我找你们领导去。

男青年：我爸不在家！（第二层否定）

女青年：我找领导跟你爸有什么关系？

男青年：我爸就是我们领导，我们领导就是我爸。我们公司就爷俩。

女青年：你爸干啥去了？

男青年：上货去了。这鞋比较畅销。

女青年：还畅销，这什么产品质量？我走出没有一百米跟儿就掉了。

男青年：多少米？

女青年：一百米！

男青年：不可能，根据我们质量跟踪证明掉跟基本都在一百一十米左右。（第三层否定）

"我爸不在家"是对"我找你们领导去"的否定，这一否定给人突兀的感觉，冲突进程具有情节的转折意义，如果回答说："我们领导不在家"，语言虽具动作性，冲突都是直线的，情节仍在原地踏步。同理，"不可能"是对"走出没有一百米跟儿就掉的"的否定，观众还以为他会闭着眼睛说瞎话地为鞋的质量辩解，谁知道他说的竟然是"掉跟基本都在一百一十米左右",实在是出乎人们的意料,用否定的方式肯定对方,感觉上又给人一惊一乍的起落,这种语言交锋的层次转折丰富了语段的曲线进程。

对于一些表述情节的语言段落,不妨借用类似相声制造包袱的手段,把语段分成一个或几个"大——小"否定结构,结构的"大构成"在前,"小构成"在后,以"小构成"否定"大构成"。

> 大　妈：我年轻的时候那绝对不是吹的,柳叶弯眉樱桃口,谁见了
> 　　　　我都乐一口,俺们隔壁那吴老二,瞅我一眼就浑身发抖。
> 　　　　（大结构）
> 大　叔：拉倒吧,吴老二脑血栓,看谁都哆嗦。（小结构）

"大构成"包容着较多的句子,或是较长的一句句子,摆开架势作铺垫,甚至洋洋洒洒,形成一定规模;"小构成"一般都只一句话,一句简单明了却完全出人意料的话,仿佛不经意间轻轻一拂,却釜底抽薪,顷刻之间将"大构成"辛辛苦苦营垒而成的规模击个粉碎,《打扑克》中采购员打牌出了张名片,光头衔就一溜,"神州公关协会名誉会长、华夏广告中心名誉指导、国际美食协会名誉顾问、环球开发公司名誉董事",究竟是哪个单位的?电话号码露了馅,"6754833,请街道刘大妈叫一声",原来是公用电话!将语段的"大——小"否定结构建筑在一个不堪一击的基础之上,"大构成"越像模像样、越煞有其事、越铁证如山,"小构成"越轻描淡写、越漫不经心、越浮光掠影,两者间的差距便拉得越大,张力随之成正比,效果越出奇制胜,这是身处第四语境中的小品,为刺激沟通受众经常采用的一种语言技法。

（三）语言意涵的传神感染

把语言所蕴涵的内容和意义用一种极其形象生动的形态予以表现，如妙语、笑语、俗语、韵语、谐语、隽语等。

1. 妙语

一句精妙、美妙、奇妙、巧妙、神妙的语言，把一种意思表示得别出心裁、情趣无比。《红高粱模特队》请来一位专业模特教练，兼裁缝的领队和模特教练之间在认知上的差异闪烁着妙语的光芒：

教　练：在训练之前，我想看看大家的基功。

队　长：技工？带来了吗？

教　练：基功不是带的，基功就是基本功，从仿生学这个角度讲就是猫步。

队　长：家猫？

教　练：猫步。

队　长：猫，在散步？

教　练：不是猫在散步，是猫在走直线。

队　长：猫走直线？

教　练：对。

队　长：范师傅，我觉得猫走不走直线，完全取决于耗子，你看耗子如果拐弯了，猫还是走直线，你说是不是瞎猫走直线。

用猫抓耗子走直线偷换模特走猫步的概念，改变了话语原意，将对方引入谬误，这种巧妙的表述极富感染力，又如《鞋钉》中的修鞋老人硬不卖钉子给青年：

> 青　年：（讽刺地）……你也就是个修理破鞋的。
>
> 老　人：你别抬举我，我是修鞋的，不是修理破鞋的，扫黄不归我管。
>
> 青　年：（威胁地）我告诉您，我可是驴脾气，惹急了我把摊儿给您踢了！
>
> 老　人：你敢！再大的驴脾气我都见过，修鞋之前，我给驴钉过掌！

"修理破鞋"和"扫黄"、"驴脾气"和"给驴打过掌"，把旧逻辑引入新逻辑轨道，造成奇特的认知机制，真是妙趣横生，令人大饱耳福。

2. 笑语

一段能引人发笑的语言段子，小品演出，时不时会蹦出一个笑话来，不是一般的说笑，而是有"绝招"能出彩的笑话。小品中的笑话有三种形式：

a. 成为情节展示的一部分。《钟点工》中的老父亲给上门陪说话的女钟点工讲笑话：老虎追一条蛇，蛇钻进水里，爬出只王八，老虎踩着王八说："小样，你穿着马夹我就不认识你了？"这话得罪了钟点工，她穿着件红马夹。老父亲忙赔不是，重讲笑话：是一只王八钻进水里，出来一条蛇，老虎说："你把马夹脱了，我照样认识你！"偏偏这时钟点工脱了马夹，又大大得罪了她。这段因笑话衍生的情节成为剧情最重要的组成部分。

b. 成为情节讲述的一部分。《打扑克》中记者出牌"两个医生"，采购员"管上，一个兽医"，引出一段兽比人金贵的笑话：邻居家的小狗腰上系了红布条，说今年是它本命年，做了个"CT"花好几千，写他老丈人的名给报销了，在狗的后边添了个"皮癣"，说他老丈人得了狗皮癣。"狗皮癣"这一招令人叫绝，自然天成，这个笑话全部是说出来的，是剧情内容的延伸。

c. 成为讲述内容的一部分。有的小品讲的笑话与剧情无关或关系不大，《找焦点》写农民夫妇扛着摄像机上天安门广场"找焦点"，丈夫读了一段小报内容："遗传基因又有新发现，一对爱偷东西的夫妇生下一个婴儿，婴儿手中握着一个金戒指，夫妇二人惊奇万分，不料婴儿开口说话：妈妈，为了给你带个见面礼，我顺手把接生护士手上的戒指撸了下来。"内容虽跑题，却也能逗得观众一笑。

3. 俗语

小品中常采用流行于民间的通俗用语，包括谚语、俚语、惯用语和口头常用的成语等，字面多粗俗，地方色彩较浓厚，如"吹牛皮"、"侃大山"、"撒鸭子"、"毛毛雨"、"捣浆糊"、"傻冒"、"露馅"、"帅呆了"、"酷毙了"、"花花肠子"等等，再如一些小品中的用语：

"说你三拳打不出个闷屁，还鬼精着呢。"

"尽跟城里人学的小气性，犁上一句耙上一句，让人断肠子。"

"你就癞狗乍得一身毛，瞧不起人家!"

"鲜花插在牛粪上!"

"吐痰就罚五角钱，这一泡尿还不滋出一张大团结去。"

"你借给我个胆儿吧。"

"你撅撅尾巴我就能看出你想朝哪儿飞。"

244

"这心越变越黑，亲爹亲妈也照宰不误。"

"谁攥着钱谁就是爷爷，老娘我今天非得过把爷爷瘾了。"

"检查团的小车一进村，就鸡飞狗跳的像日本鬼子扫荡一样。"

"拉屎扑蚂蚱还带着扒地瓜，一举三得三全其美。"

"擀面杖吹火——一窍不通。"

等等，等等，俯拾皆是，生动形象的比喻和延伸已乳水交融般渗入小品的常规语言之中，成为普遍现象，成为一般要求。那么，比喻和延伸的特殊状态又该是什么样的呢？小品中俗语的使用有无特殊要求呢？

有。俗语在更高层面的运用已不是直接意义上的比喻和延伸，而是各种别出心裁的借用、巧用、误用、反用，形形色色、千姿百态、逗噱解颐：

丈　夫：我罚得起就罚，罚不起就跑。我的原则是他进我退，他退
　　　　我追，他住我扰，他疲我生！我不信，按这原则我生不出
　　　　个儿子？

妻　子：照你这样，成天的打一枪换一个地方，你弹棉花我掌鞋，
　　　　咱们成了二万五千里长征！

《超生游击队》中的丈夫套用经典的打游击战争十六字方针和手法指导超生，强烈的不和谐，产生类似妙语的艺术效应；又如《昨天·今天·明天》中大妈说老伴来到她房前认错：

大　妈：……啊，白云，黑土向你道歉，来到你门前，请你睁开

眼，看我多可怜，今天的你我怎样重复昨天的故事，我这张旧船票，还能否登上你的破船。

主持人：大叔啊，后来怎么样？

大　叔：涛声依旧咪！

借用流行歌曲的歌词诉说心情，似乎牛头不对马嘴，却也准确到位，妙不可言。

4. 韵语

诗词歌赋讲究押韵，小品中的人物讲的是散文化的日常用语，有时，为某种需要，如突出内容、强调意义或营造气氛，运用句子最后一个字押韵的语言形式，说起来顺口，听起来顺耳，能起到特殊效果，常常安排在人物的上场和剧终时刻，如《相亲》中的老蔫出场：

老　蔫：就是这儿。你说我儿子净想隔路事儿，让我这当爹的替他相媳妇儿，你说现在都啥年代了，我这当老人的还跟着往里掺和啥劲儿。我说不来吧，他就跟我来气儿。俺那孩子哪点都好就是有点驴脾气儿。这也不怪他，我也这味儿。等一会儿姑娘来了，我把信一交就算完事儿。

这段话的内容纯属交代性质，如果按照常规的方式说出，恐怕不会给听者留下什么印象，现在作"儿化"处理，语言形象便具有一定的特征，强化了听者的印象效果。有时，适度到位的韵脚安置，不仅能使单调的话语关系变得生动，还能提示人物的某种心情，《钟点工》中女钟点工因老人的笑话伤了自尊欲离去，收工钱时找不出十元零钱，不得不

246

再陪老人捞十元钱的"嗑":

老　人：抽烟么？

钟点工：不会。

老　人：喝水呢？

钟点工：自备。

老　人：吃水果？

钟点工：反胃。

老　人：干啥呢？

钟点工：干啥你说呗。

老　人：唠吧。

钟点工：唠吧，反正十块钱都是你消费。

一个热情招待，小心赔罪；一个爱理不理，冷淡应对。"微"韵韵脚的一再重复，律动了对话过程，又分明了两人对立的心态。

5. 谐语

即谐音，指字或词的音相同或相近的语言。音同字不同，音近意不近，小品中因谐音而发生联系的两个词汇或两个句子，它们之间的不协调总能产生不错的戏剧效果，如"我是研究'锁'（研究所）的"、"装假（甲）兵"，将"粤语"误解为"越南语"，将"朱家角"误听为"芝加哥"、把两家人家争夺遗产称为"两遗"（两伊）战争，都会因表述的独特而吸引听者的注意力。但这只是谐语谐音的一般存在，谐语谐音的最佳运用状态是对原有词汇或语句的谬解性误导和颠覆性篡改。

a. 谬解性误导——有意无意地错误理解词汇或语句原有的含义，穿凿附会或想当然地、甚至荒诞荒唐地作出令人匪夷所思却又并非没有丝毫逻辑联想的理解：

丈　夫：我听说现在医院里有什么超，丫头、小子一超就准。

妻　子：屁超。

丈　夫：对，屁超。（《超生游击队》）

主持人：当时大叔是怎么追着你？

大　妈：他主动和我接近，没事和我捞嗑，不是给我割草就是给我朗诵诗歌，还总找机会给我暗送"秋波"。

大　叔：别瞎说，我记得我给你送过笔送过猪，还给你家送过一只大黑锅，我啥时给你送"秋波"啊？"秋波"是啥玩意儿？

主持人：秋波是青年男女……

大　妈："秋波"是啥玩意儿都不懂，咋这么没文化呢，"秋波"就是秋天的菠菜。（《昨天·今天·明天》）

把心理治疗的"话聊"当作"化疗"，把医院做检查的"B超"称作"屁超"，还有说"盲流""离流氓不远了"，"就光许你那里'3，3，3'，就不许我换我的米吗？"这种超凡的联想令人拍案叫绝，具有"妙语"的性质。

b. 颠覆性篡改——完全否定词汇或语句原有的含义，彻底倒了个个：

丈　夫：……等到二〇〇〇年就能达到吃小康的水平了。

妻　子：照你这么生，你糠都吃不上。

妻　子：时代不同了，男女都一样。

丈　夫：你听错了，人家是说实在不行了，男女才一样，都是指那些做绝育的说的。(《超生游击队》)

　　把姓查的总经理"查总"戏称为"杂种"，把姓刘的总经理"刘总"谑称为"肿瘤"，一样或相近的读音，只改一字或几个字的读法，意思全然针锋相对，只变换一个角度，竟点化出一种全新的认知，其新鲜感和冲击力难以形容。

　　6. 隽语

　　意味深长的话，包括哲语、智语、箴言，小品通俗、大众，表现的是普通人的生活，但就这些平凡的人，有时也会脱口而出一两句非常聪颖机敏的话，闪烁着智慧的火花，包含着对人生的思考，隽永深邃：

　　"该干吗干吗去吧。"

　　"民以食为天，吃饭是大事情。"

　　"小小一把牌，社会大舞台"，"生旦净末丑，是谁谁明白。"

　　"找准自己的位置，从零做起。"

　　"劳动者是最美的人，没有普天下劳动者的劳动，吃啥？没有劳动者的劳动，穿啥？吃穿都没了，你还臭美啥？"

　　"我总算明白了，老年人到老了，得自找快乐，得出去！"

　　"不是说我爱骗，是一部分人在接受你的骗，愿意让你骗。"

"车站是个奇妙的地方，它既是一切的终点，又是一切的起点。"

"我骗人人，人人骗我。"

"有时，人给人骗一下，倒也不都是件坏事。"

"实行舆论监督，这是人民赋予的权利。"

"三百六十行，行行有行行的道。"

"该挣钱的时候咱玩命挣钱。该回家的时候立马回家，这才是好
日子。"

"这日子怎么能倒着过呢？老规矩早该改了！"

"这人世间要是人人都多一份欢乐，少一份苦恼，那该多好。"

"浪子回头金不换"，"一走正道从里到外变形了。"

"钱能买来吃，买来穿，可买不来旁人对我的尊敬。"

"人活着不就是要在这个世界上留下点什么吗？"

"认识自己，别把自己丢掉了！"

"生活没有答案。"

……

有的是点题的主题词，有的则未必。点点滴滴，发表着人物对人生
的感悟，对人生的见解，对人生的破译，平凡的真理，实在又超脱，耐
人寻味，给人以启迪。

（四）语言形象的极致装饰

语言的精彩程度取决于语言形象的造型能力，要使语言表达得准
确、鲜明、生动，离不开修辞手段，如夸张、比喻、对偶、排比等，需
要指出的是，小品语言的修辞不仅需要常规意义的修辞，更推崇语言装

饰的极致修辞和转折修辞。

1. 极致修辞

无"辞"不"修"至其极，比如夸张，不是一般的夸大其词，言过其实，而是将事实夸张到极度、极端、极致，《鞋钉》中的修鞋老人信守"修鞋的缝帮钉掌，卖的是手艺，不卖钉子"的道，遭到前来买钉子的青年讥嘲：现在是什么挣钱就干什么，马路对面的修脚铺都改成了美容店。

老　人：对，还是那把刀，不挖鸡眼了，改拉双眼皮啦。

青　年：挖一个鸡眼五块，拉一个双眼皮五百块，从下面挪到上面，不就涨价了吗？

老　人：你是涨了，那眼睛没法看啦，拉出的双眼皮，个顶个的像鸡眼。

没有超乎常规的极端想象，难以创造这种夸张的形式，而这正是小品所需要的语言效果。

比如比喻，不是一般地用此物来比拟彼物，而是把事物比喻到极度、极端、极致，《婚礼》写在洪灾中相识的新郎新娘穿着全国人民从四面八方支援的救灾服装鞋帽：

新　郎：……这可不是一般的结婚礼服，都是全国名牌。

新　娘：俺这围脖是包头的。

新　郎：俺这帽子是保定的。（一摘帽子露出里边的新疆帽）里边还有个新疆的。

新　娘：俺这大棉袄是北京的，小棉袄是天津的，坎肩是上海的，套在一起是直辖市。

新　郎：俺大袄是福州的，二棉袄是杭州的，三棉袄是广州的，再往里边就是特区了。

新　娘：俺这裙子是长沙的。（拎起大长裙）

新　郎：俺这裤子是合肥的。（一拽裤子现出宽宽的裤腿）

新　娘：俺这鞋垫是台湾的，这袜子是香港的。

新　郎：俺这鞋垫是温州的，棉鞋是武汉的。

新　娘：俺这手套是解放军的。

新　郎：俺这手套是内蒙古的，而且不是一副——左手是巴林左旗，右手是巴林右旗。

新　娘：俺这鞋也不是一双，高跟的是西藏高原的，矮跟是四川盆地的……

新　郎：头顶保定府，手撑内蒙古。

新　娘：身穿直辖市，脚跨云贵川。

新　郎：总的说来，她穿的大部分是长江以南的，俺穿的大部分是长江以北的。

新　娘：俺俩往一块一站，就是个全国地图。

五光十色的服饰展示了匪夷所思的奇观，火爆、张扬，这正是小品所需要的比喻。

2. 转折修辞

无"辞"不"修"至其反。比如对偶，不必文雅精致，尽可通俗粗放，绝不讲究格律、平仄，只需大致对称、押韵，《昨天·今天·明天》

中老夫妇俩作自我介绍：

大　妈：我叫白云，

大　叔：我叫黑土；

大　妈：我七十一，

大　叔：我七十五；

大　妈：我属鸡，

大　叔：我属虎；

大　妈：（指大叔）这是我老公，

大　叔：（指大妈）这是我老母。

对偶虽直白通俗了些，却也对称整齐，唯独最后用"老母"对"老公"，字面上绝对中规中矩，意思却全岔了反了，修辞的最后一笔要将事物引向反面，否定全盘。

比如排比，仅仅用一连串内容相关、结构类似的句子成分或句子来强调和一层层地深入，还是常规的修辞，小品语言的排比要有变化，如《鞋钉》中修鞋老人说："……现在满街的发廊，我愣找不着正经剃头的；满街的桑拿，我愣找不着正经洗澡的；满街的婚纱摄影，我愣找不着正经照相的。"若仅仅到此，还属一般修辞，接着还有一段："好不容易照张相吧，还不给底版，说版权归他所有。我老头活了六十多岁，版权归了他了，我妈知道了，不气死！"这段话的重要性不仅在内容的深入，更在对内容的否定，于是修辞便有了修饰的张力。

在现在的小品创作中，能运用一般修辞的，大有人在；能善用极端修辞的，也不乏其人；能妙用转折修辞的，寥寥可数。除了功力不逮，最主要的是意识不到位。

思考题：

1. 戏剧小品的语言运用有哪些特点？

2. 如何构成戏剧小品语言的内在动势？

3. 简述戏剧小品语言修辞特点。

第十章　样式类别

样式，指的是戏剧小品不同的形式种类；

类别，指的是戏剧小品不同的类型种类。

一、样式种类

对戏剧小品的样式存在着多种理解：

1. 作为最小型的话剧样式理解，一种演员以对话的方式当众表演故事情节的最短篇的话剧作品；

2. 作为最小型的戏剧样式理解，按照英国戏剧家彼德·布鲁克的说法，一个人在众目睽睽之下走过舞台，这已足以构成一出戏剧了。在舞台上以非对话形式当众表演故事情节的短小作品，也能被视作戏剧小品。

3. 作电视节目理解，戏剧小品是电视节目中的一种实体节目和二种表现形式，即使最正规最纯粹的话剧小品也能被电视直播或录播。

如果我们能容纳这数种理解，戏剧小品至少有如下一些样式：

（一）话剧小品

最正规最纯粹意义上的舞台演出，演员以对话形式当众表演故事，讲究规定情境的严谨、人物性格的鲜明、戏剧结构的完整和演出的尽善尽美，第一语境和第二语境高度统一，全面继承了话剧艺术的传统和精髓，《执法如山》中规中矩地塑造了一个临时交通安全检查员小环子的形象，幕启时他正打电话跟领导发牢骚，抱怨他们把自己"优化组合"到大马路上戳着，明儿说什么也不来了；他逮着一个翻跨隔离栅栏的中年知识分子，让人学交通规则学龄前儿童读物；又拦下一个乱停红旗轿车"横"得不行的司机，把人训得孙子似地，但是，就这位"执法如山"近似恶作剧捉弄人的人，最后让司机把知识分子送往火车站接人，塑造了一个既疾恶如仇又挺有人情味、既"油嘴滑舌"又一身正气的丰满鲜明的人物形象，临了还不忘打完那个没挂的电话："我说刘头，明儿我再在这儿呆一天得了！"首尾呼应，结构完整精致。这类小品主要在剧场演出，观赏对象主要为现场观众。

（二）晚会小品

电视节目中的戏剧小品，主要是指在各种节庆综艺晚会演出的戏剧小品，如中央电视台春节晚会演出的小品，和话剧小品一样，也以艺术审美为最高追求，常在电视台的演播厅演出。虽说演出场所和话剧小品的演出大同小异，甚至可以一模一样，但观赏对象除了现场观众，还有数以百万计、千万计面对电视屏幕的受众，换言之，电视机前的受众是这类小品最为重要的收视群体，为刺激他们的感觉，以取得较好的收视效果，这类小品无论是剧情还是语言，都较为火爆、张扬，风风火火，突破第一和第二境的制约，直接与场外受众交流沟通，小品具有多重的语境构造和由此而形成的诸多特点。

（三）专题小品

也是电视节目中的戏剧小品，主要是指在各种专题晚会演出的小品，虽说形式和节庆综艺晚会小品没太大区别，但表现内容有着极大差异——具有主题和题材的相应规定：必须表现某一类特定的生活，必须体现某一种规范的理念，比如，宣传计划生育、尊老爱幼、交通安全、环境保护、禁烟禁毒、预防艾滋病、维护消费者权益……宣传某一种法规条例、某一种理念思想……题材和主题的功利性超越艺术的审美是自然而然的事，主题先行，思想大于形象，艺术感染力有着不同程度的削弱。应该说，这类小品的存在有着自身的合理性和功能价值，不能一味苛求。但突破功利性审美，追求更高层次的艺术性审美，却是应该，而且是可行的，同时也是在更高的层面上实现了规定题材的功利追求。

（四）栏目小品

各种电视栏目节目中的小品——综艺节目、游戏节目、竞技节目、社教节目、服务节目、对象节目、法制节目、经济节目、交通节目、健康节目等等中的小品，这类小品与前面几类小品不同，自身大都不能独立存在，只是作为每一期节目内容的一部分融汇在节目整体之中，小品内涵受节目形态和每期具体题材限定，根据题目需要演示一段故事情节，以应证一个观点或一个个案，不要求结构完整统一，一个故事头、身、尾中的任何一个部分都可单独敷衍成篇，场面可多可少，最少一至两个场面亦可，更具断片性质。

（五）曲艺小品

一些具有鲜明曲艺表现特点的戏剧小品，尤其是相声小品，二人转小品等，曲艺和戏剧小品有着千丝万缕的联系，是形成戏剧小品的历史源流之一，曲艺和戏剧小品的区别在于，曲艺是叙述体，由演员讲故事或由演员本色代演故事中的某个场面；戏剧小品是再现体，由演员扮演角色表演故事。一旦某些曲艺形式，如相声和二人转的内容表现突破叙述形式，演员表演以进入扮演角色的状态为主，虽然还具有相声某些说的特点和二人转某些唱和跳的特点，那就是曲艺小品——相声小品和二人转小品了。

（六）歌舞小品

包括歌剧小品和舞剧小品，但更具代表性的是小品以歌唱和舞蹈作为载体，歌唱可有歌剧、歌曲、杂唱的形式；舞蹈可有民族舞、现代舞、芭蕾舞的形式，常见的是载歌载舞的综合形式，剧中的语言成分仍具小品的常规特色，如中央电视台春节晚会的《过河》，姑娘撑船过河迎接下乡支农的科技人员高峰，见他个头矮，其貌不扬，误以为是个冒牌的，不让上船过河，有说有唱，舞队伴以各种造型的舞蹈，形式活泼，格调清新，颇受观众喜爱。

（七）音乐小品

这类小品不仅融入了音乐的成分，而且以音乐为主要表现手段，甚至以音乐为主要冲突手段。《争鸣》由两相声演员各请出一支乐队，一支民族乐队，一支西洋乐队，两队用音乐展开比赛冲突。当然，所演奏的乐曲绝对不能过于"中规中矩"，要有一定的游戏玩耍色彩。

（八）戏曲小品

我国有三百多种地方戏曲，各种戏曲都可以有自己的小品样式，昆曲小品、京剧小品、越剧小品、黄梅戏小品……可是每一剧种的小品数量太少，不成气候。有时一个小品运用多种戏曲唱腔，如甲唱京剧，乙唱越剧，丙唱黄梅戏，南腔北调，倒更具戏剧小品品相。

（九）哑剧小品

也称无言小品。哑剧是一种不用语言，完全以肢体动作和表情表现内容的演剧形式，如中央电视台春节晚会的独角哑剧小品《吃鸡》，演员龇牙裂嘴、暴筋露骨、津津有味地啃着一只看不见的鸡。在欧美，哑剧有着悠久的历史和传统，对形体、对创作理念都有着特殊的要求。我们现在所见的哑剧小品可分为三类，一是对一种现象的摹拟；二是相对有较多情节的无言小品，这类作品较多；三是内容很精湛很哲理的哑剧小品，这类作品的数量较少。

（十）游戏小品

有一定的故事情节、有一定的语言对话和戏剧冲突，融入了魔术、杂技、口技、体操、武术、特技、时装表演等的技能和形式，是戏剧小品和亚艺术的结合，成为一种新型的小品样式：魔术小品、杂技小品、口技小品、体操小品、武术小品、特技小品等。有一个写关心下岗工人题材的魔术小品，一工人下岗待业，起床后打一盆水洗脸，洗完脸将水泼下观众席，观众一惊，可是一滴水都没湿着，脸盆里没水；再就业办公室来人看望他，空着双手，变出了一份又一份慰问品，魔术技巧的运用，时不时地给观众带来一份常规小品所不具有的意外惊喜，具有极强的娱乐性。小品能与各种亚艺术和非艺术品种融合，产生新的小品样式。

（十一）教学小品

艺术院校表导演课训练学生的课程内容和手段，戏剧小品生成的源流之一。内容有无实物小品：训练学生放松肌肉、集中注意力、发挥想象力和理顺逻辑性。物件小品：训练学生用物体组织矛盾冲突，推进戏剧情节，纠葛人物关系，揭示人物个性。音乐小品和音响小品：运用音乐或音响引发、激化、解决矛盾冲突，改变人物关系，推进剧情转化。画面小品——利用具有冲突性因素的绘画作品，组织人物关系，展示矛盾冲突。形式包括单人小品：训练人物进行具有简单行动目的的练习和具有较复杂行动目的的练习。双人小品：训练两人之间利用肢体语汇进行无语言简单或复杂的交流；训练两人之间利用语言和肢体语汇进行简单或复杂的交流。等等。种种训练具有单项、局部的功能，若训练内容获得完整的独立性，具有审美的价值，教学小品亦能独立存在。

（十二）排练小品

演出团体和艺术院校排演剧目时，为帮助演员理解剧情、进入角色而排练的小品，与剧情有关，但往往又不在正式演出时搬上舞台。某剧院排演《雷雨》时曾作一小品练习，客厅里挂着或摆着各式钟，走时各异，周朴园强令将时针分针拨归同一时刻，显示了人物强横的家长制性格。亦有排戏时没有剧本，只有理念和若干设想，然后通过排练小品，逐渐理顺情节，最后定型，上台演出。训练小品也是戏剧小品生成的源流之一。

二、类别种类

戏剧，包括电影和电视剧，就作品所属的类别（类型或体裁）有一个大致明确的区分，类别（类型或体裁）之分是为了探寻各类别作品的共同特征和结构模式，以求得创造的主动性和更高层次的发展。

（一）戏剧的类别

按照传统的类别划分，戏剧有三大主要类别：悲剧、喜剧和正剧。

什么是悲剧？什么是喜剧？什么是正剧？简单介绍几种我国最具权威和最有社会影响的观点：

［悲剧］戏剧的主要类别之一，以表现主人公与现实之间不可调和的冲突及其悲惨结局为基本特点。(《现代汉语词典》) [1]

［悲剧］戏剧的一种类型。在西方戏剧史上，一般认为悲剧主要表现主人公所从事的事业由于恶势力的迫害及本身的过错而致失败。(《辞海》) [2]

［悲剧］戏剧主要体裁之一。……在悲剧中，主人公不可避免地遭受挫折，受尽磨难，甚至失败丧命，但其合理的意愿、动机、理想、激情预示着胜利、成功的到来。悲剧撼人心魄的力量来自悲剧主人公人格

---

[1] 《现代汉语词典》，商务印书馆1998年版，第50页。
[2] 《辞海·艺术分册》，上海辞书出版社1980年版，第76页。

的深化。(《中国大百科全书·戏剧》)①

〔喜剧〕戏剧的主要类别之一,用夸张手法讽刺和嘲笑丑恶、落后的现象,突出这种现象本身的矛盾和它与健康事物的冲突,往往引人发笑,结局大都是圆满的。(《现代汉语词典》)②

〔喜剧〕戏剧的一种类型。一般以讽刺或嘲笑丑恶落后现象,从而肯定美好、进步的现实或理想为其主要内容。(《辞海》)③

〔喜剧〕戏剧主要体裁之一。指以可笑性为外在表现特征的一类戏剧。与悲剧、正剧相区别。(《中国大百科全书·戏剧》)④

〔正剧〕戏剧主要类别之一,兼有悲剧与喜剧的因素。以表现严肃的冲突为内容,剧中矛盾复杂,便于多方面反映社会生活。(《现代汉语词典》)⑤

〔正剧〕戏剧的一种类型……兼有悲喜剧因素。(《辞海》)⑥

〔正剧〕戏剧主要体裁之一。又称悲喜剧,是在悲剧与喜剧之后形成的第三种戏剧体裁。(《中国大百科全书·戏剧》)⑦

在上述条目的释文中,有的还有更为详尽的特征介绍。需要指出的是,悲剧、喜剧和正剧不仅是一种类别(类型或体裁),同时也是一种审美范畴,在这个领域里,什么是悲剧的本质?什么是喜剧的本质?什么是正剧的本质?理论研究者们、创作实践者们的理解和诠解不尽相

① 《中国大百科全书·戏剧》,中国大百科全书出版社1989年版,第29页。
② 《现代汉语词典》,商务印书馆1998年版,第1350页。
③ 《辞海·艺术分册》,上海辞书出版社1980年版,第76页。
④ 《中国大百科全书·戏剧》,中国大百科全书出版社1989年版,第426页。
⑤ 《现代汉语词典》,商务印书馆1998年版,第1604页。
⑥ 《辞海·艺术分册》,上海辞书出版社1980年版,第76页。
⑦ 《中国大百科全书·戏剧》,中国大百科全书出版社1989年版,第507页。

同。戏剧小品是一种简单的演剧形式，在大致了解了悲剧、喜剧和正剧的相关定义轮廓后，小品尽可以更为质朴、通俗、直白、实用的方式去理解悲剧、喜剧和正剧：

悲剧——让人悲哀、悲伤、悲痛的戏剧。

喜剧——让人喜乐、喜兴、喜悦的戏剧。

正剧——让人不那么悲也不那么喜的戏剧。

这里，对正剧的理解有些偏离上述介绍中一种把正剧视作"悲喜剧"的诠释，按照黑格尔的说法，正剧"力求达到悲剧和喜剧的和解，或至少是不让这两方完全对立起来，各自孤立，而是让他们同时出现，形成一个具体的整体。""把悲剧的掌握方式和喜剧的掌握方式调解成为一个新的整体的较深刻的方式，并不是使这两对立面并列地或轮流地出现，而是使它们互相冲淡而平衡起来"。[①] 虽然正剧兼有悲喜剧因素，但正由于"相互冲突而平淡起来"，变得不那么悲也不那么喜了，事实上，还可以存在着一种悲喜剧因素同时存在同时张扬的类别——悲喜剧。

如果说，这种质朴、通俗、直白、实用的戏剧类别观是建筑在戏剧对人的情感刺激的心理反应之上，那么，人的情绪状态除了悲、喜、不那么悲不那么喜、亦悲亦喜之外，还应有一种心理反应，即不悲不喜的兴奋——紧张的思索，还可以存在着一种戏剧类别——哲理剧，类似马利奈蒂的《他们来了》和一些荒诞派戏剧那样的作品。

这样，相应地，戏剧小品也可以存在这样一些类别：悲剧小品、喜剧小品、正剧小品、悲喜剧小品、哲理小品。

---

① 黑格尔：《美学》(第三卷)，商务印书馆 1981 年版，第 294—295 页。

（二）戏剧小品的类别

1. 悲剧小品

能激起人们悲哀、悲伤、悲痛甚至悲愤情绪的戏剧小品，内容为美好生命和事物遭受夭折、摧残或迫害。《洪峰到来的时候》写一位人民的好干部牺牲在抗洪救灾的第一线；《一八四一年那一天》写我渔民的孩子被抢占香港岛的英军杀害；《打电话》中一个自己还是孩子却背着婴儿的小女孩，来到电话旁，要打电话给在九泉之下的外婆，妈妈成了别人的妈妈，新妈妈不喜欢她，常要打她，公用电话亭的女服务员帮她接通了打往"九泉"的电话，自己假装成外婆和小女孩通话，小女孩一声"外婆，我想你！"多少观众为之动情落泪。

小品一般不轻易表现死亡，但特定的对象、特定的场合、特定的需要，小品也不回避这一沉重异常的题材。戏剧小品中悲剧小品的数量较少，所占比例最小，这是由戏剧小品娱乐百姓的本性所决定的。

2. 喜剧小品

能引发人们喜乐、喜兴、喜悦，甚至狂喜情绪的戏剧小品，内容为表现能引发人们笑声的事物：

一为批判、讽刺和嘲笑丑恶、愚昧、落后的现象，如《超生游击队》中流落街头的夫妇俩为生个儿子而盲流全国；《当务之急》中的干部为迎接卫生检查而下令关闭公共厕所，结果自己因此上不得厕所，内急在裤子里；《卖拐》中一个骗人，一个甘愿被骗，好端端一个健康人拄起了双拐，等等；

二为展示人类生存的尴尬、无奈和窘态，如《张三其人》中的张三，做什么都遭人误解、无法解释；《机器人趣话》中的男人买回一个女机器人，向往着随心所欲的享受，偏偏事与愿违，女机器人反客为主，把生活搞得一团糟，等等；

三为赞美善良的人们为追求美好幸福生活而作的非凡努力和越轨行为，如《产房门前》，望子心切的丈夫对着在产房里的妻子大喊："春芳！你要坚持住，最后胜利是属于你的！"得知自己有了儿子，抱住护士亲了一下，还跳起了迪斯科；《婚礼》中的新郎在洪灾中"君子动口不动手"地亲吻新娘，两人在婚礼上穿上了由全国各省市支援的"百家衣"婚礼服，等等。

同为喜剧小品，由于表现对象不同，创作者的态度不同，还有种类之分：否定旧事物的讽刺小品（《当务之急》等）；有趣可笑而意味深长的幽默小品（《张三其人》等）；肯定新事物的正喜剧小品（《昨天·今天·明天》等）；荒唐无稽的荒诞小品（《机器人趣话》等）；滑稽荒谬的闹剧小品（《卖拐》、《卖车》等）。

喜剧小品在戏剧小品创作中数量极多，占有最大比例，这也是由戏剧小品娱乐百姓的本性所决定的。

3. 正剧小品

相对比较"严肃"的小品。在悲剧和喜剧之间存留着能激发各种情绪反应的心理空间。一个小男孩腿上生了骨瘤，做手术需移植亲人的骨头，父亲毫不犹豫地让医生在他身上取骨给儿子，医生十分感动："到底是亲生父亲，不过话要说回来，如果不是亲生父亲，这手术还真动不了。"原来，不是亲生父亲的骨头，孩子的肌体会产生排他反应，父亲愣住了，原来，孩子是他们家捡回的弃婴……这是国庆晚会小品《爱心》的情节。演毕，生活中的一家子和舞台上的一家子同台亮相，赢得一片掌声和泪水，类似能拨动观众心弦的生活故事比比皆是，正剧小品把一大片悲喜色彩不那么浓烈，甚至根本不具备悲喜剧因素的生活材料变成了艺术表现的对象。正剧小品更适合电视栏目节目，尤其是社教类、法制类、服务类节目中的小品，许多是真实的个案，相对悲剧和喜剧，内容比较"严肃"，仿佛是对真实生活的摹拟。

4. 悲喜剧小品

让人又悲又喜的小品，常常是喜中有悲，用喜剧的形式表现悲剧的内涵，《鞋钉》中修鞋老人硬是不卖钉子给买钉子挂营业执照的青年，夸张的比喻（如"还是那把刀，不挖鸡眼，改拉双眼皮啦"）、智慧的妙语（如"我是修鞋的，不是修破鞋的，扫黄不归我管。"）令人捧腹，但是，两人的冲突在本质上是不可调和的，老人在这儿修了三十年鞋，今天是最后一天，明天这儿就变成汽车交易市场了，让他挪地方，而汽车交易市场是那青年开的，喜剧变成了悲剧，骨子里是悲剧。有时喜中有点悲，更耐看，更令人寻味。当然，反之亦然，同样可以悲中有喜。

5. 哲理小品

人物是意念的化身，故事是理念的演绎，时时处处给人陌生的迷惑或惊愕。《午夜十二点》中，三对夫妻站立舞台，每对夫妻的手上都有红绳相连；丈夫A说："老婆，夜深了，我们睡吧！"一戴墨镜的精灵张开披风将他们遮挡；丈夫C说："夜深了，我们快快歇息吧！"精灵张开披风，连着将他们遮挡；妻子B说："夜深了，我们睡吧！"这下精灵的披风再也够不着这一对夫妻了。精灵来到台前作摇滚歌星状，宣布："明天的这个时候地球将要毁灭了！"三对夫妻顿时惊恐失措，相互关系发生急剧的变化：丈夫A和妻子B重温旧情，丈夫C向妻子A告发，获得一笔巨额报酬，妻子A杀了妻子B，为争抢酬金，丈夫C杀了妻子C，他喝了妻子下了毒的咖啡，跟随死去。午夜钟声响起，地球并没有爆炸，精灵摘下墨镜，露出贴着金钱的脸："Game Over！"观众的思维始终处于紧张之中，欲破译意象所蕴载的密码信息，无论剧终之后能否悟出其中一二，非现实的故事总将人们引向理性的思考，而伴随着思考的始终是一份不掺兑悲和喜的另样情绪。

也许还会有其他一些类别。

在小品创作中，喜剧是最重要和最主要的类别，可包括悲喜剧和一部分具有轻喜剧色彩的正剧小品，这是由戏剧小品成长的历史原因和基因品性所决定的，喜剧小品是小品创作的一个传统。

三、喜剧传统

判断喜剧的唯一标准是——笑。

笑来自何方？

来自荒谬、荒唐的不合情理，同时也来自戏谑、戏耍的玩笑嘲弄。喜剧小品是小品的传统类别，有着传统的操作技法。喜剧创造就是以游戏的精神和方式去表现本质与表象之间以及目的与手段之间的矛盾和差异。需要强调指出的是，"游戏的精神和方式"是前提，好玩好看好笑，绝对不严肃正经，不造成严重的后果，在此先决条件制约下，运用能制造"本质与表象之间以及目的与手段之间的矛盾和差异"的一种招数，便能营建一种小品的喜剧情境或主要情节：

（一）表现本质与表象之间的矛盾和差异

1. 错位方式

一种事物不恰当地占据了在本质意义上不该由它占据的位置，造成荒唐的局面。歌舞团的演员上台演出，换大米的老乡走街串乡吆喝叫卖，两者都是再正常不过的事情，《大米·红高粱》却让能破着嗓子吆喝的老乡顶替演员登台演唱"红高粱"，由演员代老乡去换大米，两相易位，表象与本质的不协调陡然凸显，喜剧性由此而生。

2. 玩耍方式

一个小品就是一个玩笑，真真假假，是是非非，莫衷一是。《信不信由你》说男女青年月上柳梢头，人约黄昏后，男的偷偷吻了女的，女的大惊失色，说他要短命了，原来晚报上登载了一篇文章："最新科学研究成果证明，一个吻能减去 3 分钟寿命。因接吻时脉搏跳动加速，给心脏造成很大压力，根据精确计算，1752 个吻，可减寿一年……"两人一番折腾：不接吻，用拥抱代替接吻，吻花、飞吻……突然，男的发现报上还登有一篇文章："据最新科学研究成果证明，接吻有助长寿，有益于牙齿的保健，又能帮助产生唾液，使人减少瘟疫，特别是有助于减肥。"到底信哪一个？科学研究煞有介事的严肃性和信息发布的极不严肃的随意性，两者间的根本对立和否定造成一个荒谬的喜剧性情境。

3. 误会方式

误会是喜剧常用的一种手法，全部剧情建筑在误解事实真相的基础之上，《订婚》中的儿子考上了研究生，想在离家之前撮成丧偶多年的父亲和一直暗恋着父亲的女老师之间的婚事，他以父亲的名义给女老师发了封求婚信，并要举办订婚仪式，女老师兴冲冲赶来，父亲却以为是儿子要订婚，两人对话，父亲说的是儿子的心情，女老师却以为他说的是自己，人物的行为越是强劲有力，表象离本质的距离越是遥远，喜剧效果随之越发强烈。

4. 巧合方式

也是喜剧常用的一种手法，正好遇上某一个时刻、某一个地点、某一种机会，不可能发生的事情偏偏凑巧成为可能，小品《桥》中的小伙子拆了小河上的小石桥，欲收费背人淌河，一次一元钱，来了个身高威武的大个子，他心虚胆怯，不敢向人收钱；又来了位老汉，他说要收背河费，谁知老汉耳背，听岔他的话；他写了块牌子"背河费一元"，偏偏来了个盲女。《心灵》写两位大龄男女青年约会，他们从小患有小儿麻痹症，一个是左腿，一个是右腿，都因腿有残疾难找到合适的对象，今天偏偏相约在一起，当最后两人作对跳起"伦巴"舞时，彼此间的合作真是"珠联璧合"，"天衣无缝"。"芝麻掉在针眼里"，"哪壶不开提哪壶"，生活中都有这样的巧事，何况是艺术创造。

5. 夸张方式

过分地夸大、强调某一种态势，将事物推至极致，甚至有过之无不及，中央电视台的三地小品《捡钱包》，小青年丢了一个钱包，高觉悟的北京大爷捡到了，把丢钱包上纲上线到破坏国家形象的政治高度；细心的上海老人捡到了，还给小青年时，不仅要核对钱包内身份证的照片，还要他背出身份证的号码，差一个数字都不行；热情豪爽的西安壮汉捡到了，因小青年要酬谢他而大发雷霆，最后催着小伙子赶快上飞机，却忘了把钱包还给人家。《手拉手》中男女青年的手居然被鞋胶粘在一起，怎么也拽不开，生活中哪有这种事，小品夸张过分、过头、矫情至不近情理的程度，表象和本质差异的夸诞可笑也就油然而生。

6. 荒诞方式

采用游戏的方式表述一个变形、怪异的故事，总能取得相当不错的喜剧效果。《邪病歪治》中的老夫自打退休后，整天眼珠子骨碌碌转，精神抖擞，不想睡觉；老翁自打离休后，萎靡不振整天就是睡觉。老夫的老妻想出一个点子——请老局长开个会，闻得开会，沉睡不醒的老翁惊醒，精神抖擞地做起了报告，而听报告的老夫则渐入"困"境，打起了呼噜。一个荒诞不经的故事总是与生活表象离得很远，却和生活的本质靠得很近。

7. 骗局方式

一场欺骗，一个圈套，请君入瓮，无论设套者是善意还是恶意，无论结局是成功还是失败。《送水工》中的母亲含辛茹苦挣钱，供儿子在美国读书，为不让儿子分心，谎称是再婚的老伴为他提供的学费；儿子学成归来，母亲临时租用老送水工假冒老伴，儿子却不知情，为报答继父，送上一件又一件礼物，包括发表博士论文的 5000 美元稿费，喜剧效果由此而生。而《卖拐》则相反，那个外号"大忽悠"居然真能活生生把人一双好腿忽悠瘸了。到了《卖车》，更让找"大忽悠"算账的受骗上当者又一次受骗上当坐上了轮椅。设置骗局，最重要的是欺骗或反欺骗都要不同凡响，设套或破套都要有超水平的发挥，让一场不可能成功的骗局成为可能，让一场绝对有把握的骗局最终被揭穿或以失败告终。

8. 戏拟方式

摹拟或借助一个为人熟知的经典故事框架来反构一个新的故事，新故事的表象和老故事的本质之间的不协调，或老故事的表象和新故事的本质之间的不协调，呈现怪谬的喜剧效应。《杨白劳与黄世仁》中借助歌剧《白毛女》的故事，让演杨白劳的演员欠演黄世仁演员的债，戏中的黄世仁逼债穷凶极恶，进而霸占杨白劳的女儿，现实中的"黄世仁"

求"杨白劳"还债，只要他还钱，恨不得把老婆搭进去。一会儿入戏威逼讨债，一会出戏乞求还债，两者相混相淆，喜剧情节层出不穷。《老乡和八路》、《现代西厢记》采用的是同一种方式。

（二）表现目的与手段之间的矛盾和差异

1. 自嘲方式

自我嘲笑、自我讥讽、自我戏弄、自我表扬成为自我批判，自我掩饰成为自我暴露，自我辩解成为自我出丑。独角戏《如此落实》一干部上台作"重要指示"，从头至尾侃侃而谈十来分钟，标点符号计近三百个，讲的居然没有一句切题有用的话，全部都是废话，最后，"我再讲两句，开短会，说短话嘛。该讲一分钟，就不讲两分钟；该讲两分钟，就不要讲三分钟；该讲三分钟，就不要讲五分钟。所以，该讲一分钟就讲一分钟，该讲两分钟就讲两分钟，该讲三分钟就讲三分钟，该讲五分钟，干脆就讲五分钟，多一分钟也不讲。我的讲话就简单地完了！"观众哄然大笑，这位仁兄的报告完全是对自己的一种极大嘲讽。《超生游击队》中妻子回忆当年"咱俩恩恩爱爱、欢欢笑笑、比翼双飞、郎才女貌"，《昨天·今天·明天》中大妈说大叔的脸像鞋拔子脸，大叔反驳说："我这是正宗的猪腰子脸"，都是一种自嘲方式。

2. 暴露方式

对剧中人物的丑行陋习竭尽讽刺挖苦之能事，通常是那些日常生活中已为人们司空见惯、熟视无睹、见怪不怪的不良风气和言行，予以一一放大曝光，浓墨重彩地昭示其丑陋愚昧、卑下可笑的面目。《如此游客》中的一对夫妇，先是将沉重的背包挂折了树枝，继而操练武功，推倒了树干；来到旅馆，拿枕巾擦拭鞋不算，为争抢电视频道，将电视机一阵拍打，直至不出图像声音；在大佛寺骑在大佛身上拍照，甚至拿刀子在大佛身上刻字留念……点点滴滴的些微丑行陋习被聚焦突现为一种巨大的恶疾，一项本应是休闲愉悦、陶冶身心的活动成为一系列的破坏，异化为一场灾难，如此巨大的反差令人捧腹，人们在大笑之余，肯定也会省悟到些什么，笑的起因在于暴露方式的采用。

3. 失误方式

想去做好一件事，但采用了错误的措施，结果事与愿违。《创作失误》中的丈夫文思枯竭，写不出文章，妻子出主意，让他写"男人怎样藏私房钱"，丈夫顿悟，挥就一篇《藏私房钱的诀窍》，妻子按照文中所写若干种藏匿方法，在书籍中、领带夹层中、鞋垫下面、西装下摆处、闹钟壳内、抽屉后面、大衣柜底板反面……一一搜出一张又一张钱币，连墙上挂历的背后也赫然用胶布贴满了"大团结"，真正是创作失误！《加急电报》中的小战士思乡心切，给自己发了一份加急电报："家乡发大水，房屋被冲毁，爹被冲走了，至今还未回，盼儿速速归。"临了的落款却是——"爹"。诸如此类的小小手段失误，直接导致预订目标的彻底毁弃，妙趣横生，引人入胜。

4. 报应方式

如果说，失误方式是善意调侃有缺憾的好人，那么报应方式就是无情鞭挞缺德的恶行者，让他们自食其果，自作自受，一切都源于他们自己的不负责任、胡作非为或倒行逆施。《当务之急》中的干部为迎接卫生检查，竟然下达文件限时限刻关闭所有的公共厕所，偏偏此时此刻，此干部内急万分，管厕所的老太太坚决执行上级指示，拒让干部如厕，干部忍无可忍，只能自行方便在裤子里；《猴与人》中的游客恶意捉弄笼子里的猴子，结果，反被猴子戏要，出尽了洋相，关在铁笼里。恶有恶报，让颐指气使者一步步走向自己的反面，让作恶多端者搬起石头，最终砸了自己的脚。

5. 尴尬方式

身处困境，左右为难，进退维谷，这种尴尬局面由人物自身内部的不协调而造成。《有事您说话》中的小郭宁可自己搭上时间，连夜排队给人买火车票，排不到，就自己赔上钱买高价黑市票，为什么？怕别人看不起他，为了证明自己有能耐，他就勉强自己一次次去做自己力所不及的事情，好不容易买来两张下铺火车票，给人票时，为显摆自己，偏要说朋友一下子给送来五张，于是对方说正好还要三张票，又把自己推入两难处境，甚至还答应科长去搞两节火车皮。这和《张三其人》中的张三同出一辙，偏偏要用这个鸡蛋确确实实是我的，来证明李四的篮子里少了一个鸡蛋，都是人物自身的弱点决定了人物行事的方式和行事的目的处于无法调和的对立境地。

6. 重复方式

一次又一次地重复做同一件事，每一次重复都事与愿违，眼看着成功在望，最后一次重复却把要做的事彻底办糟办砸。《全都忙》中BP机一次次响，排戏一次次被打断，接二连三地出错，最后实拍，戏进行得非常顺利，导演连声叫好，可男演员在最后时刻还是把"他们会把你当中国人杀了的"错说成"他们会把你当BP机杀了的"，彻底砸锅。一次又一次的重复，看似竭尽全力奔向既定目标，却总是南辕北辙，而那最后的全力一搏，恰似釜底抽薪，将所有的希望骤然摧毁殆尽。

7. 打岔方式

你说东，我扯西；你指张三，我认李四。或狡黠地装疯卖傻，或迟钝得憨态可掬，有意无意地把对方的话听歪了，听拧了，听反了，言颠语倒，答非所问，用似是而非的方法避开对方刺来的锋芒，将来言的意思导向岔路，引入歧途，这似是而非的方法就是"谐音"、"谐意"，或是两者的错位。如把"时代不同了，男女都一样"，说成是"实在不行了，男女才一样"；如一青年背老汉过河，青年说："我背河要背河费！"老汉故意说："背河累？可不累呗，我也是一百多斤哪！"如《英雄母亲的一天》中的母亲把"侯导"说成"侯倒"，把"构思"听成"豆丝"，最为核心的戏段是把"司马光砸缸"说成"司马缸砸缸"和"司马光砸光"，喜剧性尽在岔误之中。

8. 纠缠方式

不直截了当、阵营分明地正面对抗，而是在事物的进程中，将种种人物关系纠葛在一起，将多条线索头绪缠绕在一起，一团乱麻，欲理还乱，比如《姐夫和小舅子》中的两个角色之间存在着两种对立的人物关系：警察和犯罪嫌疑人的公务关系与姐夫和小舅子的亲情关系。如果只是单一的人物关系，事件处理会简单得多，而且非常可能是两种截然相反的情节走向，把两种对立的人物关系纠葛在一起，一种人物关系势必制约、影响另一种人物关系，对警察，该做的事不能理所当然地做了，该说的话不能理直气壮地说了；对犯罪嫌疑人，不能做的事理所当然地做了，不能说的话理直气壮地说了。局面变得复杂，情节进程扑朔迷离，一个胡搅蛮缠，有恃无恐；一个窘迫无奈，却又心犹不甘，如此这般纠缠不休，观众也就有了开怀畅笑的理由。

还可以有其他一些方式，都是喜剧常用的技巧手法。不同的是，在大型戏剧作品中，这些手法大都是一种"战术性"技巧，而在喜剧小品中，却具有"战略性"意义，单以一种方式便可开创一种喜剧情境。

思考题：

1. 戏剧小品有哪些样式种类？

2. 戏剧小品有哪些类别种类？

3. 戏剧小品的"笑"来自何方？

后 记

现代人很少没有看过戏剧小品的，尤其是看电视里播出的戏剧小品：戏剧节目、节庆晚会、专题晚会、综艺节目、竞赛节目、游戏节目、社教节目、服务节目……无处不见小品活跃的身影。

自上个世纪80年代中期始，戏剧小品在电视屏幕登台亮相，红红火火已二十多个年头，成为当今中国最为重要的戏剧现象和电视现象之一。作为戏剧学院讲授剧作理论和指导创作实践的教师，顺理成章地将"戏剧小品理论与创作"开到了课堂上。备课时，浏览了尽可能收集到的有关戏剧小品的研究论述，意犹未尽的是，其中虽不乏真知灼见，但零敲碎打者居多，鲜见理论探索深度；隔靴搔痒者居多，往往以编剧理论的一般规律套用小品创作；犯常识性错误者居多，缺乏历史的系统梳理和地域的鸟瞰视野；就戏剧论小品者居多，忽视了电视作为大众传媒对小品创作的决定性影响；理论与实践脱节者居多，没有可操作的指导信度。最令人大惑不解的是，诸多研究，竟然无法回答"何为戏剧小品"这样一个必须回答、具有前提意义的问题。"戏剧小品是什么，这在理论界没有统一的或公认的共识"已经成为统一的或公认的共识，真有点令人匪夷所思。这使我处于一种极为尴尬的境地，因为此前，我还开设了一门课程："独幕剧理论与创作"，如果两者有着几乎一模一样的个性特征，只能用戏剧小品比独幕剧更短更小更……更……来自圆其说，一种抹之不去的荒诞感油然而生。

作为一个独立的艺术品种，戏剧小品必定有着仅仅属于自己的创作特征。基于这一信念，本人通过不断的比较研究和实践感悟，从构造入手，发现了戏剧创造系统中"片段"的位置存在和价值取向，从而揭示出"戏剧小品是一个片段的戏剧"的定义，并论述了相应的特点。结论真是非常简单。学院的一位老教授戏称：发现了门捷列夫的元素表。由此进入，戏剧小品理论研究中的一系列难题，似乎都能迎刃而解。

在讲课终结时，我曾把十章三十节的内容作"顺口溜"式的概括：

源远流长，应运而兴；
一个片段，场面限定；
破壁入境，张力支撑；
绝招为上，求异逆行；
时空线索，多元构成；
单一人物，个性共性；
主题寓意，游戏精灵；
写实写意，假定本性；
语境语言，极致造型；
样式多多，喜剧品行；
娱乐百姓，其乐无穷。

媒体曾有"小品还能红火多久"的讨论，要较真的问题是多方面的，在本人看来，戏剧小品能否红火的症结在于有没有优秀的小品剧本：鲜活真切的生活感悟，灵动飞扬的艺术构思，精妙绝伦的故事情节，情趣盎然的人物语言……尤以对生活真切的感和悟为先为主为重，否则，再天才的演员，再聪明的导演，再精明的策划制作，统统白搭。创作出上佳的戏剧小品、乃至精品绝品，应是戏剧小品编、导、演们的梦寐以求，同时，也应是电视节目编、导、演和制作人们的孜孜以求，戏剧小品面对的是数亿坐在电视机前的受众，责无旁贷啊！

一切的一切，剧作是起点。

戏剧小品已成为我们日常生活的一部分，观赏小品、创作小品、研究小品、关怀小品，其实是善待我们自己。

2006 年春于上海戏剧学院——电视艺术学院

三版后记

上海戏剧学院的编剧学研究中心告知我，研究中心有意将拙作《戏剧小品剧作教程》编入"上海戏剧学院编剧学教材丛书"，这对我是一次求之不得的机会。之前，《戏剧小品剧作教程》已有两个版本：2006年7月的第一版，编入"上海戏剧学院规划建设教材"，由中国戏剧出版社出版；2009年7月的第二版，编入"戏剧名校教材文库"，由中国戏剧出版社出版。这两个版本都印刷过好几次，也被一些艺术院校选作专业课的教材。由于种种原因，这两种版本都不同程度地存有文字上的差错和脱漏，尤以第二版为甚。每每想起，深以为憾，总盼着能有一个机会，为这本教材的文字作一次尽可能周全的勘误修订。现在，机会来了。

又将九年前的文字读了一遍。幸好，除了文字，这本教材尚未在最为基本和重要的观点上出差错，尤其是对"什么是戏剧小品"这个最为根本要义所作的判断，仍属比较准确到位：

戏剧小品是一个片段的戏剧。

这个片段有三个特点：

第一，片段的独立整一化——戏剧小品是一个独立、完整片段的戏剧；

第二，片段的场面基数量化——戏剧小品是一个只有若干场面的戏剧；

第三，片段的必须场面化——戏剧小品是一个以必须场面为主组织片段的戏剧。

以央视春晚戏剧小品为代表的那一类小品剧作，大多是由五六个场面构成一个片段的戏剧，演出时间大致为 12—15 分钟左右。而那些活跃在当下电视屏幕真人秀竞技节目中的喜剧小品，演出时间更为简短，一般不会超过 10 分钟，由三四个场面构成，还是一个片段的戏剧。教材中对"当代戏剧小品的本质是作为电视节目的戏剧小品"、"戏剧小品大多为游戏之作"、"在小品创作中，喜剧是最重要和最主要的类别"等的论述，都已为戏剧小品的现实生存状态所一一证实。

中国的戏剧小品创作历经三十余年的发展，已摸索领悟出诸多行之有效的门道套路，本教材所探讨总结的无非也是这一类的门道套路。有这些门道套路在手，戏剧小品的编导演们在创作时会更为从容自如，更为得心应手。但是，门道套路不是小品创造的灵丹妙药，更不是不二法宝。我们总会看到这样一些小品：编导演们抖搂着小机灵，耍弄着小聪明，用这样那样的门道套路，驾轻就熟地拿捏着剧中人物的"凸显状强调动作"——角色异于常态的行为动作和形象生动的出彩台词——这往往能直截了当地点戳到观众的笑"穴"，获得立竿见影的"笑"果。但是，也往往会让人笑得"无厘头"，笑完又让人深觉无聊。戏剧的要义是"动作"，在笔者看来，戏剧的"动作"由三类动作构成：

一，自然态琐屑动作；

二，凸显状强调动作；

三，意图性指向动作。

一个好的戏剧动作应该是一种承载有自然态琐屑动作和凸显状强调动作的意图性指向动作——三者浑然一体的动作呈现。如果只有意图性指向动作，而没有凸显状强调动作，那么，一个小品就会干巴巴的枯燥失形；如果只有凸显状强调动作，而把握不住意图性指向动作，那么，小品中人物的所作所为就会变味，跑调，走样，失却意义。戏剧动作的主体是意图性指向动作，意图性指向动作的提炼和呈现，直接取决于编导演们对生活的感悟——对人生的感觉和领悟，若割断了与生活的联系，编导演们再天才，再聪明，再伟大，也是白搭。

孙祖平

2015 年 12 月 10 日于上海戏剧学院

图书在版编目(CIP)数据

戏剧小品剧作教程/孙祖平著. —上海:上海人
民出版社,2015
(上海戏剧学院编剧学教材丛书)
ISBN 978-7-208-13486-7

Ⅰ.①戏…　Ⅱ.①孙…　Ⅲ.①戏剧小品-创作方法-
高等学校-教材　Ⅳ.①I053

中国版本图书馆 CIP 数据核字(2015)第 298877 号

责任编辑　赵蔚华
封面设计　张志全

上海戏剧学院编剧学教材丛书
戏剧小品剧作教程
孙祖平　著

出　　版　上海人民出版社
　　　　　　(201101　上海市闵行区号景路 159 弄 C 座)
发　　行　上海人民出版社发行中心
印　　刷　上海商务联西印刷有限公司
开　　本　890×1240　1/32
印　　张　9.5
插　　页　2
字　　数　223,000
版　　次　2015 年 12 月第 1 版
印　　次　2024 年 1 月第 5 次印刷
ISBN 978-7-208-13486-7/J·427
定　　价　50.00 元